Infinite Dendrogram
インフィニット・デンドログラム
16.黄泉返る可能性
海道 左近
イラスト タイキ

そして殺戮が始まる。
視界の中では他の〈マスター〉が次々に殺されている。
『……ッ！　対象をカウント一万以上の
〈マスター〉に絞って再起動！』

「――マイナス、マイナス、マイナス、
マイナス、マイナス、マイナス、マイナス、
マイナス、マイナス、マイナス、マイナス、
マイナス、マイナス、マイナス、マイナス」

Character

レイ

レイ・スターリング／椋鳥玲二（むくどり・れいじ）

〈Infinite Dendrogram〉内で様々な事件に遭遇する青年。
大学一年生。基本的には温厚だが、譲れないモノの為には
何度でも立ち上がる強い意志を持つ。

ネメシス

ネメシス

レイのエンブリオとして顕在した少女。
武器形態に変化することができ、大剣・斧槍・盾・風車・鏡・双剣に
変化する。少々食い意地が張っている。

ユーゴー・レセップス

ユーゴー・レセップス／ユーリ・ゴーティエ

元ドライフ皇国所属のマスター。現在は国を離れ、
旅に出ているところを【撃墜王】AR・I・CAにつかまって弟子となった。
フランクリンのリアルの妹。

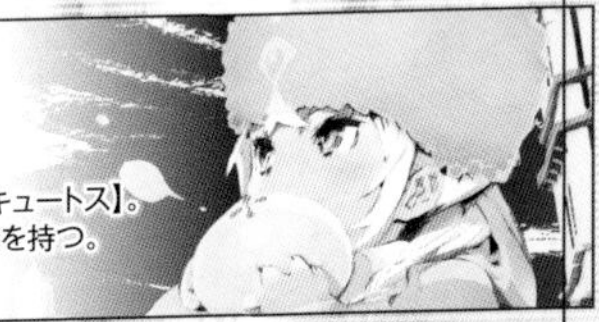

キューコ

キューコ

ユーゴーのエンブリオで、正式名称は【白氷乙女　コキュートス】。
全身真っ白で、かつ白いものしか食べないという食癖を持つ。
常に無表情で毒舌気味。

AR・I・CA

AR・I・CA

カルディナ所属の〈超級〉、“蒼穹歌姫”。周囲の危険を視る義眼の
エンブリオを持つ。歌と共に空を舞う〈マジンギア〉、【ブルー・オペラ】を
駆る【撃墜王】。両刀で美人に目がなく、いつも誰かを口説いている。

〈Infinite Dendrogram〉
-インフィニット・デンドログラム-
16.黄泉返る可能性

海道左近

HJ文庫
939

口絵・本文イラスト　タイキ

Contents

プロローグ》Another Start Game.

□■二〇四四年三月　？？？

大学受験を終えた私は、念願だった〈Infinite Dendrogram〉を開始した。

よりにもよってハイスクールの三年次に発売されたこのゲーム。大学受験を控《ひか》えた同学年の友人達《たち》とは揃《そろ》って「タイミングが悪すぎる……」と嘆《なげ》いたものだ。

また、既《すで》に受験を捨てている者や個人商店の家業を継《つ》ぐ者などは悠々《ゆうゆう》とプレイし、そのことを楽しげに話していたのも悔《くや》しかった。

その後、自分の中の誘惑《ゆうわく》に負けずに勉強に打ち込み、「絶対に合格してプレイしよう」という思いと共に挑《いど》んだ受験は無事に成功した。

そうして入荷《にゅうか》待ちだったハードを入手して、今日が初めてのログインだ。

「本当にリアルだ……。風が熱い」

私が選んだのはカルディナという国だ。

砂漠《さばく》にある商業国家。砂漠を通ってきた乾《かわ》いた風は、肌《はだ》を細かに刺激《しげき》する。砂漠になど一度も立ったことのない私でも、それをリアルだと思う程《ほど》に。

私が降り立った街は商業都市コルタナというらしい。

街の大通りには数多くの露店《ろてん》が立ち並び、様々な商品を熱意と共に売る商人達がいた。とても大きく、活気に満ちた街だけれど所属国であるカルディナの首都ではないらしい。何でも、首都は諸事情で都市周辺のモンスターの強さが変わりやすく、初心者を降ろすには向かないらしい。

だから代わりにコルタナに降ろすのだと、私のメイキングを担当した猫《ねこ》は言っていた。

たしかに。私はまだレベル一どころかジョブにもついていないレベル0。

こんな状態で高レベルのモンスターが巣食う地域に降ろされたら詰《つ》んでしまう。

後でジョブも選び、レベルも上げなければならない。

けれど、まだ噂《うわさ》の〈エンブリオ〉さえも孵化《ふか》していないのだ。ジョブ選びは〈エンブリオ〉が孵化した後にして、今は異国の街を観光《ゲーム》することにしよう。

コルタナの街には、子供の頃《ころ》に絵本やアニメ映画で見たアラビアンナイトのような光景が広がっている。

活気のあるバザールには形も色も様々で、目を引く魔《ま》法《ほう》のアイテムも沢山《たくさん》売っていた。

ただ、資金はアバターのメイキングの際に受付の猫から貰《もら》った銀貨五枚……五〇〇〇リルだけなのでそういったアイテムを買うことはできない。

買えたのは、屋台で売っている食べ物くらいだ。

何の肉かも分からない串焼《くしや》きとデザートの揚《あ》げ菓子《がし》を買う。

リアルと寸分違《たが》わぬ味覚で味わう料理は少し甘《あま》さが足りないけれど、歩きながら食べるにはちょうどいい。

こうしていると、ゲームをしていると言うよりは海外の観光地にいるようだ。

……というか、ログインしてから一時間以上経《た》ってもここがゲームだとは信じられない。

五感が伝える環境《かんきょう》も、屋台で話した人々も、本物としか思えない。

一体いつの間に、人類の技術はここまで進歩していたのだろう。

考え事をしながら街を歩いている内に、人気のない区画に入り込んでいた。

「……あれ」

どこか寂《さび》れていて、先刻まで充満《じゅうまん》していた活気が欠片《かけら》も見当たらない。

この区画には古びた建物だけが、押《お》し込められるように建っている。

一つの街でこんなに雰囲気《ふんいき》が違うのかと思いながら、その区画を歩く。

「………？」

そうして歩いていた私は、……私の目はそれを見た。
石造りの建物と建物の間にある、狭《せま》い路地。
入り口から少し入ったところで、女の子が地面に腰《こし》を下ろし、壁《かべ》に背中を預けていた。
その子は、一目見て分かるほどにやせ細っていた。
以前に見た難民のニュースに映っていた子供達よりもやせ細って見える。
そんな彼女《かのじょ》の傍《そば》には、家族も誰《だれ》もいない。
ただ独り、そこで壁に背中を預けていた。

「………」

そんな彼女が少しだけ首を動かして、私を見た。
いや、見ているのは私ではなく……私が持ったままだった揚げ菓子の袋《ふくろ》だ。
私が「甘さが足りない」と思っていたそのお菓子は、彼女にはどう見えたのだろう。
枯《か》れ木《き》よりも細い腕《うで》を持ち上げて、私に手を伸《の》ばしてくる。
けれど腰は地面から上がることはなく、腕は震《ふる》え、その動作はあまりにも儚《はかな》い。
その仕草に、動きに、私の心臓が締《し》め上げられるように強く脈打った。
「あ、ああ！　あげる！　あげるから！」

咄嗟《とっさ》に口からそんな言葉を吐《は》きながら、私は彼女に近づいた。

頭の中は、今まで見たことがない「悲惨《ひさん》」としかいいようのない少女の姿に、モノを考えようとして、けれど空回りしている。

けれど、言葉と体は既に動いていた。放っておけなかった。

この少女を見ていられなくて、私は彼女に近づき、お菓子の袋を差し出す。

少女はお菓子の袋に手を伸ばすけれど、その中に手を入れることが出来ず、彼女の手は何度も空を切る。

「今、食べさせてあげるから……」

私はお菓子を一つ摘《つま》んで、彼女の口にそっと近づける。

少女はゆっくりと口を開けて、お菓子を頬張《ほおば》ろうとして、
そのまま……口の動きを止めた。

「……え？」

私の指から離《はな》れた菓子が、地面に転がる。

どうしたのかと、恐《おそ》る恐る彼女の頬《ほお》に触《ふ》れる。

枯れ木のようだった少女の身体は、それだけでゆっくりと横倒《よこだお》しになった。
動かない。
「…………え？」
倒《たお》れた少女は、そのまま動かない。
眠《ねむ》ってしまったと思いたかった。
けれど、彼女の両目は開かれていて。
目には輝《かがや》きが欠片も見えなくて。
地面には砂埃《すなぼこり》があるのに、彼女の口や鼻の近くでは一粒《つぶ》の砂も動いていなくて。
いつしか、蟻《あり》が少女の顔を這《は》っていた。
「あ、あ……？」
彼女の乾ききった手首に触れると……そこには脈拍《みゃくはく》がなかった。
名前も知らない少女は私の目の前で、飢《う》えて、痩《や》せて、

…………死んでいた。

第一話 蠱毒のオアシス

□【装甲操縦士《アーマー・ドライバー》】ユーゴー・レセップス

二〇四五年四月の初旬《しょじゅん》。

私のスタート地点であり、姉と仲間達のいる皇国を離れて内部時間で一ヶ月。師匠《ししょう》である【撃墜王《エース》】AR・I・CAのクエスト、宝物獣《ほうもつじゅう》の珠《たま》探しに巻き込まれてから三週間。

砂漠を越《こ》えたり、〈遺跡《いせき》〉に潜《もぐ》ったり、【高位操縦士《ハイ・ドライバー》】がカンストしたので【装甲操縦士《アーマー・ドライバー》】に転職したりと色々なことがあった。

そして今、私達は一つ目の珠を回収したヘルマイネから、二つ目の珠があるらしい商業都市コルタナにその身を移していた。

このコルタナは街中に様々な商店やバザールが立ち並ぶ商《あきな》いの街であり、カルディナの中でも最も富が集中している。決闘《けっとう》都市の四番街の雰囲気を街全体に広げたかのようだ。

「こういう街にならら、あの珠のような不可思議な物品の一つや二つ流れ込んでも……不思議ではないのだろうけど。……厄介《やっかい》事も増えそうだな」

私はカフェのテラスからコルタナの街並みを眺《なが》めて、心中の懸念《けねん》を呟《つぶや》いた。

〈Infinite Dendrogram〉の中で、厄介事と無縁《むえん》でいられる場所など多くはないだろうが。

「ユーゴー、ごはんたべないの？」

「ああ。食べるよ。少し考え事をしていただけだから」

今の私達は午前中に買い物を済ませ、師匠との待ち合わせを兼《か》ねた昼時の小休止。

私に食事を促《うなが》したキューコはバニラのアイスクリーム……だったものを食べている。

砂漠地域の暑さでアイスは即座《そくざ》に溶《と》けていく。彼女も最初は溶け切る前に食べようとしていたが、結局諦《あきら》めてシェイクのようになったアイスをチャプチャプと掬《すく》って食べていた。

でも本人は満足そうだ。白ければそれでいいのかもしれない。

「よかったね。しゅうりのパーツかえて」

口の周りを白くしながら、キューコは私にそう言った。

彼女が言っているのは、先ほど商店で購入《こうにゅう》した〈マジンギア〉のパーツについてだ。

私の【ホワイト・ローズ】と師匠の【ブルー・オペラ】、姉さんがオーダーメイドで手がけた〈マジンギア〉には大別して二種の部品が使われている。

一つは姉さんが【ホワイト・ローズ】専用に作成した新機軸《しんきじく》のパーツ。コストが重大である代わりに、オリジナルの煌玉馬《こうぎょくば》のようにある程度の自動修復能力がある。

もう一つは既製品《きせいひん》のパーツ。こちらは【マーシャルⅡ】と同じものが使われていて、後からパーツを交換《こうかん》してメンテナンスする仕様。

全《すべ》てを自動修復にしなかったのは、技術的な障害といったところだろう。

リアルとこちらの知識を融合《ゆうごう》してロボットを作成する〈叡智《えいち》の三角〉でも、先々期文明にいたという名工フラグマンの領域にはまだ到達《とうたつ》していないということだ。

そういった事情で消耗品《しょうもうひん》のパーツは買わなければいけないが、ドライフから遠く離れたカルディナでは入手難易度が上がる。

しかし幸いにして、師匠から学んだ知識の中で三つだけある有益な知識の一つが『カルディナでの〈マジンギア〉の良品質パーツを置く店の見分け方』だったので、無事に入手できた。（なお、残りの二つは『操縦のコツ』と『カルディナ内で操縦士系統に転職可能なクリスタルが置かれた〈遺跡《いせき》〉の所在地』だった）

〈ゴゥズメイズ山賊団《さんぞくだん》〉討伐《とうばつ》の時のお金も残っていたから、パーツ自体は問題なく購入できたのだけど……。

「……皇国軍に卸《おろ》した純正品のパーツがカルディナの商店に並んでいるのは、問題だよ」

一体どこからどうやって流れたのか。これだからこの国の流通経路は恐ろしい。皇国に限らず、他の国も頭を悩《なや》ませていることだろう。

「それにしても、おそいね」

「……ああ」

私達がこの店を選んだのは、師匠の指示だ。

師匠は昨晩、「珠の在《か》り処を探《さぐ》ってくるね！」と言い残してこのコルタナの市長の邸宅《ていたく》に向かった。

そして昨晩のうちに戻《もど》れなければ、朝か昼にこの店で落ち合うという約束をしていた。

しかし、私達が朝に訪《おとず》れた時にはまだ師匠は来ていなかったので、パーツの購入を先に済ませることにした。

再度店を訪れた今もやはりいなかったが。

「師匠の時間感覚がルーズなのか、それとも何かあったのか」

「んー、はんはん？」

だよね。師匠だもんね。

パイロットとしての腕前《うでまえ》は超一流《ちょういちりゅう》だけど、人柄《ひとがら》はかなり信用できないタイプだ。

トラブルよりも「女の子と遊んでて遅《おく》れちゃったよー」って確率の方が高いよね。

「やっほー。ユーちゃんにキューちゃん、おまたせー♪」

「師匠！　…………あ」

などと考えていると、師匠が店内に入ってきて私達のテーブルについた。

けれど……。

「いやー、調査に手間取ってさー」

「そうですか。ところで師匠」

「なーにー？」

「首筋」

私に指摘《してき》されて、師匠は首筋を手で押さえて誤魔化《ごまか》すように笑った。

それはどう見ても、キスマーク。

「市長のところでは随分《ずいぶん》とお楽しみだったようですね」

「スタイルが良くて童顔のメイドさんがいてねー。口説いて朝までおしゃべりしてた！」

そうですね。随分とおしゃべり《ピロートーク》が楽しかったみたいですね。

「しねばいいのに」

「キューちゃんは手厳しいね！　でもちゃんと掴《つか》んできたよ！」

メイドと一晩おしゃべりしていた師匠は、それでも仕事はしていたらしい。

「それで師匠。クロですか？」

師匠は「珠の在り処を探ってくる」と言って市長のところに出向いた。最初は市長に協力を取り付けるためかと思ったけれど、師匠がいない間に違うと気づいた。

あのカジノの一件のように、こういうときの師匠は既に情報を掴んでいる。

だからきっと、最初から市長の邸宅が「珠の在り処」だと想定して出向いたのだろう。

「ふっふっふ。中々にアタシのことが分かってきたねー。あいつ、絶対に珠を隠匿《いんとく》してるよ。じゃなきゃ隙《すき》を窺《うかが》って暗殺の機会を狙《ねら》ったり、メイドさんに毒盛らせたりしないさ」

師匠の発言に、少し驚《おどろ》いた。

「……毒、盛られたんですか？」

「うん。だけど飲まずに済ませて口説いて落とした。超《ちょう》エロ可愛かった！」

「この師匠は本当にもう……」

毒殺されそうになったことをそんなあっさりと……。

師匠の〈超級《スペリオル》エンブリオ〉であるカサンドラに見えるのは『未来』ではなく『危険』だから、毒殺というのは師匠に対して最も無意味な暗殺方法と言える。

……しかし考えてみれば、師匠でなくても毒殺ならば【快癒万能霊薬《エリクシル》】で回避《かいひ》できる。

そうなると……毒殺未遂《みすい》はその市長からの警告のようなものだったのだろうか。

「市長が珠を隠匿するのは分かるよ。前評判通りなら、ここにある珠は金と権力を持って

いる連中が一番欲《ほ》しいものだからね！」

「珠の……〈ＵＢＭ〉の能力は調査済みなんですか？」

「そう。出回っている珠の内の幾《いく》つかは能力の情報まで流れてるの。ここにあるはずの珠もその一つ。『使用者に健《すこ》やかな生を与《あた》え、更《さら》には新たなる永遠の生を与える』だって」

健やかな生と、新たなる永遠の生。

たしかに富と権力を手にした者は、今度は死を恐れる。

老いによって、病によって、持っていたものが失われるのを恐れる。

ならば、一番欲しいもの、というのも過言ではないだろう。

「実際、効果はありそうだよ。ていうかあの市長、自分で使ってるね！」

「？」

「これが資料として持ってきた市長の写真」

写真には、目の下の隈《くま》や黄疸《おうだん》、皮膚《ひふ》荒《あ》れもひどい肥満体の男性が写っている。不摂生《ふせっせい》・不健康を形にしたような見た目だ。

「で、これが昨晩に隠《かく》し撮《ど》りした市長。ちなみに御年《おとし》は七十歳《さい》」

「……、はぁ⁉」

写真に写っていたのは、高めに見ても四十歳前後と思われる中年男性。

溌剌《はつらつ》としており、肌艶《はだつや》はよく、とても健康的だ。

とても同一人物とは思えない。若返っている、どころじゃない。

「それは珠に関して知らぬ存ぜぬするよねー。手放したら戻っちゃうかもしれないし」

「……でも、師匠は〈セフィロト〉ですよね？　それなのに、知らない振《ふ》りを？」

〈セフィロト〉。カルディナに属する九人の〈超級〉が結集した〈Infinite Dendrogram〉でも最強に位置するクラン。

同時に、カルディナ議会……ラ・プラス・ファンタズマ議長直下の最高戦力でもある。

師匠によれば、今回の珠など国際問題にもなりかねないクエストを〈セフィロト〉が行う際は、予《あらかじ》め議長の裁可を得る必要があるらしい。

そして今回、珠の回収を師匠に依頼《いらい》をしたのは表向きはとある商会の会長だけれど、実際はバックに議長がいるらしい。

一つ目の珠のように外国のマフィアが関《かか》わっているケースは別として。今回のように市長……議会の関係者が所有しているならば、このクエスト遂行《すいこう》のために協力してもらえると思ったのだけど。

「あっはっはー。まだユーちゃんはこのカルディナって国が分かってないね？」

師匠はそう言って、カルディナのマップを見せてくる。

「このカルディナは都市国家の連合だからね。このコルタナみたいに選挙で選ばれることもあれば、世襲制《せしゅうせい》もあるけど。いずれにしてもそれぞれが一国家で、市長は王様なんだよ」

都市国家連合カルディナは議会……カルディナの各都市の市長による合議制で運営されている小さな国の集合体。

七大国では唯一《ゆいいつ》の政治形態だ。……ああ、内部で群雄割拠《ぐんゆうかっきょ》してる天地はちょっとパスで。

「……カルディナという括《くく》りであっても都市ごとに治外法権、ということですか？」

「少し違うね。カルディナという枠組《わくぐ》みの中で、ルール違反《いはん》をすれば当然ペナルティはある。だけど、ここの市長は『自分は別だ』とタカをくくっているし、実際それに近いからねー」

「？」

「ユーちゃんはさ、ドライフでスタートしたときにどこにログインした？」

「それは、ヴァンデルヘイムですけど」

国家を選んだ後はその首都でスタートするのが当たり前。

「うんうん。私もさ。でも、カルディナではこのコルタナがスタート地点なんだよねー」

「え？」

「カルディナの議会所在地にして首都であるドラグノマドはあちこちを移動するからね。

都市周辺のモンスターのレベル帯が変わったりするし、初心者のスタート地点に向かないんだよ」

「首都が、移動……？」

それは一体どういう……。

「首都にはいずれ寄るから、詳細《しょうさい》はそのときのお楽しみだね。絶対ビックリするけど」

「はあ……」

「ま、そんな訳でこのコルタナはカルディナ第二の都市にして商業の中心地、そして〈マスター〉のスタート地点。重要度は極《きわ》めて高いの。ペナルティを科すのが難しいほどにね」

「………」

首都を治める議長と、首都同然の都市であるコルタナを治める市長。先に述べたようにそれぞれの都市が小国家であり、政治的な役職を除《のぞ》けば同格の王ということだ。

そんな相手に強権を振るえば、カルディナという国そのものに大きな影響《えいきょう》が出る、か。

「じゃあ、どうするんですか？」

「『あいつ絶対に珠を隠してますよ』って議長への報告で終わらせるのも手だけど、それはちょっと片手落ちだからね。当然、回収するよ！」

「え、でも……」

「いやいやユーちゃん。市長はね、アタシに『珠なんて知らない』、『この街にあるわけがない』と言ったんだよ。だからさ」

そこで師匠は笑って、

「――知らないしあるわけがないものが無くなっても、文句はないはずだよね♪」

市長からの珠の強奪《ごうだつ》を宣言した。

「……はぁ」

私の口から溜《た》め息《いき》が漏《も》れるのは止められない。

師匠の顔、ヘルマイネで珠を持つ黄河マフィアのカジノに乗り込んだときとそっくりだ。

この師匠は誰よりも危険を察知できる〈エンブリオ〉を持っているのに、そのくせスリルや危険が大好物なのだと……ここ暫《しばら》くの付き合いですっかり理解してしまった。

事を成す時は安全策や次善の策を何重にも張る姉さんとは真逆だ。

あるいはそういう真逆なところも、二人が親友となった理由なのだろうか。

……雰囲気はちょっと似てるけどね。姉さんのは一種のロールプレイだけど。

「おっと。ユーちゃん、もしかしてアタシがスリルでヒャッホーするために手荒《てあら》なことしようとしてるとか思ってない？」

「……違うんですか？」

「合ってるよ！　でもそれだけじゃないんだなー」

「？」

「だって、時間もないからね。報告で済ませると後手に回りそうだし」

時間……後手？

「ユーちゃん。この珠探しのクエストだけど……これってアタシとユーちゃんの二人旅冒《ぼう》険《けん》浪《ろ》漫《まん》ってわけじゃないんだよね」

「……元々私は巻き込まれているだけですけど」

「うんうん、そこは諦めて。で、言っちゃうとこのクエストにはライバルがいます」

「ライバル？」

「出回っている珠の内の幾つかは効果まで分かっている、って言ったよね」

「はい」

「世の中には、その効果が喉《のど》から手が出るほど欲しい連中もいるんだよ」

「……その、連中というのは？」

「具体的に言うと、『水を土に変える』珠を欲《ほっ》してグランバロアが動き始めているらしいし、

『モンスターを《人化《じんか》》させる』珠を欲して……レジェンダリアの変態が来てるって情報もあるんだよね」

「！」

つまり、この珠探しは争奪戦《そうだつせん》であり……それは師匠以外の〈超級〉が出てくることが十二分にありえるということ。

そして師匠が言いたいのは……。

「この街にある珠も……誰かが狙っているんですか？」

「その可能性は十二分だねー」

『使用者に健やかな生を与え、更には新たなる永遠の生を与える』のがこの街にある珠。

その珠を欲する人は……それは多いだろうけれど。

「鬼《おに》が出るか、蛇《へび》が出るか。それはこれからだけどねー。出来れば会いたくないないなー」

どこか愉快《ゆかい》そうな声音《こわね》で放たれたその言葉に、ひどく嫌《いや》な予感を覚える。

この先の未来に、あの夜のギデオンよりも凄惨《せいさん》な戦いがあるような……悪寒《おかん》だった。

◆◆◆

■商業都市コルタナ

カルディナ第二の規模を誇《ほこ》る都市、コルタナ。

それは〈カルディナ大砂漠《だいさばく》〉の中央にある巨大《きょだい》オアシスに沿って形成されている。

周囲の灼熱《しゃくねつ》の大砂漠をものともせず、いっそ不自然なほどに清浄《せいじょう》な地下水が湧《わ》き出す湖と、滋養《じよう》ある土によって栄えてきた土地である。

このコルタナや賭博《とばく》都市ヘルマイネがそうであったように、カルディナの都市は首都であるドラグノマドを除いて砂漠の中のオアシスに根差している。

灼熱にして広大、加えて凶暴《きょうぼう》なワームが生息する〈カルディナ大砂漠〉に、なぜこのようなオアシス……安全地帯があるのか。

それは諸説あるが、最も有力なものとして『セーブポイントの影響』という説がある。

今でこそ異なる世界に移動する〈マスター〉の帰還《きかん》地点として知られるセーブポイントだが、その存在自体は昔からあった。

それも、各国の街が形成される前からそこにあったのだ。

不思議なことに、セーブポイント周辺の環境は人が生存しやすい状態に保たれている。

まるでセーブポイントを目印に、何者かが周辺の環境を調整しているかのように。

それゆえ長い歴史の中で、住みやすいセーブポイントの周辺に人は居つき、何百年とかけて街が形成されていくのだ。

最初はセーブポイントと呼ばれていなかった場所も、いつしかその名前で広まっていた。

最初に『セーブポイント』と言い出したのが誰かは、歴史には残されていない。


先に述べたようにこの商業都市コルタナはカルディィナ第二の都市……見ようによっては第一の都市である。

砂漠の中にある水と金貨の都コルタナは、カルディィナでも特に恵《めぐ》まれた立地と言える。

しかし、そんな恵まれた土地であっても、このカルディィナの暑さから逃《のが》れられるわけではない。オアシスのお陰《かげ》で砂漠よりは気温が抑《おさ》えられているが、それでも他国と比べれば猛暑《もうしょ》と言うほかない気温だ。

慣れた者であっても汗《あせ》はかくし、他国から訪れた者ならば夏バテは不可避《ふかひ》であろう。

今、炎天下《えんてんか》の中を歩く二人組の片方……トボトボと歩く少女もそうだった。

少女は真っ赤なドレスに身を包み、子供用の靴《くつ》を履《は》き、髪《かみ》には大きなリボンを着けている。

少女は、服装のせいかポタポタと汗を流していた。

「うぅ、あちゅい。とけちゃいそうだよぅ……」

外見年齢《ねんれい》は十歳《さい》程度だが、口から発せられる言葉はそれより数年分は舌足らずであった。

しかし彼女の傍でそれを聞く者は、わざとそういう風に喋《しゃべ》っているのではなく、『上手《うま》く喋れないから自然と舌足らずになっている』という印象を受けるだろう。

「ゆきぐにの〝どらいふ〟にいきたいよぅ。あと……うみの〝ぐらんばろあ〟。……あ」

暑さに苛《さい》まれながら、少女は己《おのれ》と手を繋《つな》いで歩く人物——三十代と思われる成人男性を見上げる。

「ちゃんおじしゃん。あの〝おあしす〟でおよいじゃだめ？」

少女に問われて、手を繋いでいた男性は首を横に振る。

「……カルディナのオアシスは原則遊泳禁止だ。あれは住民全ての飲み水だからな」

「しょうなんだ。じゃあ、しかたないね……」

少女は我儘《わがまま》を言うこともなく、そう言ってまたトボトボと歩き続ける。

「……あそこに果実水を提供しているカフェがある。一休みするか？」

「いいの⁉　〝あいしゅ〟ある⁉」

「置いてあるはずだが、すぐに溶けるぞ」

「じゃあ、いしょいでたべないとだね！」

少女はそう言って繋いでいた手を放し、それまでよりもずっと足取りを軽くしながらカフェに駆《か》けて行った。

その背中を見ながら男性――【大霊道士《グレイト・ソウルタオシー》】張葬奇《チャン・ザンチー》は呟く。

「……やはり、俄《にわ》かには信じ難《にく》いな。嘘《うそ》でないことは、分かっているのだが」

彼《かれ》は少女の後を追いながら、一週間前……自分が今の仕事に就《つ》いたときのことを思い出していた。

◆◆◆

■一週間前　カルディナ某所《ぼうしょ》

黄河マフィア〈蜃気楼《しんきろう》〉のカルディナ支部長であった張は夢の中でうなされていた。

彼が夢の中で身を置くのは、飛翔《ひしょう》する蒼《あお》い機体との戦い。

彼の二つ名であり、力と技術の結晶《けっしょう》である五匹《ひき》の龍《りゅう》が失われていく光景。

そして、彼の全身全霊《ぜんしんぜんれい》の奥義《おうぎ》は、蒼い機体に届かず。

――蒼い機体が放つ砲弾《ほうだん》が、彼の右腕《みぎうで》を千切り飛ばした。

「……ァ！」


そこで、彼は目が覚めた。

うなされていたためか、全身にはひどく汗をかいているのを感じた。

そんな全身を拭《ぬぐ》おうと、身を起こそうとして……。

「なんだ、これは？」

彼は、自分が寝台《しんだい》の上に縛《しば》り付けられていることに気づいた。

そして起床《きしょう》直後よりも自身の状態を明確に把握《はあく》する。

彼の全身には、多くの傷跡《きずあと》があった。これまでの戦いの日々でついたものがほとんどではあったが、中には目覚める前には見覚えのないものもある。

そして、最も大きな違いとして……右腕の肘《ひじ》から先がなかった。

「……そうか、あれは夢ではなかったか」

〝蒼穹歌姫《AR・I・CA》〟との戦いで惨敗《ざんぱい》し、おめおめと生きながらえたことを張は察した。

数多の新たな傷跡は【ポーション】や回復魔法で傷を癒《いや》した痕跡《こんせき》であり、右腕は治せなかったということなのだろう、と。

「…………」

張は首を動かして、見える範囲《はんい》で周囲を確かめる。

彼がいるのはさほど広くはないが清潔な部屋であり、病室というのが最も近い。寝台に縛られていることを除けば、今の彼には似合いの場所だ。

この部屋に、彼は見覚えがない。

(ここが病室とすれば、何者が俺《おれ》を助けた？)

最初に考えたのは自身の部下だったが、それはありえない。

あの〝蒼穹歌姫〟に自分が敗れたのならば、部下達《たち》も同様に敗れているはずだ。

他の非合法組織の者という線も考えられない。ヘルマイネで武闘派《ぶとうは》として他組織に睨《にら》みを利《き》かせていた張が死に掛《か》けていれば、これ幸いとトドメを刺《さ》す筈《はず》だ。

ならば善意の一般《いっぱん》市民……という答えは「最もありえない」と張は自嘲《じちょう》した。

そんな人々に救われるほど、徳の高い人生を歩んではいない、と。

張が自身を助けた者の存在を自身の記憶《きおく》からは見出《みいだ》せなかった後、

「よう。目が覚めたかい、張葬奇」

彼の名を呼ぶ者が、病室に入ってきた。

それは、一見して堅気《かたぎ》ではない男だった。

男は灰色のファッションスーツを着ていた。この〈Infinite Dendrogram〉でそれを社会人の衣服として採用している国はない。だが、時折〈マスター〉がオーダーメイドで製作するため、服の種類としては存在している衣服だ。

スーツの上には特典武具らしい奇妙《きみよう》な質感のトレンチコートを羽織っている。

加えて、ギャングスターハットを被《かぶ》っていた。

それらの格好を総合すると……男は裏社会の住人としか思えない装いだった。

身長は目測で一六〇センチ程度とさほど高くなく、顔も二十歳《はたち》を過ぎたかどうかという童顔だったが、それが逆に彼から伝わる威圧《いあつ》感の性質を変える役目を果たしていた。

左手の甲《こう》には〝噛《か》み合った歯車〟の紋章《もんしょう》……〈マスター〉であることを示す紋章がある。

同時に、張は察する。

(この男は、俺よりも遥《はる》かに……強い)

あの〝蒼穹歌姫〟とどちらが上か。

今の自分では判断できぬほどの力を、男から感じた。

「もう話は出来るか?」

「……ああ」

「そうか。じゃあまずは名乗らせてもらおう。俺はラスカル・ザ・ブラックオニキスという者だ。アンタには【器神《ザ・ウエポン》】と言った方が分かりやすいかい？」

「!?」

男が名乗った名に、張は驚愕《きょうがく》した。

カルディナの裏社会に身を置く者で、その名を知らない者はいないからだ。

【器神】ラスカル・ザ・ブラックオニキス。

〈遺跡〉の探索《たんさく》を生業とする〈超級〉。

同時に〈遺跡〉から出土したアイテム……特に武器の売買で広く知られ、裏社会の名立たる組織に彼の武器が流れている。

加えて、探索した後の〈遺跡〉を破壊《はかい》することでも有名で、その罪によって各国から指名手配を受けているが……未《いま》だ討《う》たれたことがない男。

そして……。

「さて、知っているかもしれないが、俺は〈ＩＦ〉というクランのサブオーナーをしている」

指名手配の〈超級〉のみを集めた最強の犯罪者クラン、〈ＩＦ〉のナンバーツーとしても名が知れている。ナンバーワンである【犯罪王】が獄中《ごくちゅう》にいることを考えれば、実質的なトップとも言えるだろう。

「〈ＩＦ〉……」

「そう。アンタから黄河の国宝……〈ＵＢＭ〉の珠を受け取ることになっていたクランだ」

たしかに、そういった話はあった。黄河の本部からあの珠を受け取り、そして〈ＩＦ〉に流す取引によって縁《えん》を繋ぐ役目を負っていた。

その先、〈蜃気楼〉と〈ＩＦ〉で何を為《な》すかまでは、張も聞かされていなかったが……。

「……済まない」

「？」

「俺は、あの珠を奪《うば》われた……。取引を成立させることが出来ない」

〝蒼穹歌姫〟との戦闘《せんとう》で、張はあの珠を使用した。

その上で張は敗れ……珠は右腕ごと〝蒼穹歌姫〟に奪われている。

「だが、頼《たの》む！　俺の命を渡《わた》す！　だからどうか、組織との……〈蜃気楼〉との取引を再び考えてはくれないか！」

自身の失敗で、自らが人生を捧《ささ》げた組織と〈ＩＦ〉の間で抗争《こうそう》を起こすわけにはいかないと張は考えた。

〈蜃気楼〉は黄河最大の裏組織だ。しかし張が身をもって〈超級〉の実力を知った今、武闘派の〈超級〉が結集した〈ＩＦ〉と相対すれば滅《ほろ》ぼされるだけだと既《すで》に察していた。

ゆえに彼は身命を賭《と》して、その結末を避《さ》けようとしたが。

「そうか。だが、結論から言えばもう〈蜃気楼〉との取引は出来ない」

その返答に張が絶望しかけた時、

「なぜなら、〈蜃気楼〉という組織自体が既に存在しないからだ」

絶望を通り越した、理解を拒《こば》みたくなる言葉が続いた。


それからラスカルは張に対し、彼が意識不明だった二週間の出来事を話した。

黄河が本腰《ほんごし》を上げて、〈蜃気楼〉の討伐に乗り出したこと。

【舞姫《ダンシング・プリンセス》】輝麗《フウリー》率いる〈輝麗愚民軍《フウリーユーミンジユン》〉によって、黄河内の拠点《きよてん》は全て潰《つぶ》されたこと。

そして、幹部達は組織で最強であった【牙神《ザ・ファング》】を含《ふく》めて全員が殺害か捕縛《ほばく》され、〈蜃気楼〉のトップである香主《こうしゆ》もまた囚《とら》われたこと。

そして、今頃《いまごろ》は取り調べも済んで処刑《しよけい》が執《と》り行われた後であろうこと、だ。

「…………」

既に寝台の拘束《こうそく》を解かれた張は、残った左腕《ひだりうで》で顔を覆《おお》いながら言葉もなく泣いていた。

自身がこれまでの生涯《しようがい》を捧げた組織が、既に微塵《みじん》も残っていないということを悲しみ、泣いた。自分が何も出来なかったことに無力を感じ、泣いた。

あるいは自分が〝蒼穹歌姫〟を敗り、〈IF〉との取引を成立させていれば結末は違《ちが》ったのではないかと悔《く》やみ、泣いた。

「張葬奇。気は……済んでいないだろうが話を続けてもいいか」

「…………ああ」

赤く泣き腫《は》らした目で、張はラスカルを見る。

「貴殿《きでん》は俺の命を救ってくれた相手だ。ならば、自身の愚《おろ》かさを嘆《なげ》くより、その言葉に耳を傾《かたむ》けるべきだろう」

「実を言うと、アンタを助けたのは俺じゃない。アンタと取引するはずだったもう一人のサブオーナーだ。俺はソイツが拾ってきたアンタの面倒《めんどう》を見るように言われた形だ」

そのサブオーナー……【盗賊王《キング・オブ・バンディッド》】ゼタは既にカルディナにはいない。西方の王国・皇国間で起こる事件に介入《かいにゅう》するべく、既にこの地を離《はな》れている。

「そうか……。だが、恩人には変わりない」

「まぁ、そう思ってくれるのはいいがな。で、本題だが〈IF〉がアンタを助けたのは、〈IF〉に加わって欲しいからさ」

「……なに？」

それは張にとって寝耳《ねみみ》に水《みず》の話だった。

むしろ、自分の耳を疑った。

「と言ってても正式メンバーじゃない。うちは一応、『指名手配の〈超級〉のみ』って条件でメンバーを絞《しぼ》っている。所謂《いわゆる》ブランドがあるからな。……まぁ、そうしてメンバーを絞ってもどうしようもなく能力を無駄遣《むだづか》いするバカはいるんだが。……はぁ」

ラスカルは何かを思い出したのか、疲《つか》れたように溜め息を吐《つ》いた。

彼が何に対してそんな想《おも》いを抱《いだ》いているのかは、張には分からない。

「すまないな……。で、話を戻すが、アンタにはうちのサポートメンバーになってほしい。クランには入らないが、クランの活動をサポートする立場だ。これはほとんどがティアンで、それなりに数もいる」

「……だが、今の俺には何もない。仕えるべき組織も、部下も失った」

「それでもアンタの技巧《ぎこう》とレベルは消えちゃいないさ。何人か例外がいるにせよ、技巧という点で〈マスター〉はティアンに劣《おと》るからな。アンタ自身を俺達《おれたち》は欲しい」

〝蒼穹歌姫〟に敗れ、仕えていた組織をなくし、自信を喪失《そうしつ》している張。

そんな彼に対し、ラスカルは真摯《しんし》にスカウトを続ける。

「……俺の超級職、【大霊道士】を望むならばこの命を絶とう。そうすれば、空いたことをすぐに察知できる分、〈ＩＦ〉が【大霊道士】の座の争奪《そうだつ》でも優位となるだろう」

「いや。それは困る。俺達の仲間には【大霊道士】になれそうな奴《やつ》が現在一人もいない。アンタに死なれると他の〈マスター〉に超級職が渡る。そうなればもう回ってこないからな。それは本当に困る」

それは「条件に合う〈マスター〉が身内にいればさっさと死んでもらう可能性もあった」と言っているに等しいが、張はそのことについては気にしなかった。

「では、俺はどうなる？　お前の仲間で【大霊道士】になれる者が出るまで、獄《ごく》に繋がれていればいいのか？」

「それは人材資源の無駄《むだ》だ。さっきから言っているように、俺達としてはアンタ自身に仲間になってほしい。こっちは人材がいくらいても足りないからな」

「なぜだ？　〈超級〉が結集した組織で、なぜティアンに過ぎない俺をそこまで求める」

「……そうだな。まずはそこから腹を割って話すべきだったか」

そう言って、ラスカルは張の両目をジッと見つめる。

そして、ゆっくりと言葉を……〈ＩＦ〉の根幹を話し始める。

「俺達、〈ＩＦ〉の目的は……」

◆

そうして一〇分近い時間を使って、ラスカルは張に彼らの目的を話し終えた。

「以上が、俺達のやろうとしていることだ」

「…………」

ラスカルの話を聞き終えて……張は静かに納得《なっとく》していた。

彼らが〈蜃気楼〉と取引をしようとしていた理由も、それで理解できた。

（なるほど、合致《がっち》する。それならば組織の動きも、彼らの動きも理解できる）

ラスカルの話に嘘がないことは、張が生業から最大レベルで取っている《真偽判定《しんぎ》》に反応がなかったことからも確かだ。

スキルでなく、海千山千の悪漢達を見てきた張の経験からも……ラスカルが全《すべ》てを正直に話していることは分かった。

「……そうか」

〈IF〉にしてみれば、〈蜃気楼〉の計画は彼らの目的の候補の一つに過ぎなかったのだろう。それでも、〈IF〉側にも協力する意思はあったのだと張は理解した。

折悪《おりあ》しく、自分が敗れ、〈蜃気楼〉自体も連携《れんけい》する前に黄河によって潰《つい》えてしまったが。

「そういう訳なんでな。俺達はアンタという人材が欲しい」

「……一つ聞きたい」

「何でも聞いてくれ」

「今……最も候補として有力なのは、どこだ？」

「天地だ」

「そうか……」

ラスカルの即答《そくとう》を聞いて、張は目を閉じる。

再び開いたとき……彼の目には強い意思が宿っていた。

「ならばいずれ黄河と相対するとき、俺を前線で使ってくれ。それを約束してくれるならば、俺は〈ＩＦ〉の傘下《さんか》に入ろう」

「約束しよう」

張の目は、黄河への戦意に燃えていた。

それは復讐《ふくしゅう》という暗い意思ではない。

（……フッ。〈蜃気楼〉が代々掲《かか》げていた黄河打倒《だとう》、俺は現実的ではないと思っていたはずだがな。しかしやはり……俺も〈蜃気楼〉の一員だったか）

自分が生涯を賭《か》けた〈蜃気楼〉。

組織の最後の一人として、組織が為すはずだった乾坤一擲《けんこんいってき》を己の身で為す。

そのために彼らの傘下に加わって生きようと、張は決めていた。

「だが、前線で使うが死ぬ気にはなるなよ。人材がもったいない」

「ああ。分かっているとも」

張はそう言ってラスカル……新たな仲間の手を取った。

「貴方達《あなたたち》の傘下に入ろう、ラスカル様」

「様、なんて畏《かしこ》まった呼び方じゃなくていい。アンタの方が年も上だ。ラスカルでいい」

「ならば……呼び捨てには出来ないので、ラスカルさん、と」

「ラスカル殿《どの》」という呼称《こしょう》も考えたが、きっとそれもラスカルの基準では「畏まりすぎている」と言われると、張は考えた。

「そうか。ま、それでも呼び捨てでもアンタが楽な方で良いさ。何にしても俺達に加わってくれたこと、礼を言う。早速《さっそく》だが契約《けいやく》を交《か》わしてもいいか？」

「勿論《もちろん》だ」

そのやりとりの後、ラスカルは【契約書《けいやくしょ》】を取り出した。

それは裏社会の構成員などにはよくある契約だ。容易《たやす》く裏切ったり、情報を流したりしないように契約を交わす。それが信用の始まりになる。

しかし張が見る限り、〈ＩＦ〉の契約は自由度が高い。

書面上で行動を制限しているのは『〈ＩＦ〉の目的を来るべき時が来るまで、〈ＩＦ〉の正式メンバーの許可なしに喋らない』、『生命が失われる恐《おそ》れが強いと張葬奇自身が判断する状況《じょうきょう》でない限り、〈ＩＦ〉の正式メンバーの指示に従う』という二つの条件のみだ。

「本当にこれでいいのか？」

これが〈蜃気楼〉の新入りに課す契約であれば、二つ目の条件が『上司が死ねといえば死ぬ』となり、他にも様々な制限が入るだろう。それと比べれば条件が緩《ゆる》い。

「ああ。後々のことも考えると拘束が強すぎる契約は禍根《かこん》を残すからな」

「そうか」

張は契約に納得し、左手でサインをした。

こうして〈蜃気楼〉の元幹部であった張は、〈ＩＦ〉のサポートメンバーとなった。

「加わってすぐで悪いが、アンタに最初の仕事を任せたい。しばらくは、この仕事がアンタの役割になるだろう」

「ああ。何でも言ってくれ」

ラスカルの言葉に応じながら、張は考える。

〈ＩＦ〉での初仕事。どれほどの鉄火場に放《ほう》り込まれるか……。しかし、なんであれ超《こ》

えてみせる）
そして決意を固め、張はラスカルの言葉を待つ。
ラスカルは言葉を溜め、

「——子守《こもり》を頼む」

張の決意が消え去るのではないかと思うほど拍子抜《ひょうしぬ》けする言葉を言い放った。

「…………」

ラスカルから初任務として『子守』を言い渡され、流石《さすが》の張も硬直《こうちょく》していた。

「すまん。言葉選びを間違《まちが》えた気がする」

「いや……」

『今の発言はやはり間違いだったか』と張は思い、改めて任務を受領するべく気を張る。

そして、

「子守だけでなく、他の仕事もある」

「子守はあるのか⁉」

ラスカルの発言に対する張のツッコミで、張っていた気はどこかに霧散《むさん》してしまった。

しかし張にしてみれば、これをそのまま『分かりました』と言うのは無理というものだ。

「それは本気で言っているのか⁉」

「俺は人を丸め込むのは得意だが、嘘はつかんし隠《かく》し事《ごと》もしない。事実だ」

残念なことに、張の《真偽判定》はずっと無反応だった。

残念なことに、事実だった。

「いや、待ってくれ！　そもそも、〈ＩＦ〉で子守とはどういうことだ⁉」

悪名高い指名手配クランで、なぜ子守が必要になるのか。

まさか副業で保育園でもしているのか、と張が考えたとき……。

「おはなしおわったー？」

張とラスカルがいる病室の扉《とびら》が開き、場違《ばち》いな……舌足らずの声が聞こえた。

張が扉へと視線を移すと、そこには幼い少女がドアを開けてこちらを覗《のぞ》き込んでいた。

年齢は十歳《さい》になるかどうか。誰《だれ》かの趣味《しゅみ》なのか、ピアノの発表会で着せられるようなフリフリとした赤いドレスを着ている。

そして左手の甲には……〝交差する斧《おの》〟を模した〈エンブリオ〉の紋章がある。

（少女……、もしや先ほどからラスカルさんが言っている子守とは、……⁉）

そのとき、張は気づいた。

ラスカルの様子が、明らかに変わっている。

表面上は平静を装っているが、内心でひどく緊張《きんちょう》している。

まるで、一触即発《いっしょくそくはつ》の爆弾でも目の前に置いてあるかのように。

「あ。おじしゃん。おじしゃんがあたらしい〝さぽぉと〟のひと？」

そんなラスカルの様子に気づいていないのか、少女は張へと話しかけてくる。

「あ、ああ。先ほど、ラスカルさんと契約も交わした」

「しょうなんだー。よろしくね」

「ああ……よろしく」

張は状況を掴《つか》めなかったが、少女の挨拶《あいさつ》には応じた。

そして少女が差し出してきた手を取り、力を込めないように気をつけて握手《あくしゅ》を返す。

すると、少女は何が嬉《うれ》しいのか満面の笑《え》みで無邪気《むじゃき》に笑った。

「おじしゃん、いいひと！　ぷらす！　てきじゃないね！」

「……？」

張には少女が何を言っているのかは分からなかったが、横にいるラスカルの緊張が薄《うす》れてどこか安堵《あんど》したように息を吐いたのだけが気になった。

「わたち、えみいぃー・きりんぐしゅとん。えみいぃーってよんでね！」

「……俺は張葬奇、だ。よろしく、エミイィー」

「ぶー。えみいーじゃないよ、えみぃぃーだよぅ！」

「……？」

張が首を傾《かし》げると、なぜかまた少し緊張したラスカルが助け舟を出した。

「……名前はエミリー・キリングストンだ。まだ自分でも上手く発音できないんだよ」

「ぶー。いえるもん！〝らしゅかりゅ〟のいじわる！」

「……この分だと俺の名前はいつ言えるんだろうな」

そんな二人のやり取りを見ながら張は納得し、改めて言葉を発する。

「すまないな、エミリー。これでいいか？」

「うん！」

張がちゃんと自分の名を呼んだことにエミリーは満足した様子だった。

「エミリー。まだ話の途中《とちゅう》だから、向こうで遊んでな。うちのマキナが付き合ってるだろ？」

「えー？ でも〝まきにゃ〟よわいもん。〝おしぇろ〟がぜんぶまっくろになったもん！」

「……あのポンコツは子供にオセロで負けるのか」

ラスカルはまた疲れたように息を吐く。出会ってから間もないが彼は〈ＩＦ〉の中でも苦労しているのではないかと、張は感じた。

ともあれ、エミリーはラスカルに部屋から追い出されるらしい。

「ちゃんおじしゃん。またね！」

「あ、ああ」

そうしてエミリーが部屋を出て扉が閉じた後、

「……ふぅ」

ラスカルはようやく全ての緊張が解けたかのように大きく息を吐いた。

張は、そんなラスカルに質問する。

「ラスカルさん。子守というのは、エミリーの子守ですか？」

「そうだ。これまでは俺やもう一人のサブオーナー、ラ・クリマ、……それと最近収監されたバカ《ガーベラ》の持ち回りだったが……しばらくはアンタに任せたい」

カルディナでも有名な指名手配犯ラ・クリマの名があったことで、それが『〈ＩＦ〉の正式メンバーによる持ち回り』だと張は察した。

そうするほどにあの少女は重要人物なのであろう、とも。

だが、張には一つ解《げ》せないことがあった。

（なぜ、エミリーが部屋にいる間……ラスカルさんはあんなにも緊張していた？）

さらに、張がもう一つ気がかりなことがある。

ラスカルの緊張が、張にも向いていたことだ。

まるで……『張がエミリーに何かしないか』ということを恐れていたかのように。

(まだ信用されていないということだろうか……だが)

しかしそれにしては、奇妙な点がある。

ラスカルはたしかに張に意識を向けていたが、その体は……すぐに張を、、庇《かば》えるように身構えていたように見受けられる。

そのことが、張の中で上手く繋がらない。

「ラスカルさん、あの子……エミリーはいったい……」

「……ああ」

考えても分からず、これからの仕事のことも考えて張は直接聞くことにした。

そして、ラスカルは『嘘も隠し事もしない』という彼の主義のままに、答え始める。

「張葬奇。アンタ、あいつに《看破《かんぱ》》はしなかったのか?」

「していないが……」

「正解だな……。していたらマイナスだったかもしれん」

「?」

その言葉に張は違和感《いわかん》を覚えた。

しかし、先刻のエミリーとのやり取りで、エミリー自身が『プラス』と言っていたのを思い出す。直感だが、張はそれらの言葉が深く対になっていると感じた。

「しかし、名前で気づかなかったか？　俺達の中では俺よりも、ラ・クリマよりも、……場合によっちゃオーナーよりも有名なんだがな」

「なに？　しかし…………、…………!?」

張はエミリーという名を記憶から掬《すく》おうとして……間を置いて思い出した。

たしかに、「エミリー」という名は張の記憶にある。

だが、張にはその名と……あの少女が一切《いっさい》繋《つな》がらなかった。

なぜなら、あんな舌足らずの……自分の名前すらまだまともに言えない少女と、その名は結びつかないのだから。

「改めて、話をしよう。張葬奇」

「あ、ああ……」

動揺《どうよう》する張の肩《かた》に手を置きながら、ラスカルは言葉を重ねる。

「アンタの初仕事はエミリーの子守……仕事のサポートだ。だが、その仕事自体もアンタとは因縁《いんねん》がある」

ラスカルは張に若干《じゃっかん》の動揺が残っていることを察し、少しエミリーからずれた話から進めることにした。

「〈蜃気楼〉と取引するはずだった〈UBM〉の珠《たま》だがな。アンタの手許《てもと》にあったのと合わせて六つ、このカルディナに散らばっている。それを欲《ほっ》して色んな国の〈超級〉やら裏社会の猛者《もさ》やらが動き出している」

「珠……か」

張が〈蜃気楼〉の本部からの指令で預かっていた珠には、【轟雷堅獣《ごうらいけんじゅう》　ダンガイ】という〈UBM〉が封《ふう》じ込まれていた。

それ自体も兵器として非常に有用であったが、あれと同じものがさらに五つもカルディナの地にあると聞き、張は気を引き締《し》めた。

「その争奪戦《そうだつせん》に加わり珠を奪う、ということか？」

「違うな。いや、手に入るならそれもいいが、最優先は違う」

「と言うと？」

「最優先は珠を求めてやってくる連中の観察だ。どんな能力か、何を求めているのか、性格や人格はどうか。そしてこっちの話に乗って……スカウトできそうか、だ」

そして、ラスカルは張を直視しながらこう言った。

「〈UBM〉や特典武具ではなく、その争奪戦に加わる人材が俺達の求めるものだ」

その言葉に、張は一つの事実に気づいた。

珠そのものを餌《えさ》とするその手法。

それは珠が偶発的《ぐうはつてき》にカルディナに広まったのでは、実行することが難しい。

しかし逆に……。

「……一つ聞こう」

「ああ、何でも聞いてくれ」

その返答に、張は決心して問いかけた。

「もしや、珠をカルディナにばらまいたのは……〈IF〉か？」

「その通りだ。〈IF〉のもう一人のサブオーナーが、黄河の宝物庫から七つの珠を奪い、その内の六つをばらまいた」

張は、そのことについては誤魔化《ごまか》されると思っていた。

なぜなら、その珠を原因として張は〝蒼穹歌姫〟と戦い、右腕を失っている。

しかし、ラスカルは隠すことなどないと、正直に答えていた。

それこそ、彼の言う『嘘と隠し事はしない』信条のままに。

「……そうか。一度手放したものを〈蜃気楼《こちら》〉側の対価として取引をしようとしたのも、その人材を見つける餌とするためか」

「それは半分だ」

「半分？」

「俺達は〈蜃気楼〉と手を組んで黄河を舞台《ぶたい》に計画を実行することも考えていた。だが、悪名が知られ過ぎている俺達が、急に『手を貸しますよ』などと言って縁を繋《つな》ごうとしても信じられないだろう？」

「…………」

その場合、如何《いか》なる裏があるかと疑心を抱き、決して信用できないだろう。

「だが、そちらの手に黄河の国宝という莫大《ばくだい》な対価があって、取引として協力するならば……どうなる？」

「……少なくとも、無償《むしょう》のときよりは安心と理解が得られる」

「そういうことだ。タダより高いものはないし、無償の愛なんて信じられる奴は裏社会にいやしない。信用されるために相手にまず対価を持たせる、というのが俺のプランだった」

なるほどと、張は納得した。

「……実行したゼタ《アイツ》が内心でどう考えていたかまでは、俺にもわからねえけどな」

ラスカルは、先刻から時折そうするように自身の心情の一部を言葉に漏《も》らした。それも『嘘と隠し事をしない』信条によるものか、あるいは無意識かは張にはまだ分からない。

「今の所在が確実に分かっているものを幾《いく》つか教える。まずはここから一番近い場所に出向いて、仕事始めってことになるな」

ラスカルからの説明に頷《うなず》きながら、しかし一度棚《たな》に上げた疑問が再び張の胸に生じた。

「仕事については承知した。……だが、改めて確認《かくにん》したい」

「エミリーのことだろう？」

「ああ。……本当に、あの子がそうなのか？」

「そうだ」

ラスカルの言葉に、やはり《真偽判定》は反応しない。

張も既に分かってはいたのだ。

その時点で、これが真実であると。

しかし、どうしてもあの少女とその真実が結びつかなかったのだ。

「だが、アイツはあの通り子供だからな。一人でカルディナの砂漠《さばく》に放り出すわけにも行かない。そのために、誰か傍《そば》についてやる人材が要《い》る」

ラスカルは「……ゼタは『提言。あの子も十歳。一人で各国を巡《めぐ》り、一人で仕事もできるでしょう』とか抜《ぬ》かしてたがな。できるわけないだろ。どこの天才児だ。そんなトンデモな子供いるわけがない」という言葉を漏らしてから、言葉を重ねる。

「エミリーのサポートをするに当たって、アンタに伝える注意事項《じこう》は究極的にはたったの一つしかない」

「……それ、は？」

「エミリーの〝敵〟になるな」

「〝敵〟？」

「アンタは保護者としてアイツを叱《しか》ってもいいし、諭《さと》してもいい。だが、意味なく貶《けな》すな。理由なく傷つけるな。アイツを無下にするな。決して、アイツの中でアンタの印象がマイナスにならないように注意しろ。アイツの〝スイッチ〟を入れるな。さもなければ……」

「さもなければ……？」

「――アイツの本性《ほんしょう》をアンタ自身で確かめることになっちまう」

その言葉は、これまでの全ての言葉よりも重く言い放たれた。

そして気づく。エミリーがいたときのラスカルの緊張は、張がエミリーに対して何らかの敵対的行動をとることを危惧《きぐ》していたのだ、と。

その『本性を確かめる』ということが、目の前で起きるのではないか、と。

「……忠告は肝《きも》に銘《めい》じた」

「まだ実感が湧《わ》かず、信じきれないのは理解できる。それでも、すぐに分かる」

ラスカルは張に仕事の詳細《しょうさい》を書いた書面を渡してから地図を開き、一点を指し示した。

「アンタの最初の仕事場——商業都市コルタナに着けばな」

◆◆◆

■商業都市コルタナ

そうして、張が〈IF〉のサポートメンバーになってから一週間が経《た》ち、今の張とエミリーはコルタナに到着《とうちゃく》していた。

なお、コルタナの暑さに疲れ果てていたエミリーだが、砂漠での移動のときはそこまで暑さを苦にしていなかった。

街から街への移動の際は、ラスカルが用意した砂漠航行用の小型船に乗っていたからだ。内部には空調もあったので、エミリーは中で絵本などを読んでいた。

時折出てくるワームの類は張が処理し、キョンシーにしてジュエルに納めている。

そうしてエミリーがラスカルの言う〝本性〟を見せることはなく、張はこの一週間のうちにエミリーが噂《うわさ》に聞く人物と同一であるという確信を持てずにいた。

(……だが、ラスカルさんが嘘《うそ》を言ったとも思えん。やはり、俺《おれ》がまだ見ていないだけで何かはあるのだろう)

そんなことを考えていると、エミリーがカフェの前から張を呼んだ。

「ちゃんおじしゃーん！　まーだー？」

その姿がやはり子供にしか見えなくて、張は少しだけ笑う。

なお、今は張もエミリーもアクセサリーで容姿を誤魔化している。〈IF〉に属するエミリーは指名手配されているし、張も〈蜃気楼《しんきろう》〉絡《がら》みで狙《ねら》われる可能性があったからだ。

ラスカルが用意したアクセサリーはかなり高性能なものだったので、最大レベルの《看破》でも完全には見破れない。小型船舶《せんぱく》といい、ラスカルは非常に準備のいい男であった。

きっと今の張とエミリーは余人には普通《ふつう》の家族か何かにしか見えていないだろう。

ただ、張の右腕《みぎうで》だけは符《ふ》で作った義手なので、若干の違和感はあるかもしれない。

「ああ、すぐ行く」

張はそう言ってエミリーの待つカフェの前まで歩いていき……言葉を失った。

(…………なぜ、いる？)

このカフェは窓を広く取っているので、店の外からでも店内の様子が見て取れる。

そして張は見たのだ。

テーブルに座《すわ》って何事かを話している――〝蒼穹歌姫〟の姿を。

そう、彼《かれ》らが入ろうとしていたカフェは……ユーゴー達《たち》が待ち合わせに使ったのと同じカフェであった。

(彼女《かのじょ》も珠が標的なのだから、珠がある街で鉢合《はちあ》わせることもあるだろうが……)

張にとっては、自分の預かった支部を潰し、右腕を奪った仇敵《きゅうてき》とも言える相手だ。

しかし、張が抱いたのは復讐心《ふくしゅうしん》でも殺意でもなく、懸念《けねん》だった。

(どうする……。ラスカルさんから任された仕事は、観測だ。珠を目当てに集まる人材のデータ蒐集《しゅうしゅう》。ここで揉《も》め事を起こすのは……万が一にもこちらの正体がバレれば、任された仕事の達成も難しく……)

張は自分に任された仕事を全《まっと》うするため、考えを巡らせる。

基本的には真面目《まじめ》な社会人のような男である。

裏社会の住人だったが。

「エミリー。ここではなく、違う店に……」

「わーい！　〝あいしゅ〟ってかいてあるー！」

店の変更という張の考えた最善策は、店の品書きを見て笑顔《えがお》で店に入ったエミリーによって木《こ》っ端微塵《ぱみじん》に打ち砕《くだ》かれた。

そしてエミリーだけを店に置いていくなど、張の仕事を考えれば出来るはずもない。

「……ええい、ままよ」

そうして張もエミリーに続いて店内に入り、

「あ。すみません。ただいま満席でして」

「ああ、それは仕方ないな」

店員から救いの手の如き情報を聞いて『これで店を変えられる』と喜び、

「そちらのお客様と相席でお願いいたします」

「…………………」

六人用のテーブルに三人で座っていた〝蒼穹歌姫〟一行と同じ卓《たく》を勧《すす》められたのだった。

「わーい」

そして、エミリーは既にそのテーブルの席についていた。

「…………」

黄河の死霊《しりょう》術師の頂点である【大霊道士《グレイト・ソウルタオシー》】張葬奇は、心中で自身の冥福《めいふく》を祈《いの》りかけた。

■カルディナ某所《ぼうしょ》

張《チャン》がコルタナで〝蒼穹歌姫《AR・I・CA》〟と遭遇《そうぐう》して胃を痛めていた頃《ころ》。

彼らを送り出したラスカルは商談のため、彼が所有する一隻《せき》の大型船に乗って賭博《とばく》都市ヘルマイネに向かっていた。

船は当然のように砂漠の上を進んでいる。このカルディナには各国の技術が流れてきており、砂漠を海の如く進む砂上船もグランバロアの造船技術とドライフの魔法《まほう》機械、そして黄河のマジックアイテムが組み合わさったものである。

砂上船技術は多様な技術のハイブリッドであり、捉《とら》えようによっては最先端とも言うべきものだが、通常はあまり使われない。

理由としては、この大砂漠《だいさばく》を渡《わた》る際に機関音によって地中のワームを誘引《ゆういん》し、戦闘《せんとう》回数を増やしてしまうからだ。亜竜《ありゅう》クラス以上の個体も多いワームとの戦闘はティアンならばまず避《さ》けるべき事柄《ことがら》であり、通常は昔ながらの竜車《りゅうしゃ》を使用する。

それでも砂上船に乗るとすれば、張達がコルタナに向かう際に使ったような比較的静粛《ひかくてきせいしゅく》性《せい》の高い小型船舶を使うことになるだろう。

だが、ラスカルが乗る大型船は、そうではない。

遭遇したワームの全てを殲滅《せんめつ》しながら、この大砂漠を航行している。

地中にまで伝わる機関音に引かれて顔を出したワームを、船の各所から張り出した砲台《ほうだい》が狙い撃《う》ち、その体を光の塵《ちり》へと変えていく。

亜竜クラスの【デミドラグワーム】だけでなく、純竜クラスに相当する【ドラグワーム】であっても、その大型船——戦艦《せんかん》の前に姿を現せば砕けて消えるだけだ。

圧倒的《あっとうてき》な力で、大砂漠の脅威《きょうい》の象徴《しょうちょう》であるワームを蹴散《けち》らしながら進む船。異常とも言える光景だが、それもこの船自体が〈IF〉の本拠地《ほんきょち》と聞けば納得する者もいるだろう。

船の名は、【テトラ・グラマトン】。

原型はグランバロアの試作三〇〇メテル級戦艦だが、試験航海中に〈SUBM〉【双胴《そうどう》白鯨《はくげい》 モビーディック・ツイン】と遭遇して轟沈《ごうちん》した曰《いわ》く付きの船だ。

その後、海溝《かいこう》に沈《しず》んでサルベージ不可能となったが、沈没《ちんぼつ》位置は当時グランバロアの〈超級《スペリオル》〉であったゼタが覚えていた。

そのため、〈ＩＦ〉に所属した後のゼタがラスカルに回収を提案。メンバーで協力して海溝まで潜《もぐ》った後、ラスカルが〈超級エンブリオ〉のスキルで回収した。

その後はラスカルが修復と改装を続けたことで、先々期文明のアイテムも組み合わせて陸海を走破する万能超戦艦《ばんのうちょうせんかん》として再誕。

今では〈ＩＦ〉の当座の本拠地として運用されている。


「……今日は数が多いな」

ラスカルは自室の分厚い窓の外を眺《なが》めながら、そう呟《つぶや》いた。

彼から見える風景の中では、船体から伸《の》びた作業用アームがワームが死んだ後に残されたドロップアイテムを回収している。

この船に現在乗っている人間はラスカル一人であり、彼も操船はしていない。

【テトラ・グラマトン】は航行と戦闘、回収までも自動化することができ、唯一《ゆいいつ》の乗員であるラスカルは自室で商談の準備をしている。

余談だがこの船には多くの部屋があり、二週間前に張が目を覚ましたのも船内の医務室だ。それに収監されている者も含《ふく》め、メンバー全員の部屋が用意されている。

「……あのバカ、無駄に火力の高いヤツを撃っているな。あまり派手にやるとカルディナの連中に気づかれる。また徒歩で隠れて砂漠を進むことになるぞ」

【テトラ・グラマトン】は強力な戦艦ではあったが、それでも【地神《ジ・アース》】を始めとしたカルディナの〈超級〉達をラスカル一人で相手取れるほどではない。

この船自体はラスカルの〈超級エンブリオ〉のスキルで収納できるため、いざとなれば隠れることやログアウトも出来ることが幸いであった。

「ご主人様！　お茶をお持ちしました！」

そんな時、トレイの上にティーカップとポットを載《の》せて、何者かが彼の部屋に入ってきた。

ふわふわとした緑色の髪《かみ》を揺《ゆ》らし、メイド服を着たソレ、は十代後半ほどの美少女に見えたが、よく見ればソレが女性……人間ではないと分かる。

体は艶《あで》やかな皮膚《ひふ》に覆《おお》われているが、左腕《ひだりうで》は肩口《かたぐち》から先に皮膚がなく……金属製の中身がむき出しになっている。美しいはずの顔も右目は大きな黒い眼帯に覆われており、額には何かを取り外したような傷の如き痕《あと》があった。

SF小説かライトノベルに出てくるアンドロイドのような姿を隠しもしない彼女の呼び名は、マキナ。

【器神《ザ・ウエポン》】ラスカル・ザ・ブラックオニキスの〈超級エンブリオ〉である。

「……マキナ。ワームの駆除《くじょ》はもう少し音と威力《いりょく》を控《ひか》えめにやれ」

「了解《りょうかい》です！　そんなことよりご主人様！　エミリーちゃん達、今頃《いまごろ》はコルタナについてますか！」

〈マスター〉の指示を即行《そっこう》で「そんなことより」と言ってのけたマキナに溜《た》め息《いき》をつきながら、ラスカルは彼女の問いに答える。

「……ああ。途中で他の〈超級〉や神話級に出くわす事故でもなければ、今頃コルタナだろう。万が一にも事故に遭っていたら……最悪だと張が死ぬだろうが、そのときは張の【契約書】で分かる。アイツらは無事だ」

その発言はまるで、〈超級〉や神話級に出くわしてもエミリーの身は心配していない、という風だった。

「良かったです！　エミリーちゃんにはいずれオセロ五〇連敗の借りを返さなければなりません！」

「……マキナ。お前、それは流石に負けすぎだろう」

「私の処理能力は諸々《もろもろ》の事でいっぱいいっぱいなのです！　勝つための戦略はご主人様頼《だよ》りなのです！　たとえそれがオセロであっても！　ご主人様に後ろから指示されないと勝てないのです！」

「……それ、お前がオセロする意味あるのか？」

「最適化を重ねれば自力で勝てるかもしれません！　あと一〇〇戦は要りますね！」

「……そうか」

ラスカルは疲《つか》れたようにそう呟いて、マキナの持って来たお茶を口に運んだ。

「…………」

そして無言のまま、口につけたそれをテーブルの上に置き、

「おいポンコツ。お前、この紅茶淹《い》れるとき……水は何を使った？」

「【快癒万能霊薬《エリクシル》】です！　ご主人様がお疲れなので五本分たっぷり入れました！」

「そうか……。お前、腕立《うでた》て伏《ふ》せ五〇〇回な」

「なにゆえ!?」

ラスカルはポンコツメイドにそう言い捨ててから、一本一〇万リルの薬品を五本も使った贅沢《ぜいたく》な……しかしクソ不味《まず》い紅茶を、勿体無《もったいな》いので苦い顔をしながら飲み下した。

煮立《にた》ったことで薬効が飛んだのか、疲れはむしろ倍増した心地《ここち》だった。

そしてポンコツメイドが腕立て伏せを始める横で、一束の資料に目を通し始める。

「フレームが、フレームが軋むぅ……。あ、ご主人様は何をご覧になっているんですか？」

「昨日寄った街で〈ＤＩＮ〉から買ったフリーの〈超級〉と準〈超級〉の目撃《もくげき》情報だ。ま

だ全部は目を通していなかったからな」

「ほへー」

「既《すで》に国に属している連中より、そういった連中の方が引き込みやすいからな。まぁ、ゼタは皇国の【魔将軍《ヘル・ジェネラル》】を引き込むことに成功したらしいが。黄河から珠を盗《ぬす》んだ件といい、アイツの手際《てぎわ》には感心する」

ラスカルはゼタの手腕《しゅわん》を評価している。国から手厚い支援《しえん》を受けていたはずの【魔将軍】を、どうやって〈IF〉に転ばせたのか。ラスカルにはその手法が見当もつかなかった。

答えは『闘技場《とうぎじょう》で小学生のメンタルを圧《へ》し折った後に美味《うま》い話で勧誘《かんゆう》した』だったが。

「ご主人様がスカウトしたのはあのガーベラさんでしたね！　同じサブオーナーなのにゼタさんって本当に有能ですね！」

ラスカルは獄中《ごくちゅう》にいる問題児のことを思い出して少しだけ胃にダメージを受けた。

あるいは紅茶という名の熱々薬品が胃にダメージを与《あた》え始めたのかもしれない。

「……ガーベラをスカウトした責任はあるかもしれないが、『同じサブオーナーなのに』のくだりは無駄《むだ》に俺を下に置いてないか？」

「下には置いていませんが反省してくださいね！　えっへん！」

なぜかマキナはそう言って胸を張った。

「そうか……。反省を込めて、俺の〈エンブリオ〉の腕立て伏せを一〇〇〇回に増加だ」

「うきゃあ⁉　ご主人様のドS！　他の人には優《やさ》しいくせに！」

「……お前がポンコツでなければ俺もサドらなくて済むんだが」

彼の機嫌《きげん》を損《そこ》ねる天才であるポンコツメイドに溜め息を吐《つ》きながら、ラスカルは資料を読み進める。

しかし、あるページに差し掛《か》かったとき、その指が止まった。

「……そうか。アイツがコルタナの近辺にいるのか。なら、鉢合わせるか」

「ご主人様、アイツって誰ですかー？」

「お前も知っている奴《やつ》だ。砂漠でやり合って完全回収前の〈遺跡《いせき》〉が潰《つぶ》れただろうが」

「わかった！　【撃墜王《エース》】ですね！」

「たしかにソイツともそういうことはあったが、フリーの目撃情報だと言っただろう！　もう一人の方だ！」

「もう一人……もう一人……あー」

マキナもラスカルの言った人物に思い至り、腕立て伏せをしながらうんうんと頷く。

「あれ？　コルタナって、エミリーちゃん達の向かったところですよね？」

「そうだ。念のため、張達に通信で連絡《れんらく》しておくか。……しかし、面白《おもしろ》いな。純粋《じゅんすい》に一人の〈マスター〉として、アイツと張達の戦いは観《み》てみたい」

「分かりました！　じゃあ船の舵《かじ》をコルタナに向けますね！」

マキナがそう言うと、唸《うな》るような音がして部屋全体……その部屋を収めた【テトラ・グラマトン】が進路を変えようと揺れはじめる。

マキナの意思に沿って、巨大《きょだい》な超兵器《ちょうへいき》がその動きを変える。

しかし、それは不思議ではない。【テトラ・グラマトン】が自動化されているのは、ラスカルの〈超級エンブリオ〉であるマキナがその全《すべ》てを制御《せいぎょ》しているからだ。

ポンコツではあるが、マキナはこの船の操舵士《そうだし》にして——メインコンピュータだった。

「進路は変えなくていい！　これから商談だと言っておいただろうが！」

「分かりました！　フリですね！　変えるなよ！　絶対変えるなよ！　ですね！」

「そうか……そのポンコツ過ぎる耳を取り外して分解清掃《せいそう》してやる！」

「わーい！　ご主人様の耳掃除《そうじ》だー！　ご褒美《ほうび》……いたたた⁉　耳引っ張られるの痛い！」

そんなやりとりで【テトラ・グラマトン】を揺らしながら、彼らは彼らの仕事に向かう。

張達に騒動《そうどう》の火種となる情報を連絡することを、少しだけ忘れて。

◇◇

□【装甲操縦士《アーマー・ドライバー》】ユーゴー・レセップス

師匠《ししょう》からコルタナにある珠の情報を聞いて少しした頃、お店の人から「相席をお願いします」と言われた。

「〝あいしゅ〟♪　〝あいしゅ〟♪」

相席となった子供は余程《よほど》にアイスが楽しみなのか、少し舌足らずな言葉で歌いながら、ニコニコ笑顔で席に座る。

そのすぐ後に、保護者らしい三十代ほどの男性がどこか疲れた顔で少女の隣《となり》に座った。

親子だろうか？

左手の甲《こう》を見ると少女は〈マスター〉で、男性はティアンだ。

〈マスター〉とティアンで一緒《いっしょ》に動くことは珍《めずら》しいというほどでもない。

〈叡智《えいち》の三角〉もルフィアさんをはじめとするティアンの事務員を雇《やと》っていたのだし。

「…………うー、ん？」

不意に、キューコが何かに首を傾《かたむ》けた。

顔を見ると、少し気分が悪そうにしている。

「どうかした、キューコ？」

「なんだか、さむけがする」

この熱気の中で寒気って……アイス食べたからかな？

アイスというかミルクセーキだったけど。

「ちょっと、もどるね」

キューコはそう言って私の左手にある紋章《もんしょう》に戻《もど》ってしまった。

すると、相席していた女の子が目を丸くして驚《おどろ》いている。

「わー！　〝めいでん〟だったんだー！」

女の子は驚いたような、嬉しいような、子供らしい笑顔でそう言った。

そして満面の笑みで私に話しかけてくる。

「おにーしゃんも、〈ましゅたー〉なんだね！」

「うん。そうだよ」

「うわーうわー！　いいなー！　〝めいでん〟、はじめてみたー！」

「え？　……ああ、そうか」

私自身がメイデンの〈マスター〉で、他にもメイデンの〈マスター〉を知っているので忘れがちだけど、メイデンはレアなカテゴリーだ。

この子のようにメイデンを初めて見る〈マスター〉もそれはいるだろう。

「あのね！　エミリーがみたことあるのはね！　〝しゅらいむ〟とー、むしさんとー、みえにゃいのとー、みえにゃいのー！」

スライムのガードナーと、虫のガードナーかな。それと見えない〈エンブリオ〉が二つ……発動時にエフェクトがないタイプのテリトリーかな？

『見えないのなら見たことにならないんじゃないかな』と少し思ったけど、子供との会話ってこういうちょっと不思議な感じのニュアンスで伝えてくるよね。

それと、やっぱり言葉遣《ことばづか》いが舌足らずだ。

見た目は十歳《さい》ほどだけど、実際の年齢《ねんれい》はもっと低いのかもしれない。ちょっと背伸《せの》びした年齢でアバターを作るのはよくある話だ。……ユーリ《わたし》もそうだし。

さっきから女の子の付き添《そ》いのティアン男性がハラハラしているように見えるのも、彼女が幼いからかもしれない。

……ああ、この子の実年齢《じつねんれい》が幼いから、保護者が面倒《めんどう》を見られない間は信頼《しんらい》できるティアンに子守《こもり》してもらっている、ってパターンもありえるのかな。

「あ。あと〝まきにゃ〟！」

「まきにゃ？」

「〝まきにゃ〟はね、おっちょこちょいでね、〝おしぇろ〟よわいの！　いつも〝らしゅかりゅ〟におこられてるの！　でもともだちなの！」

話の流れからするとそのまきにゃというのは友達で、〈エンブリオ〉ってことか。メイデン……は見たことないと言っていたから、あの淫魔《バビロン》のように人に近いガードナーかな。

「……？」

不意に、少しの違和感を抱《いだ》いて師匠を見る。

師匠は女の子と男性が席についてから、一言も言葉を発していない。

表情は特にいつもと変わらないけれど、どこか雰囲気《ふんいき》が違《ちが》う。

そして変わらぬ表情のまま、師匠の〈超級エンブリオ〉である右目は……万華鏡《まんげきょう》の如き虹彩《こうさい》が目まぐるしく動いていた。

それと、女の子の付き添いのティアン男性は、なぜだか分からないけど顔にひどく汗《あせ》をかいている。外気の熱さによる汗とは、違う気がした。

「ちゃんおじしゃん、いっぱいあしぇかいてるけどどうしたの？」

「……大丈夫《だいじょうぶ》だ、気にするな」

「しょうなの？　でも、わたちもいっぱいはなしたらあしぇかいちゃった！　きょうはあっちゅいね！　おにーしゃんもふくがあちゅそうだね！」

「あ、うん。だけどもう砂漠で着るのにも慣れたからね」

二人の様子が気になったけど、私は再び話しかけてきた女の子の言葉に応じる。

「わたち、むこうではこんなにあっちゅくなったことないから。ちゅかれちゃうの」

「向こう？」

「でんどろぐりゃむの、そと！」

「ああ。たしかに、リアルだとここまでの暑さはそういう地方じゃないと味わえないね」

「うん！　それにわたちはずっと〝えあこん〟のあるしろいおへやの〝べっど〟にいるから、あっちゅいのもさむいのもこっちだけなの！」

白いお部屋とベッドって病院とかかな。

たしかに、病気療養《りようよう》中の子供が〈Infinite Dendrogram〉の中で色んなところを旅行する、みたいな話も前にネットの記事で見た気がする。

まぁ、モンスターがいるから腕《うで》の立つ付き添いが必要なのだけど。

……そういえばレベルの低い〈マスター〉を景色のいい場所まで護衛する、なんてクエストは冒険者《ぼうけんしゃ》ギルドにもいくつかあったっけ。

「ご注文のアイスです」

「わーい！」

と、そんなことを話しているうちに、女の子の頼《たの》んでいたアイスが席に届いた。

それはキューコの時のようにすぐに溶《と》け始めるけれど、

「いただきまーしゅ！　ごちそうしゃまでした！」


――瞬《まばた》きの間に、器は空になっていた。


「……あれ？」

器の中身の変化に、私は戸惑《とまど》う。運んだばかりのティアンの店員も首を傾《かし》げた。店員は「あれ？　ちゃんと中身入ってたよな？」と呟いている。

けれど、師匠とティアンの男性は違った。

ティアンの男性は何かに驚いているようだったし……師匠は笑っていた。

「お嬢《じょう》さん、何もアイスを超音速機動で食べなくてもいいんじゃない？」

「えー？　とけるのやだもん」

「ハハハ、それはそうだね！　溶けてしまったアイスはアイスじゃないからねぇ！　炎天《えんてん》下《か》でアイスを食べたければ溶ける前に食べるのは、言われるまでもないことだった！　本人の体感速度は変わらないしそれでもいいのかもしれないね」

そんな風に師匠は笑って、女の子は器の底にちょっと残っていた溶けたアイスをスプーンで掬《すく》っていた。

それは穏《おだ》やかな光景だけれど、今の会話の意味は変わらない。

師匠は、この幼い女の子が超音速機動――戦闘系超級職をはじめとした一部の人間にしか扱《あつか》えない領域の速度を扱ったと言ったのだ。

「……そ、それではアイスを食べ終わったことだし、出るとしようか」

「わかったー！　それじゃあね、おにーしゃんとおねーしゃん！」

少し狼狽《ろうばい》した様子のティアンの男性が勘定《かんじょう》を置いて席を立ち、女の子もそれに続いて席を立つ。それは不自然なほどに、慌《あわただ》しい。

そうして二人が店を出て、テーブルについているのが私と師匠だけになったとき。

「ユーちゃん。あの二人、尾行《びこう》して」

「え？」

「アタシが珠《たま》の回収をしている間、あの二人の監視《かんし》。何かあったら、《地獄門《La Porte de l'enfer》》を使って制圧して。きっと、ユーちゃんとの相性《あいしょう》はすごく良いはずだから」

「師匠、それはどういう……！」

「詳《くわ》しく話してると距離《きょり》を離《はな》される。すぐに行動して。詳細は後から【テレパシーカフス】で伝えるから」

そこで、気づいた。

今の師匠の表情は、いつになく真剣《しんけん》なものだ。珠を求めてヘルマイネで黄河マフィアの懐《ふところ》に飛び込んだときですら、消える素振《そぶ》りがなかった余裕《よゆう》が消えている。

そして察する。先ほどの女の子とのやり取りは師匠にとって、女の子が超音速機動を使った、というだけのことではないのだと。

「……分かりました」

その詳細を聞く事は後でも出来ると考え、私は席を立ち、あの二人を捜《さが》すことにした。

「マキナに、ラスカルとは懐《なつ》かしい名前ねー。そんな名前を友達として出せる女の子の〈マスター〉……答えが予想してる通りの最悪なら結果も最悪になりかねないね」

何時《いつ》になく不機嫌《ふきげん》な師匠の声を、背中に聞きながら。

◆◆◆

■商業都市コルタナ

（先ほどの会話、〝蒼穹歌姫〟の視線と気配……勘付《かんづ》かれたのは間違《まちが》いない）

エミリーを連れてコルタナの路地を足早に進みながら、張は焦燥《しょうそう》に駆《か》られていた。

まさかエミリーが、〈ＩＦ〉に関係した情報をあれほど簡単に雑談で口にするとは、流石《さすが》に張も考えていなかったのだ。

〈〝蒼穹歌姫〟と共にいた〈マスター〉は気づいていない様子だったが、逆に〝蒼穹歌姫〟は席についた段階でこちらを疑っていた。そして、ラスカルさんの名前を出した時点でその疑いが確信に変わったのだろう）

トドメに、超音速機動でアイスを食うというありえない行動である。

張はエミリーに本当にそれだけの力があったことに驚いたし、それを敵になる可能性が高い相手の前で見せるとも思っていなかった。

これではアクセサリーによる偽装《ぎそう》の意味もないだろう。

「エミリー。なぜ、敵の前であんなも無警戒《むけいかい》に……」

「え？　てきってだれ？」

「先ほど、同じテーブルに座っていた〝蒼穹歌姫〟と連れの〈マスター〉だ」

「おにーしゃんとおねーしゃんは、てきじゃないよ？」

手を引く張からの言葉にエミリーはきょとんとした表情で首を傾げる。

「だって、〝まいなす〟じゃないもん。それに……」

「……それに？」

マイナスという以前にも聞いた言葉よりも、それに続こうとする言葉に張は耳を傾ける。

だが、促《うなが》した答えを聞くよりも先に、

「おいおい。こんなところに旅行者か？」

「ヘッヘッヘ、この路地に入り込むとは何をお探しで？」

二人の前に一見して堅気《かたぎ》ではない風体《ふうてい》の男達が現れて、道を塞《ふさ》いだ。

男達は武装しており、ニヤニヤと笑いながら扇状《おうぎじょう》に張とエミリーを包囲している。

（……しまったな。あの店から離れることを優先して、路地の選択《せんたく》を間違えた）

男達のような人種を張はよく知っている。

己《おのれ》よりも弱そうな相手を狙い、金品や命を巻き上げる類の輩《やから》だ。張がヘルマイネで支部を任されていた頃は、似たような連中が調子に乗る度に制圧していた。

そして、張はもう一つよく知っている。

こういう連中は往々にして、相手の力量をつかめない、と。

「おい、そっちのガキは〈マスター〉だぜ？」

「へっ。〈マスター〉でもこんなガキなら怖《こわ》くねえや」

「なぁ、おっさんと嬢ちゃん。痛い目に遭《あ》いたくなかったら、有り金全部置いていきな」

男達は張が超級職《スペリオル・ジョブ》であることも、エミリーが〈ＩＦ〉のメンバーであることも、まるで分からないだろう。

相手の方が遥《はる》かに強いと言う想定が一切《いっさい》なく、普段《ふだん》から彼らが餌食《えじき》にしてきた人間と同じような連中だとしか思っていないのだろう。

これについては、アクセサリーで姿を偽装していたことに問題があったかもしれない。

強者だとばれれば珠目当てに近づいた者達に警戒《けいかい》されるため、無害な一般人《いっぱんじん》にしか見えないように見せかけの容姿が設定されていたのだ。

当然、《看破》でも見せかけの弱々しいステータスが表示される。

ゆえに、男達は狙う獲物《えもの》を間違えたと言える。

だが、ある意味で……彼らはまだ致命的《ちめいてき》には間違えていなかった。

あるいは、ここで何か直感のようなものが働いて退けば、何も問題なかっただろう。

彼女のグレーゾーンには、まだ余裕があったから。

けれど、次の瞬間《しゅんかん》に――彼らは致命的に間違える。

「だんまりしてんじゃねえよ！」

彼らの中で最も大柄《おおがら》な男が武器を見せつけて、

「早く金出せや！　殺すぞ！」

その言葉を言い放ってしまった瞬間に――間違えた。


「――――マイナス」


彼らが間違えた瞬間に発せられた二つの音を、張が理解するまでに少しの時間を要した。

一つ目の音。冷徹《れいてつ》な声音《こわね》が……エミリーのものであると気づけなかった。

二つ目の音。一瞬《いっしゅん》だけ発された「パンッ」という音。

それが刃物《はもの》によって……男の脳天から股間《こかん》までを両断した音だとは、目で見ていても理解するまでに時が必要だった。

刃物は赤く、黒く、乾《かわ》いた血の如き鈍《にぶ》い光沢《こうたく》の斧《おの》だった。

形状としてはトマホークに近いが、その刃《やいば》はまるで怪鳥《かいちょう》が羽を広げたような形状だ。

装飾剣《そうしょくけん》の如きその刃は切れ味があるのか怪《あや》しいようにも見えるが、……今しがた人間を簡単に両断してしまっていた。

そして、その斧を握《にぎ》っているのは――エミリーだ。

右手に人を両断したばかりの斧を、左手にそれと同じ形状のまだ血に濡《ぬ》れていない斧を持ち、張に背を向けている。

斧以外は同じのはずが、彼女の全てが変わってしまったかのように……纏《まと》う空気が違う。

「エミ、リー？」

張の問いかけにもエミリーは振《ふ》り向かない。

それゆえに、張はエミリーの今の表情を見ることは出来ない。

張は、『今のエミリーは果たして人の顔をしているのだろうか』という疑念すら抱く。

だが、首の角度でエミリーが何を見ているのかは分かった。

エミリーはまだ生きている男達を見ているのだ。真っ二つになった男の内臓が路地に零《こぼ》れて、それの発する何もかもが熱気と臭気《しゅうき》に混ざりこむ光景を、理解できずにいる男達を。

「は、あ？　ああ？」

「は、ハワード？　え？　だってこいつ、上級職……」

信じられないように、大男の死体を見る男達。

だが、すぐに自分達を見るエミリーの視線に気づいた。

「ひっ⁉」

「う、うあぁあああああああ⁉」

彼らは一体、エミリーの視線に何を見たのだろう。

男達のほとんどは、背を向けて、あるいは腰《こし》を抜《ぬ》かしながら遁走《とんそう》した。

だが、一人だけ顔に血管を浮《う》かべながらエミリーに憤怒《ふんぬ》の表情を向ける男がいた。

「よくもアニキを……このバケモノがぁ！」

男がそう言って両手剣《りょうてけん》を振り上げた瞬間、エミリーは左手の斧を投げていた。

回転しながら飛ぶ斧は男が武器と共に振り上げた両腕《りょううで》を肘《ひじ》から切断した後、

「ホグッ……⁉」

独りでに旋回《せんかい》して……首を断った。

飛翔《ひしょう》した斧がエミリーの手元に戻ると、首なし死体が一つ……真っ二つの死体に並ぶように転がった。

それを見て、他の男達《たち》は更《さら》なる悲鳴を上げて逃《に》げていく。

けれど、逃げていく男達を……エミリーはただ見送るだけだった。

「………」

その間、張は身動きしなかった。

恐怖《きょうふ》で身動きできなかったのではない。

だが、己の動作の何がエミリーの次の引き金になるかも分からず、動作を躊躇《ためら》ったのだ。

そうしている間に、エミリーは遁走する男達を見送ってから……次の行動を起こした。

己の持っていた二本の斧を、それぞれに死体に突《つ》き立てたのだ。

死体の損壊《そんかい》。けれどそれは、損壊が目的ではなかった。

斧はまるで水でも啜《すす》るかのように、死体から何かを吸い取っていく。

死体は急速に干《ひ》涸《から》びて、やがて水分も細胞《さいぼう》単位の生命も完全に失った。


そして……光の塵になる。


死体が残るはずのティアンが、モンスターのように、デスペナルティになる〈マスター〉のように、光の塵になって消えていく。

光の塵はやがてカルディナを過ぎ去る砂《さ》漠《ばく》の風に混ざり、見えなくなった。

そうして二つの死体を処理してから、エミリーはクルリと張に向き直る。

「ちゃんおじしゃん。どうしたの？」

「………」

少し不思議そうな表情をしたエミリーの瞳《ひとみ》は、無垢《むく》なものだった。

とても今しがた殺人行為《こうい》を行ったとは思えないような……澄《す》んだ瞳。

ゆえに、張も困惑《こんわく》し、かけるべき言葉に悩《なや》んだ。

そして……。

「エミリー」

「なーに？　ちゃんおじしゃん」

「さっき、何を言いかけたんだ？」

張の口から生じたのは、今の一連の出来事への言及《げんきゅう》ではなかった。

あるいは、彼《かれ》としても本題の前に一拍《ぱく》置きたかったのかもしれない。

しかし……その質問こそが本題へと直結しているとは気づかなかった。

「さっき？」

「〝マイナスじゃない。それに〟、の後だ。言いかけていただろう？」

「あっ！　おもいだした！」

張が尋《たず》ねるとエミリーは笑って、

「あのね、てきだったら――すぐにどこかにいっちゃうもん。だから、あのおにーしゃんとおねーしゃんは、てきじゃないよ！」

そんな風に、無邪気《むじゃき》な笑顔《えがお》でそう言った。

「うん！　てきになったひとはね、えみぃぃーのことがきらいだから、えみぃぃーのまえからいなくなっちゃうの。どこにいっちゃったんだろうね？」

「どこかへ、いく？」

「…………」

その回答に対して……恐《おそ》ろしいことに張の《真偽判定《しんぎはんてい》》は一切反応しなかった。

《真偽判定》の唯一の欠点と言えるものとして、本人が本心から「そうである」と考えている言葉には、反応しないのだ。

つまり、彼女《かのじょ》は本心から「敵になった人はエミリーの前から去っていく」と思っている。

しかし実際は……彼女が殺している。

きっと、一人残らず。

（……そうか、これが……〝本性《ほんしょう》〟か）

ラスカルの言葉を、張はようやく理解する。

エミリーという少女は敵となった者を一切の躊躇《ちゅうちょ》なく、機械の如き即断《そくだん》で斬殺《ざんさつ》する。

その上で、相手を殺したことなどまるで記憶に留めていないのだ。

仮に張が敵になったとしても、即座《そくざ》に斬殺した上でそのことを記憶から消してしまうのだろう。

（……一体、何をどうすれば……エミリーのような人間が出来上がる？）

数多《あまた》の修羅《しゅら》場《ば》を潜ってきた張が、幼いエミリーの〝本性〟に寒気を感じて身を竦《すく》める。

けれど同時に、張は理解してしまった。

エミリーは彼がかつてから名を知っていた、あの〝エミリー〟と同一人物である、と。

『近接武器による一万人以上の殺害』でのみ解禁される超級職、【殺人姫《マーダー・プリンセス》】。

両手に持つ血色の双斧《そうふ》は〈超級エンブリオ〉、【魂食双斧《こんじきそうふ》　ヨナルデパズトリ】。

〈超級〉最凶の殺人鬼《さつじんき》――〝屍山血河《デッド・レコード》〟エミリー・キリングストン。

第三話 痩せた男

■【テトラ・グラマトン】

「ああ、そうだ。奴もコルタナにいる可能性が高い。……なに？ 〝蒼穹歌姫《そうきゅううたひめ》〟が？ ……それも考えてはいたが、やはりカルディナは全て集める心算か」

【テトラ・グラマトン】内の自室で、ラスカルは通信魔法《まほう》用のマジックアイテムを片手に通話していた。相手はコルタナにいる張《チャン》であり、自身が先刻目撃情報を見つけたとある〈超級〉についての情報共有が目的だった。

しかし張の方からも、AR・I・CAと接触《せっしょく》してしまい、恐らく勘付かれただろうという報告がなされたのだった。

「まず、渡《わた》したアクセサリーの偽装容姿を切り替《か》えてくれ。そうだ。事前に伝えたとおり、つまみの部分を捻《ひね》れば五パターンで切り替わる。時間稼《かせ》ぎくらいにはなるだろう」

張に当面の対処法を伝え、さらに指示を出す。

「最優先はアンタの生存だ。次点がデータの蒐集《しゅうしゅう》、その次が珠の確保だ。エミリーについては気にするな。最悪、鉄火場に置き去りにしてアンタの安全が確保できてから拾ってくれればいい。それで問題ない。……ああ、引き続き頼む」

そうして通話を終えて、ラスカルはマジックアイテムを傍《かたわ》らで腕立て伏せをしていたマキナの頭の上に乗せる。

マキナは腕立て伏せの姿勢を左手だけで保ちながら、右手で自分の右目を覆《おお》う眼帯を上から少し捲《めく》ると、頭の上に乗せられたマジックアイテムを器用に転がして……眼帯の内側に仕舞《しま》いこんだ。

不思議と、手のひらよりも大きかったはずのマジックアイテムは、彼女の眼帯の中に膨《ふく》らみもなく仕舞いこまれてしまった。

それに関して、機能として熟知しているラスカルからのコメントは特にない。

「今の指示に言及してこないってことは、張もエミリーの本性を確認《かくにん》したらしいな」

通話中の張の言葉や声の雰囲気から、想定どおり何かしらのトラブルでエミリーが本性を見せたのだろうとラスカルは推測した。

「カルディナの街々は、エミリーの敵になりそうな奴が多いからな」

「よいしょ、うんとこしょ。ご主人様。前から気になってたんですけど、ご主人様はエミリーちゃんのあれをどう思いますか？」

腕立《うでた》て伏《ふ》せをしながら、マキナはラスカルに問いかける。

「あれというのは」

「もちろん自動殺戮《エミリネイト》モードのことです！」

「……その呼び名はあのバカが王国行く前に勝手に名づけた奴だろう」

ラスカルはドヤ顔でそれを言っていたガーベラの顔を思い出した。

「『エミリーとエリミネイトをかけたのよ！』とか、すげえむかつく顔で胸張ってたよな、アイツ。……いや、胸はなかったか」

「女性の胸部装甲《パッド》を凝視《ぎょうし》してたなんてご主人様のエッチ！　あとこの艦《かん》に【テトラ・グラマトン】なんて小洒落《こじゃれ》た名前つけたご主人様も人のこと言えないですよ！」

「【テトラ・グラマトン】の何が悪い」

「……ご主人様が超真顔《ちょうまがお》だー！」

この船の船名はラスカルが決めることになっていた。

そのため彼は、修理完了《かんりょう》時のメンバー四人の〈エンブリオ〉が、いずれも『神』に由来するモチーフだったため、『神の四文字』を意味する【テトラ・グラマトン】と名づけたのだ。

マキナが制御を担当することも理由ではあったが。

「……エミリーに話を戻すが、ああなったエミリーは『敵対した相手』を殺すまで思考と行動がそれだけに縛《しば》られる。そしてお前も知っているように、殺戮が終わればその間のことは全て忘れる。そういう仕組みだ」

エミリーが『敵対した相手』と判断するのは、エミリーの脳内で対人評価がマイナスとなったものだ。

ラスカルの経験則で言えば、エミリーは人からされたことを全て記憶している。

己にとってプラスか、マイナスかも全て覚えている。

そして……マイナスに傾いた相手を敵として殺傷する。

それゆえ、相手に対してプラスの感情もマイナスの感情も抱いていない……出会ったばかりの時期が最も危《あや》うい。

出会いがしらに武器を突きつける、又《また》は「殺す」などと発言すれば、ただの脅《おど》しであってもエミリーは確実に敵と看做《みな》して殺傷するだろう。状況次第《じょうきょうしだい》では〝連鎖《れんさ》〟の恐れもある。

ラスカルが張とエミリーの顔合わせの時に緊張《きんちょう》していたのも、張が何かエミリーにマイナスと判定される行動をとり、殺傷されることを恐れたのである。

逆に、エミリーが仲間……〈ＩＦ〉のメンバーを殺すことはまずない。

プラスとマイナスの加減算がエミリーの中でなされている限り、プラスを重ねた仲間ならばそう簡単にはエミリーの中で敵と看做されない。

（それでも、あのバカが敵と認定《にんてい》されかけた時期はあったな……）

しかしいつの間にか……ガーベラはエミリーにとても懐かれていた。

ラスカルが尋ねてもガーベラは何も分かっていないようであり、エミリーに聞いても「おいしかった！」としか言わない。

両者の間に何があったのかと、当時のラスカルは頭を悩ませたものだ。

実際は偶々《たまたま》ガーベラがお菓子《かし》を作って食べていたところにエミリーが居合わせ、「食べる？」「たべりゅー」というやりとりでお菓子をもらい、あまりの美味《うま》さに一発で懐いただけであったが。

お菓子作りに関してガーベラが常識を逸脱《いつだつ》していることは、この時点では〈ＩＦ〉のメンバーでもエミリーしか知らないのだった（ガーベラ本人も知らない）。

「でも、エミリーちゃんは私と違って人間ですよ？　そんな殺人マシーンみたいなことになるんですか？」

「……あくまで俺《おれ》の見解だが、一種の精神病だと考えている」

「むー？」

「簡単に言えば殺人限定の二重人格だ。……と言っても、あの状態のアイツは人格なんて呼べるものが見当たらない。敵を殺し、殺した後も敵になりそうなものに注意を払《はら》い、敵になればやはり殺す。そのループを敵がいなくなるまで繰《く》り返す、だけだからな」

「はー。なんだか〈遺跡《いせき》〉の機械連中みたいですねー」

「そうだな。それこそ、お前が言ったように機械的……殺人システムとでも言うべきものだ。だが、アイツのリアルを考えるとそういう症状《しょうじょう》になってもおかしくないとは思う。事実は小説より奇《き》なりと昔から言うだろう」


それについて、ラスカルに思うところがないわけではない。

ラスカルはとある理由からリアルでのエミリーについても知っている。リアルのエミリーもこちらのエミリーも、中身は変わっていないのだから……その本性は据《す》え置きだ。

幸い、リアルの方ではエミリーが自動殺戮モードに入るような状況《じょうきょう》にはなっていない。

……と言うよりも、もう入りようがないことが救いである。

（これに関しては、エミリーの精神年齢の成長に伴《ともな》う沈静化《ちんせいか》を期待するしかないところではある。幸い、こちらならば人を殺しても大した問題じゃない。三倍の時間も合わせて、エミリーにとって最適の環境《かんきょう》と言える）

ラスカルは冷静に、特に思うところもなくそう考えていた。

「ご主人様！ 急に黙《だま》り込んでどうしたんですか！ もしかして腕立て伏せ真っ最中な私の、汗で浮き出たボディラインに大欲情ですか⁉ オッケーですよ！」

「違うわポンコツ。そもそもお前に汗腺《かんせん》なんて備わってないだろうが」

「そこはえーっと、気合で！」

マキナは「ふおお！」と雄叫《おたけ》びながら、気合をアピールするためか腕立て伏せを加速させる。もちろん、汗は流れたりしないのだった。

「あっ、そうだ！ 思い出しました！」

「何を？」

「たしか以前にゼタさんにも同じこと聞いたんですよ！ そしたらご主人様と言ってること違ったんですけど、やっぱりゼタさんが正しいんですか！」

「……お前はどうしてそんなにも俺をゼタより下に置こうとするんだ」

ラスカル下げに定評のあるポンコツに溜《た》め息《いき》をつきながら、ラスカルはゼタの見解について話し始める。

「たしかに、ゼタの見解は少し違う。アイツはああなっている間もエミリー自身の意識があると考えている。で、その後に強く思い込んで自分の行動に見て見ぬ振りをしているだけだろう、とな。それで《真偽判定》をスルーできるかは怪しいが、否定もしきれない」

ラスカルからすれば「ああなったエミリーに意味はない」と思う部分だったが。

「んぇ？　じゃあどっちが正しいんですか？」

「結局、俺とゼタのどっちの見解が正しいかなんて、エミリーの心の中を覗《のぞ》きでもしなければ確かめられない。そしてそんなことはプレイヤー保護がある以上、〈超級エンブリオ〉にもできないことだ」

自動殺戮を精神病と考えているラスカルと、演技や自己暗示の類と考えているゼタ。

どちらが正しいかは現時点では誰《だれ》も理解していないだろう。〈マスター〉の精神に干渉《かんしょう》できる〈エンブリオ〉やスキルなど、ラスカルさえも見たことはないのだから。

「だが、どちらであってもこれからの結果は同じなのだし、論じても仕方ない」

「結果ってなんですか？」

「アイツと、〝蒼穹歌姫〟と、エミリー。三人の〈超級〉がコルタナに集まり、これから珠を中心にして争い合うことになるだろう」

今のコルタナは戦場になりかけている状態だ。

既《すで》に全《すべ》ては揃《そろ》い、火蓋《ひぶた》が切られる瞬間を待っている。

だが、

「何があろうと――最後に立っているのはエミリーだ。その結果だけは、絶対に変わらん」

どのような戦いが起ころうと、エミリーが倒《たお》れることだけは絶対にないと……確信をもって【器神《ザ・ウエポン》】ラスカル・ザ・ブラックオニキスは断言した。

「それもそうですね！」

彼の〈エンブリオ〉であるマキナも、それに頷《うなず》いて肯定《こうてい》していた。

それはきっと、エミリーを知る〈ＩＦ〉のメンバーの誰に聞いてもそうであっただろう。

それほどまでに、エミリーが別格なのだと彼らは知っていた。

「もっとも今回のエミリーの仕事は観測だ。エミリーが戦う前に、アイツらの戦いが始まるだろうがな。……観測だけで終わる気はしないが」

ラスカルは遠くコルタナの方角を自室の窓越《まどご》しに見ながら、そんな言葉を零した。

◇

◆

◇

□■商業都市コルタナ

ＡＲ・Ｉ・ＣＡはカフェを出た後、このコルタナでひときわ華美《かび》な豪邸《ごうてい》……市長邸《てい》の傍《そば》にまで移動していた。

今は市長邸を囲む壁《かべ》を背に、ユーゴーからの連絡《れんらく》を受け取っている。

『師匠《ししょう》。すみません、見失いました』

ユーゴーは二人を捜して近辺を走り回ったそうだが、見当たらなかったらしい。捜す途《と》中《ちゅう》で何かにひどく怯《おび》えた男達と擦《す》れ違《ちが》いはしたが、それ以外は特に何もなかったという。

「ああ。きっと見た目を変えたんだよ。多分偽装関係のアクセサリー使ってるねー」

カフェの時点で指名手配の写真と顔が違ったのだから、その線で間違いないだろうとARICAは考えた。

「まー、変わるのは姿と見かけのステータスだけだろうから、行動までは変わらないよ。あの子が想定通りの相手なら、必ず何かやらかすね。ユーちゃんは騒動《そうどう》の起きている現場に急行する方向でお願い」

『……分かりました』

「そんじゃま、アタシは市長から珠パクってくるねー。行ってきまーす♪」

そうして、ユーゴーとの通信は切れた。

（さて、あっちは一旦《いったん》ユーちゃん達に任せて、アタシも手早く済ませないとね）

既にユーゴーには【殺人姫《マーダー・プリンセス》】についての情報は伝えている。

まだ確定ではないが、相手が相手なので用心に越《こ》したことはない。

かの【殺人姫】の悪名と起こした事件の数々は有名だ。カルディナのクランランキング第二位、〈ペンタゴン・キャラバン〉のメンバー四六九人を皆殺《みなごろ》しにした逸話《いつわ》もある。

（ジョブはともかく、〈エンブリオ〉の能力が把握《はあく》し切れてないのが厄介《やっかい》かな）

ティアンの間で詳細《しょうさい》が伝わっていた【殺人姫】と違い、〈超級エンブリオ〉であるヨナルデパズトリは〈セフィロト〉の有する情報にも能力詳細がない。

強《し》いて情報があるとすれば、『大規模破壊《はかい》能力』ではなく、『多人数との長期戦闘《せんとう》が可能な能力』であるということだ。

（うちのカルルと似たタイプかな？　チート防御《ぼうぎょ》なら多人数を順に潰《つぶ》すことはできるし）

長期戦特化ビルドの同僚《どうりょう》を思い出し、ＡＲ・Ｉ・ＣＡは推測を固める。

（だけど……【殺人姫】と相対するタイミングであの子達がいたのは運が良かったね。あのカフェでの反応からしても、嵌《はま》りそうだし）

ＡＲ・Ｉ・ＣＡには、カフェでキューコが変調を起こした理由が推測できていた。

何らかの値を参照してスキルを行使する〈エンブリオ〉は、その値を感知できる。

例えばレイ・スターリングのネメシスは、他者が自分に与《あた》えたダメージをカウンターという形で実感できる。

同様にキューコも他者の同族討伐《とうばつ》数を、数値ではないが感覚的に多寡《たか》を判定できる。

ゆえに、【殺人姫】の桁違《けたちが》いの同族討伐数を察知してしまったキューコが、変調を起こしても無理はない。

しかし、それが意味することは……。

（あの子達は多分……【殺人姫】の天敵）

【殺人姫】は、キューコの《地獄門》《La Porte de l'enfer》が絶大な効果を発揮する相手だということだ。

《地獄門》は、同族討伐数の確率で対象を【凍結《とうけつ》】させる。発動さえ出来れば、一〇〇を遥かに超《こ》えた同族討伐数を持つ【殺人姫】は確実に【凍結】できる。

（スキルを発動させられれば、それで勝負は決まるはず。そして、【殺人姫】の攻撃《こうげき》を発動まで耐《た》えることは、【ホワイト・ローズ】なら不可能じゃない。……フーちゃんってば【ホワイト・ローズ】を物凄《ものすご》く頑丈《がんじょう》に作ったから）

〈叡智《えいち》の三角〉のオーナーであるフランクリンが、妹であるユーゴーのために託《たく》した機体、【MGFX－002　ホワイト・ローズ】。

その防御力《ぼうぎょりょく》の要である多重結界装甲《そうこう》【フルール・ディヴィエール】はスキルによる防御だけでなく、材質も恐ろしく頑丈だ。

AR・I・CAの見立てが正しければ、表面装甲には神話級金属が使われている。

色合いが違うのは、自動修復機能を積んだ際に材質に何らかの変化が起きたのか、あるいは白くするために何らかの手を加えたのか。

いずれにしろ、この世にあれより硬《かた》い〈マジンギア〉は存在しない。【ホワイト・ローズ】ならば、【殺人姫】の攻撃でもすぐには破壊されないはずだ。

（多分、オペラよりも数倍コストが掛《か》かってる。それにあの性能。フーちゃんはアタシとの『約束』を守ってくれる気みたいだね。ユーちゃんに託すのかは、まだ分からないけど）

AR・I・CAは、かつて〈叡智の三角〉を脱退《だったい》する際に親友と交《か》わした約束を思い出し、微笑《ほほえ》んだ。

「それなら、『約束』を果たすのはユーちゃんがもっと育ってからかな」

そう独り呟《つぶや》いて、AR・I・CAは思考を切り替える。

これからすべきは、市長邸への潜入《せんにゅう》。

危険を感知できるAR・I・CAならば、警備を掻《か》い潜《くぐ》って潜入することも難しくはない。

それで珠を見つけて回収できれば良し、もしも市長が常に持ち歩いているならば【ブルー・オペラ】で超音速奇襲《ちょうおんそくきしゅう》を仕掛《しか》け、奪《うば》って撤退《てったい》。

流石に殺すとコルタナの運営に支障が出るので、強盗《ごうとう》だけで済ませる。

その後に生じる政治的な問題は、スポンサーである議長に丸投げする気満々だった。

「じゃ、行こうかな！　…………あれ？」

彼女が意気込み、市長邸の壁を越えて潜入しようとした時……あることに気づいた。

それは、市長邸の正門の方から微《かす》かに聞こえる。

「貴様！　ふざけているのか！」

「……………………」

それは話し声だった。一方が大声を出しているのでAR・I・CAの位置でも聞こえる。

しかし、それと話すもう一方の声は小さく、AR・I・CAにまで届いていない。

「…………」

AR・I・CAは思考する。

正門で何か騒動が起きているならば、注意が逸《そ》れて潜入には丁度《ちょうど》いい。

だが、AR・I・CAの直感……カサンドラの告げる危機ではなく、彼女自身の女の勘《かん》が告げている。

ここで確認しておかないと、面倒《めんどう》なことになる、と。

AR・I・CAは正門の様子を確認するため、壁を越えて市長邸の庭園に侵入《しんにゅう》する。

植え込みの陰《かげ》を動き、見つからないように正門付近が見える位置にまで移動した。

そうして、ようやく正門の様子が確認できる。

正門には十人の男の姿があった。

正確には一人の男と九人の男、と言うべきだろう。

九人の男は屈強《くっきょう》な体格をしたティアンであり、《看破》で確認した限りいずれもレベルが三〇〇を超えている。カルディナのティアンとしては一流と言っていいレベルだ。装備も中々上質なものを着ている。

九人の男達は市長邸を守る私兵だとＡＲ・Ｉ・ＣＡは推測した。

常勤して警護する兵士には今でも〈マスター〉でなくティアンが好まれる。〈マスター〉は不意にいなくなる《ログアウトする》ので、護衛や施設《しせつ》警備の仕事には向かないからだ。

対して、私兵と相対している男は容姿までも正反対だった。

痩せた顔と、風《ふ》が吹けば倒れてしまいそうな細い体。ゆったりとしたローブを着ているのに、それでもその体が痩せていることに疑いようがない。

病《や》み上がりの病人が歩いている、と評しても問題ないほどだ。

ＡＲ・Ｉ・ＣＡの《看破》で見えるステータスも、男達とは比べ物にならないほど貧弱であったが……。

(……これ、偽装《ぎそう》されてるね)

ＡＲ・Ｉ・ＣＡは直感で察した。

男は弱いのではなく、弱く見せているだけだ、と。

「何なんだ貴様は！　市長に会わなければいけないと繰り返してばかりで……！」

「すみません……。ですが、市長さんにお話があるんです。ただ、市長が私に会わなければいけない理由を貴方達《あなたたち》に話すのは……市長さんにも不利益が出ますので」

「そう言ってばかりでは何も分からんだろうが！　そんな怪しい奴《やつ》を会わせられるか！」

「そうですよね……。ああ、何と言えばいいのだろう……」

痩せた男はそう言って、自分のこめかみを左手で押《お》さえて、困ったように俯《うつむ》いた。

そうする男の左手の甲《こう》には〝髑髏《どくろ》を抱《だ》く女性〟の紋章《もんしょう》がある。

屈強な男達と一人だけで向き合う男は〈マスター〉だった。

「ああ。そうだ。これなら、言ってもいいと思うのですが……」

「何だ！」

「市長さんに、『珠《たま》を見せてください』と。それと『このことはフリアさんから聞きました』とお伝えいただければ……」

「………」

私兵の代表は思案した。

痩せた男が不審人物《ふしん》なのは間違《まちが》いないが、相手は〈マスター〉であり、場合によっては何か大きな理由があるかもしれないと考えている。

昨日も〈超級《ARICA》〉の一人が市長邸を訪《おとず》れており、この男もその関係である可能性があった。

「少し待っていろ！」

私兵の代表はそう言って邸の中に入る。


そうして数分後、彼は血相を変えた市長を伴って戻《もど》ってきたのだった。

コルタナ市長、ダグラス・コインはAR・I・CAが昨日見た血色のいい顔のままだったが……その顔はひどく狼狽《ろうばい》している。

「お前が、あの伝言を寄越《よこ》した〈マスター〉か？」

「はい。貴方《あなた》の持っている〈UBM〉の珠を、見せてもらいに来ました」

「そんなものは知らん！」

そう強い言葉で否定しながら、市長は内心で焦《あせ》る。

（やはり【デ・ウェルミス】の珠を狙《ねら》ってきた賊《ぞく》か！）

市長は古代伝説級の〈UBM〉、【妖蛆転生《ようしゅてんせい》　デ・ウェルミス】の珠を秘匿《ひとく》している。

先日も、その力で自らを若返らせたばかりだ。

珠には使い道が分からなければ使えないものがあるようだが、【デ・ウェルミス】は違う。

珠を手にして力を望んだものは、その効果が表れて健康体となる。

市長も珠に願って一晩眠《ねむ》っただけで健康と若さを獲得《かくとく》している。

そして、【デ・ウェルミス】は従順な珠だ。健康になった翌日から市長の心に語りかけ、もう一つの力……『新たなる永遠の生』を獲得する儀式《ぎしき》の方法を教えてくれている。

市長は今もその準備を進めているところだった。

（あと三日もあれば準備は完了する……。それが済めば私は念願の不老不死だ！）

カルディナでも屈指《くっし》の富と権力を手に入れた彼の望みは、やはり多くの先人と同じように不老不死であった。

そして、彼の心に【デ・ウェルミス】は告げている。『新たなる永遠の生』で手に入れる生は死なぬだけでなく、強大な力までも与えてくれる、と。

（そうなってしまえば、カルディナ議会も〈超級〉も恐れるに足らん！　だからこそ、ここで他の奴らに【デ・ウェルミス】を奪われるわけにはいかん！）

昨晩、ＡＲ・Ｉ・ＣＡにメイドを通して暗殺を仕掛けたのもそれが理由だ。

一時的にでも時間を稼げれば、市長の望みである不老不死は達成され、それを咎《とが》める者に抗《あらが》う力までも得られるのだから。

　他者から見れば完全な視野狭窄《しやきょうさく》だったが、不老不死という本来叶《かな》うはずのない望みが叶う寸前まで来ている市長自身には分からない。

「しかし……貴方が珠を持っていることはフリアさんが……」

　だが、市長に否定されても、痩せた男は語気こそ弱いものの、市長が珠を持っていることを確信している様子だった。

「それを聞きに来たのだ！　なぜ貴様がフリアのことを……！　貴様との関係を話せ！」

　その言葉を聞いて、市長はなぜか狼狽した。

　私兵も、そして隠《かく》れて様子を窺《うかが》うＡＲ・Ｉ・ＣＡにもその理由は分からない。

　だが、痩せた男には分かっていた。

「……話しても、よろしいのでしょうか？」

　男は周囲を窺うように視線を巡《めぐ》らせた。それは周りにいる私兵の男達を見ているようであり、隠れているＡＲ・Ｉ・ＣＡを見たようでもあった。

「ああ！　話してみるがいい！　フリアが珠のことを話すなど、ありえんのだからな！」

「ありえないと言うのは……。貴方が珠を手に入れる何年も前に、フリアさんが既に亡くなっていたから……ですか？」

市長から許可を得た男は、そう言ってジッと市長を見る。

いや、違う。

「でも、フリアさんの証言で間違いないのです」

彼はそう言って……、

「そちらにおられる……貴方に弄《もてあそ》ばれて殺されたフリアさんから聞きました」

——市長の後ろを指差した。


「な、に……？」

市長は恐る恐る振《ふ》り返るが、何もいない。

市長だけでなく、私兵にも、ＡＲ・Ｉ・ＣＡにも、何も見えない。

しかし、その場にいる数人が持っている《真偽判定》に反応はなく、男の視線は焦点《しょうてん》が合っていた。まるで、そこに何かがいるかのように。

「フリアさんは貴方の政敵だった男性の妻で、夫婦《ふうふ》共々貶《おとし》められて殺されたのだとおっしゃっています」

「ま、待て……」

「それと……フリアさん以外にもこのお邸の地下に沢山《たくさん》のご遺体がありますね。ああ……このコルタナにしては浮浪児《ふろうじ》の死体を見ないと思いましたが、集めていたのですね。……いえ、珠を手に入れてから殺された方々もおりますね……。一九八人……、ですか。多くは奴隷《どれい》の方々ですね……」

「待て!! お前は、何を言っている!?」

市長は混乱の中で、叫《さけ》んでいた。

男が妄言《もうげん》を繰り返していたからではない。

男が——数までも正確に市長の地下での所業を把握していたからだ。

『新たなる永遠の生』を手に入れる儀式のために邸の地下に死体を集め、……それだけでなく奴隷を殺して死体にしていることまでも。

もっとも、儀式の準備以前に市長が行った罪状についても、痩せた男は把握していたが。

「ああ……すみません。私は《観魂眼《かんこんがん》》というスキルがありまして……、魂が見えるんです。死んだ方も含《ふく》めて……ですね。話も出来ますし、交渉《こうしょう》も出来ます。今回はフリアさんの頼《たの》み事《ごと》を聞く代わりに……、貴方の行いを教えてもらいました」

男が抑揚《よくよう》もなく告げたその言葉に、市長は驚愕《きょうがく》する。

そのスキル名を、市長は聞き知っていたからだ。

「《観魂眼》……！　そ、それは……死霊《しりょう》術師系統の奥義《おうぎ》ではないか……!?」

「……え？　ああ……。すみません……申《もう》し遅《おく》れました」

男はそう言って自分の胸に手を当てながら、

「私はベネトナシュと申します。ジョブは――【冥王《キング・オブ・タルタロス》】です」

――超越者《ちょうえつしゃ》である自身の名を告げた。

「【冥王】、【冥王】だと……!?」

自らの名とジョブを名乗ったベネトナシュに対し、市長は狼狽しながら後ずさった。

私兵達《たち》が市長を守るために前に出るが、その表情はいずれも厳しく、ベネトナシュを恐《おそ》れている。

管理ＡＩの作成したアバターによって万能《ばんのう》の適性を与えられている〈マスター〉と違い、限られた才ある者しか超級職になれぬティアンだからこそ、超級職という存在の隔絶《かくぜつ》した力をよく知っている。

「それで、貴方の持つ珠についてのお話を……させていただいてもよろしいでしょうか？」

「き、貴様は、私の珠を奪うために……!?」

もはや市長は自らが珠を持っていることを隠しもしない。隠しても無駄《むだ》だと悟《さと》ったからだ。相手が《看破》で見えていたステータスの弱小ではなくあの【冥王】だというのなら、《真偽判定《しんぎはんてい》》に類するスキルやアクセサリーを持っていて当然と考えた。

同時に、隠し持ったマジックアイテムで市長邸の結界を作動させている。

これで外部からは市長邸内での異常を察知されない。ベネトナシュが先ほどから口にしていた情報は、知られれば市長といえども失脚《しっきゃく》しかねないほどの重罪の数々だからだ。

「まずは、珠を見せていただきたいのです。貴方の持つ珠が、私の求める力かどうか、分かりませんし。求めている力と違えば、私は引きます……」

「求めていたものだったら、どうする気だ！」

「もしもその珠が、私の望む力を持っていたなら……。対価はお支払《しはら》いいたしますので、お譲《ゆず》りいただきたいのですが……」

「対価、だと……？」

ベネトナシュは頷いて、

「魂《たましい》からお聞きした貴方の罪を……カルディナの議会に通報しません。……ああ、求めていたものでなければ、そのまま議会に通報します。それが……貴方に殺されたフリアさん達の頼みなので」

「…………ぐ、ぅ⁉」

強盗は指名手配される犯罪だ。ゆえにベネトナシュは武力ではなく取引で手に入れようとしていたが、それは市長からすれば取引ではなく脅迫《きょうはく》だった。

《真偽判定》が司法に活《い》かされる〈Infinite Dendrogram〉において、証言の重要度は物的証拠《しょうこ》に匹敵《ひってき》する。

市長邸が家宅捜査《そうさ》されればいくらでも悪事の証拠が出てくるだろう。

それでも、市長が掌握《しょうあく》しているこのコルタナ内だけならば問題ない。

だが、市長の記憶《きおく》が確かならば、今は首都ドラグノマドがコルタナから竜車《りゅうしゃ》で一日程度の距離《きょり》にある。

ベネトナシュが通報に出向き、ドラグノマドの議会直下の役人を連れて戻るまで往復で二日。ベネトナシュの移動速度次第《しだい》では更《さら》に短縮される。

カルディナで強い権力を持つコルタナの市長であっても、犯《おか》した重罪の数々を思えば議会そのものから断罪されることになるだろう。

三日後の儀式完了《ぎしきかんりょう》を前に市長は失脚し、珠もカルディナ議会の手に渡る。

(不老不死を得る準備はまだ終わっていない、まだ捕《つか》まるには早いのだ……!)

一瞬《いっしゅん》、ベネトナシュの交渉を断り、通報のために去った後にこのコルタナから逃《に》げ出すことも考えた。

別に儀式の場所はこの街に限ったものではない。儀式に必要な死体をアイテムボックスに詰《つ》めて移動し、安全な場所で身を隠しながら儀式を実行すればいいと考えた時……。


『――ソレ　ハ　ダメ』

市長の脳内に声が……彼《かれ》に従う【デ・ウェルミス】の言葉が聞こえてきた。


(ど、どうしてだ?)

『マチ　カラ　デタラ　コロサレル』

その声に、市長はハッとする。

相手が強硬《きょうこう》手段で珠を奪わないのはここが街中であり、多くの目撃者《もくげきしゃ》がいるからだ。

【冥王】はまだ指名手配されていないが、ここで珠を強奪《ごうだつ》すれば市長邸を襲撃《しゅうげき》した重犯罪者として指名手配になる。だから武力行使をしない。

(しかし……私が街の外の人目のない場所に移動すれば……)

『コロサレル』

市長を殺して珠を強奪しても、知る者は誰もいない。

脳内に囁《ささや》く声によって、市長はその可能性に気づかされた。

眼前のベネトナシュの企《たくら》みに恐怖《きょうふ》し、身を竦《すく》めた。

【デ・ウェルミス】が語ったようなことを、ベネトナシュの方が考えているかは別として。

「そうか、通報すると言って姿を消した後……私を……。ならば……」

「……？　……あの、どうかなさったんですか？　まるで誰かと話しているような……あれ？　貴方の体内、よく見ると魂が……」

ベネトナシュは顔に大粒《おおつぶ》の汗《あせ》を浮《う》かべて俯き、呻《うめ》き始めた市長を心配そうに見る。その視線は市長の顔ではなくその内側、体内にある見えないものを見ているようで……。

（今ならば……！　今、こいつを仕留めれば……！）

『キミ　ハ　アラタナ　エイエン　ノ　セイ　ヲ　テ　ニ　デキル』

〈マスター〉は、殺せば三日間はこちらに帰ってこない。三日間は通報されない。

その三日間があれば、儀式は終わり、市長は不老不死になれる。

本来であれば超級職に、そして〈超級〉に挑《いど》むなど無謀《むぼう》だろう。

だが、相手は【冥王】……つまりはアンデッド使いである。

生きた体を持たぬアンデッドは無尽蔵《むじんぞう》の体力を持つ恐るべきモンスターであるが、代わりに日光や火、聖属性攻撃など弱点も多い。

今は真昼の炎天下《えんてんか》。この環境、アンデッドは出てきた瞬間《しゅんかん》に体が朽《く》ちていくだろう。

つまりアンデッドを使役《しえき》することは出来ず、残るは明らかに貧弱なベネトナシュのみ。

後衛の魔法《まほう》職の物理ステータスの脆《もろ》さは、市長も知っている。

今ならば、至近距離から自分の手勢で攻《せ》めれば勝てる、市長はそう判断した。

判断の直後、市長は俯いていた顔を上げ、右手を――【ジュエル】を掲《かか》げた。

「《喚起《コール》》!!　【フレイム・ドラゴン】、【セイント・ドラゴン】!!」

宣言すると同時に、市長が莫大《ばくだい》な資産によって手に入れた純竜が召喚《しょうかん》された。

赤い鱗《うろこ》のオーソドックスな火属性の天竜《てんりゅう》と、白い鱗に覆《おお》われた聖属性の天竜だ。

「市長⁉」

「こいつを殺せ!!　今ならばこいつはアンデッドを使えん!!」

突如《とつじょ》として〈超級〉と敵対する暴挙に出た市長に対して私兵達は困惑《こんわく》したが、市長は私兵にも檄《げき》を飛ばす。

「それに、私の罪が明らかになれば貴様らも同罪になるぞ！」

「！」

私兵達は、これまで市長の手足として様々なことを行ってきた。

今行っている儀式の準備がそうであるし、それ以前にも後ろ暗いことを数多《あまた》行っている。

それで多額の報酬《ほうしゅう》を得て、おこぼれに与《あずか》っていた彼らは確かに同罪であった。

意を決し、私兵達も武器をベネトナシュに向けた。

「武力行使は……お勧《すす》めいたしません」

しかしそうされている間も……ベネトナシュは気遣《きづか》わしげに周囲を見るだけだった。

「貴方に暴力を振るわれると、私は合法的に貴方への反撃《はんげき》が可能になってしまいます」

〈マスター〉同士ならば傷つけあっても罪にはならないが、ティアンと〈マスター〉はそうではない。〈マスター〉はティアンを殺せば指名手配されるが、〈マスター〉もティアンに襲《おそ》われれば殺傷を含めた反撃……正当防衛ができる。

それを理解しているからこそ、ベネトナシュは本心から自分に武器を向ける者を気遣い……否、憐《あわ》れんでいた。

「やめた方がよろしいかと……。ああ、純竜さんも……止めておいた方がいい。きっと、君達は死んでしまう……」

特に、二匹《ひき》の純竜《じゅんりゅう》に対してはその憐れみが強かった。

だが、その視線を純竜達《たち》は鼻で笑った。

高い知能を持つ純竜は、彼が纏《まと》う死の気配から死霊術師であると理解している。

太陽の下、火属性と聖属性を用いる自分達こそがベネトナシュの天敵だと知っていた。

そうして、ベネトナシュの警告を聞く者はおらず、

「殺せ！」

市長の指示によって二匹の純竜はブレスを放とうとして、

「《アウェイキング・アンデッド》――アラゴルン」

――瞬《またた》く間《ま》に、その首を切り落とされていた。


巨大《きょだい》な頭部が二つ、宙を舞《ま》って、地に落ちる。

首の断面からは炎《ほのお》と聖なる輝《かがや》きが漏《も》れ出て、すぐに全てが光の塵《ちり》になった。

「は、…………あ？」

市長も、私兵もポカンと口を開き、呆然《ぼうぜん》としていた。

それは虎《とら》の子の純竜が一瞬で死んだからではない。

純竜以外の、巨大な物体がそこに立っていたからだ。

そこに在ったのは、一組の全身骨格だった。

まるで博物館に展示された四足恐竜《きょうりゅう》の化石のような威容《いよう》。

両目には、仄暗《ほのぐら》く燃えるような輝きがある。

そして、その尾《お》は――如何《いか》なる名刀よりも鮮烈《せんれつ》な輝きを放つ刃《やいば》であった。

その尾刀で、二匹の純竜の首を命ごと刈《か》り取ったのだ。

『……飼い慣らされて肉がつき過ぎている。まるで豚《ぶた》だな。もはや竜ではない』

今しがた斬《き》り捨てた純竜を軽蔑《けいべつ》するように、全身骨格は威厳《いげん》ある声で告げた。

否、それは全身骨格などと言うべきものではない。

その種族の名は【ハイエンド・キングエッジ・スケルトンドラゴン】。

真名、アラゴルン。

かつて、【刃竜王《じんりゅうおう》 ドラグエッジ】として名を馳《は》せた古代伝説級の【竜王《りゅうおう》】。

それが特典素材である【刃竜王全身骨格】をベースにベネトナシュの《死霊術》によって黄泉返《よみがえ》った姿である。

「……やっぱり。君が嫌《きら》いそうな純竜達だったから、手加減してくれないと思った……」

『強い生命が堕落《だらく》することは罪だ。ゆえに竜は堕落してはならない』

一瞬で《即時放出《そくじ》》のアイテムボックスからアラゴルンを取り出し、《アウェイキング・アンデッド》で起動する早業《はやわざ》を見せたベネトナシュは、そう言って溜め息をついた。

「……魂は、拾いましょう」

ベネトナシュはそう言って、ローブの袖《そで》から何かの結晶《けっしょう》を取り出した。

それは【死霊王《キング・オブ・コープス》】への転職に用いる【怨霊《おんりょう》のクリスタル】に似ていたが、それとは違って内部が様々な色合いに輝いている。

その中に、赤と白の光が少し加わった。

「ば、バカな……！」

ベネトナシュがそうしている間に少しだけ気を持ち直したのか、市長は声を上げた。

「今は、真昼だぞ⁉　どうしてアンデッドが……！」

「私の〈エンブリオ〉のパッシブスキルで、私のパーティメンバーはアンデッドであっても日光や炎といった弱点への耐性《たいせい》が人並みになります。日中でも行動を阻害《そがい》されません」

市長が己《おのれ》の勝利要因と信じてきたことを、ベネトナシュはあっさりと否定した。

〈マスター〉の持つ特性……〈エンブリオ〉を無視したためでもあるが、負けた理由を考えてももう仕方がない。

重要なのは、結果だ。

「先ほど申し上げたとおり、貴方を害しても罰《ばっ》せられない状態になってしまいました……」

ベネトナシュは今しがた、市長から殺害を含めた多大な危害を受けそうになった。

野盗なども跋扈《ばっこ》するこの世界ではリアルの正当防衛よりも過剰《かじょう》な防衛が許されているた

め、これからベネトナシュが市長を殺害しても法的な問題は生じない。
「珠を、見せていただけませんか？」
ベネトナシュは右手を市長に差し出して、再び己の要求を告げた。
「ぐ、うぅう……」
最大戦力である二匹の純竜を失った市長は、呻きながら身動きできずにいる。
私兵達は、アラゴルンに怖《おそ》れをなして少しずつ市長から距離を取り始めていた。
生物――アンデッドだが――としての格の違いを、全身で感じてしまったのだ。
命を賭《と》しても絶対に敵《かな》わない相手に向かうほど、私兵はバカでも勇敢《ゆうかん》でもなかった。
（どうする……！　どうすれば……!!）
市長は必死に考えを巡らせるが、手の打ちようがなかった。
今のベネトナシュはその気になれば、二匹の純竜のように市長の首を飛ばせるのだ。
その恐怖に、市長が懐《ふところ》の珠《の》に手を伸ばしかけたとき、
『チカ　ニ　ムカッテ』
また、【デ・ウェルミス】の声が聞こえた。
「……なに？」
『スコシ　ハヤイ　ケド　ギシキ　スル』

「出来るのか⁉」

『カンゼン　ジャ　ナイ　タリナイ　デモ　デキル』

その声は市長にとって朗報だった。

儀式を行い、不完全でも不老不死と力を得れば、状況《じょうきょう》を打開できるかもしれない。

市長は意を決してベネトナシュに背を向け、自分の邸へと走り出した。

「あ。待って……」

『足を切り飛ばす』

ベネトナシュがどちらに「待って」と言いかけたのかは判然としないが、アラゴルンは亜《あ》音速《おんそく》で動いていた。

そして尾刀の斬撃で市長の足を斬り飛ばし、

「いぃいいたあいいいいいい……⁉　あぁぁああああ‼」

市長は……切り飛ばされた足で走り続けた。

『……何？』

眼球を持たないアラゴルンが、それでも目を瞬《しばた》かせるように眼窩《がんか》の輝きを揺らした。

市長の足からは血が出ておらず、代わりに——白い何かが体内から大量に漏れ出て即席《そくせき》の足を作っていた。

それはベネトナシュとアラゴルンには、蛆虫に見えた。

蛆虫で出来た両足で、市長は邸の中に逃げ込んでいた。

「…………」

邸の中に消えた市長を、ベネトナシュは無言で見送っていた。

その表情は、先刻よりもなお暗い。

『……友よ。あれは、其方《そなた》が求めるものではないのでは？』

「……そんな気はするね」

ベネトナシュは、ひどく疲《つか》れたように息を吐《は》いた。

自分の望みが叶わなかった絶望、とは違《ちが》う。「これもダメだったか」という徒労感と、「まだ続けなければいけない」という諦観《ていかん》だった。

「けど、一応確かめないと。それに、ほら……もしかしたら私が欲《ほ》しい力の珠と交換《こうかん》できるかもしれないよ」

『そうだろうか？』

「ほら、前に手に入れた『水を土にする』珠と合わせて、交換材料が二つあればもっと

「……、《ネクロ・オーラ》」

ベネトナシュがアラゴルンに自分の意見を述べるのを中断し、アラゴルンにアンデッド専用のステータスバフをかける。

直後、――歌うような機関音と共に砲弾《ほうだん》の雨が降り注いだ。


『LUOOOOO……!』

咄嗟《とっさ》にアラゴルンが動き、その身と尾刀でベネトナシュを庇《かば》う。

砲弾は骨格で弾《はじ》かれ、最も頑健《がんけん》な尾刀で守られたベネトナシュにもダメージはない。

やがて砲弾の雨が止《や》み、間隙《かんげき》にベネトナシュとアラゴルンは空の襲撃者《しゅうげきしゃ》を見上げた。

それは蒼《あお》い装甲に覆われ、歌声の如き機関音を発する〈マジンギア〉、【ブルー・オペラ】。

蒼い機体を駆《か》るのはカルディナ最強クラン〈セフィロト〉の一員、〝蒼穹歌姫〟【撃墜王《エース》】

AR・I・CA。

そう、ベネトナシュを襲撃したのはAR・I・CAだった。

『……正直、傍観《ぼうかん》してようかとも思ったんだけどねー。君まで珠を持ってるとなったらちょっと放置できないからね!』

外部スピーカーでAR・I・CAは告げる。

それはAR・I・CAの本心だ。彼女《かのじょ》にとってのベストは、珠がベネトナシュの意に沿うものではなく、放置されるパターン。

そしてベネトナシュがいなくなった後で、市長とケリをつけるつもりだった。

だが、ベネトナシュ自身も既《すで》に珠を所持しており、さらに今後のためにコルタナの珠まで欲《ほっ》しているとなれば……話は変わる。

既にベネトナシュは市長同様にターゲットであり、競争相手でもあった。AR・I・CAとしても想定外に開かれた戦端《せんたん》だったが、このタイミングを逃《のが》すことは出来ない。

（……【殺人姫】までいるからなー。そっちの騒動《そうどう》が起きると、その間に【冥王】に逃げられる。珠を回収するのが難しくなるから。やっぱここで早々に終わらせるしかないかな）

AR・I・CAはベネトナシュを倒《たお》して珠を奪い、次いで邸《てい》に逃げ込んだ市長を追ってそちらの珠も回収することにしたのだった。

それに、ベネトナシュと事を構えるならば今しかないとも考えていた。

「その蒼い〈マジンギア〉は……〈セフィロト〉の、AR・I・CAさんですか。お噂《うわさ》は……かねがね」

『アタシも君のことは聞いてるよ。いつも紫色《むらさきいろ》の髪《かみ》の美少女メイデンと一緒《いっしょ》に行動してるって。紋章に入るのが嫌いでずっと外に出てるとか。あれー？　そういえばメイデンちゃんはどこにいるのかなー？』

世間話のような口調で、ＡＲ・Ｉ・ＣＡはあることを最終確認《かくにん》する。

「…………」

『あと、スキルについても知ってる。アンデッド保護のパッシブは離《はな》れても使えるけど、チートの権化《ごんげ》みたいな必殺スキルは――傍《そば》にいないと使えないとか』

「！」

『だからさ、――今の内にアタシとダンスしようじゃない』

その言葉に……事実に、ベネトナシュが僅《わず》かに動揺《どうよう》する。

直後、【ブルー・オペラ】は攻撃《こうげき》を再開した。

ベネトナシュが〈超級エンブリオ〉と別行動している隙《すき》に、勝負を決めるために。

□【装甲操縦士《アーマー・ドライバー》】ユーゴー・レセップス

師匠《ししょう》との通信の後も、私達はあの二人……【殺人姫《マーダー・プリンセス》】とその仲間を捜《さが》していた。

指名手配されている【殺人姫】のことは私も知っている。

カルディナを訪れる前、〈叡智《えいち》の三角〉に身を置いていたときでさえ何度も耳にした。

正直に言って、あの子がその【殺人姫】であるかについては半信半疑だ。

あの子は少し幼いけれど、普通《ふつう》の子供に見えたから。

けれど、行動はしなければならない。万が一にも彼女が【殺人姫】であったのなら、取り返しのつかない事態になりかねないのだから。

「キューコ、何か感じる？」

「んー。ちかくにはいない」

キューコは自分の周囲……《地獄門《La Porte de l'enfer》》の展開可能範囲《はんい》にいる生物の同族討伐《とうばつ》数を、感覚的に窺い知ることができる。

だから、姿とステータスを変えているだろうあの子を捜すにはうってつけなのだが、そもそもこのコルタナがとても広い。

中央に大きな湖があるからドーナツ状の街並みだけど、それを踏《ふ》まえても面積が広い。

キューコの探知範囲も、この街の広さと比べれば点のようなものだ。

「このまちにくらべれば……わたしのちからは、ちいさい」

あ……。少し落ち込んでいる。

「まるで、リアルのユーゴーのむねのように」

だけど毒舌《どくぜつ》を吐く元気は残っていたらしい。

……ちっちゃくないもん。これから大きくなるだけだもん。

「兎《と》に角《かく》、今は虱潰《しらみつぶ》しに捜すしかない。何か起こってからでは遅《おそ》いからね」

「うん。ユーゴーも、むこうからしかけてくることもこうりょしておいて」

「……たしかに」

向こうは私と師匠の顔を見ている。師匠が〈セフィロト〉の一員であると気づいたならば、あちらから奇襲《きしゅう》を仕掛《しか》けてくる可能性もある。

街中だから【ホワイト・ローズ】を乗り回すわけには行かないけど、《即時放出》のアイテムボックスから出す準備だけはしておこう。

そうして街中での捜索《そうさく》を続行してさらに数十分。

私達は人々が路面に絨毯《じゆうたんし》を敷きながら商《あきな》いをするバザールに入り込んだ。

見れば大型の商品を扱《あつか》っている人達もいて、遠くには大きな檻《おり》に入ったモンスターの姿も見える。人の波に流されないよう、人通りの少なめな路地に移動した。

「むむ？　どこかで見たメイデンがいるな」

そんなとき、誰《だれ》かに声をかけられた。

「？」

周囲を見回してみるが、どこにもこちらを向いている人物はいなかった。

「……誰が？」

メイデンと言うからには恐らくキューコのことだけど、一つ疑問がある。

今のキューコは【殺人姫】側への情報対処として、レイに初めて会ったときのように《紋章偽装《もんしようぎそう》》を施《ほどこ》している。

しかし、声の主はその上でキューコをメイデンと言っている。

『どこかで見たメイデン』という言葉と合わせて考えれば、知り合いなのだろうか。

周囲を見回しても見覚えのある人物などどこにも……。

「……この素で気づいておらぬリアクションには、妾《わらわ》も傷心するぞ？」

「ユーゴー、した」

「え？」

言われて視線を下げると、今の私の鳩尾《みぞおち》よりも下の位置に紫色の髪が見えた。

どうやら、声をかけた人物の背が低くて、視界に入らなかったらしい。

……このアバター、身長をリアルよりも随分《ずいぶん》高く設定したから視線も高いんだよね。

「知人に声をかけてみれば、暗に『ドチビ』と貶《けな》されようとは……。妾は悲しい……」

紫色の髪をしたキューコよりも小さな少女は、そう言って顔を覆った。

そのせいで顔が見えず、小さな体躯《たいく》と肩《かた》を出した古代ギリシャ風ドレスしか見えない。

ドレスも髪と同じ紫色だ。

けれど、その『紫《むらさき》』という一事で……過去の記憶が掘《ほ》り返された。

「……君は、ペルセポネ？」

「おお？　思い出してくれたか？　〈叡智の三角〉では顔は合わせてもろくに話したことはなかったゆえ、実はちょっぴり不安だったのだが……、其方は記憶力《きおくりょく》がいいな！」

そう言って彼女は——背伸《せの》びをして——ポンポンと私の肩を褒《ほ》めるように叩《たた》いた。

「まぁ、妾達《わらわたち》の方はフランクリンめから其方を『期待の新人で、旦那様《だんなさま》と同じメイデンの〈マスター〉』と色々聞かされていたのだがな！　名前はユーゴーとクーコでよかったか？」

「……わたしはキューコ」

「間違《まちが》えた！　すまぬな！」

「カラーヒヨコみたいなかみだから、きおくりょくもとりあたまだっただけ。ゆるす」

「其方と話すのは初めてだが毒舌過ぎぬか⁉」

……キューコの毒舌は置いといて、彼女のことは知っている。

彼女の名前はペルセポネ、キューコと同じくメイデンの〈エンブリオ〉だ。

そして彼女が旦那様と呼ぶのは……彼女の〈マスター〉。かつて姉さんと共同研究をしていた【冥王《キング・オブ・タルタロス》】ベネトナシュだ。

「〈叡智の三角〉の御主《おぬし》がカルディナにおるということは、旅でもしているのか？」

「そんなところだけど……君がいるということは」

「うむ。無論、旦那様もこの街にいるとも。おお、今は市長邸で〈マジンギア〉乗りと交戦中らしい。蒼い機体と戦っているようだな」

「……⁉」

彼女は片目を閉じて、気軽そうにそんなことを言った。

彼女の言が本当ならば、今は師匠が【冥王】ベネトナシュと交戦中ということになる。

どういう経緯《けいい》でそんなことになってしまったのかと考えて、師匠がカフェで話していた事柄《ことがら》に思い至る。

「このコルタナには……珠《たま》を得るために？」

「よく知っているな。もしや其方達《そなたたち》も旦那様と同じくアレが目当てなのか？　奇遇《きぐう》だな！」

師匠が言っていた、『珠を求めて動く〈超級《スペリオル》〉』。

まさか、その一人があの【冥王】だったなんて……。

「なぜ、コルタナの珠を……？」

「ああ。それは旦那様のプライベートというもの。詳細《しょうさい》は語れぬ。だが、概要《がいよう》は教えよう」

「え？」

「言ってしまえば叶《かな》わぬもの探しだ。旦那様がやろうとしている無理難題をどうにかできるものを探しておるのだ。もっとも、一番の候補は妾自身が次の位階に上がることだがな」

「…………」

ペルセポネの言葉は抽象的《ちゅうしょうてき》で、詳細は分からない。

けれど、一つ分かることもある。

ペルセポネは第七形態、〈超級エンブリオ〉だ。

それが次の位階……存在すら確認されていない第八形態にならなければできないだろうことを、【冥王】ベネトナシュはしようとしている。

このコルタナの『新たなる永遠の生を与《あた》える』珠でそれができるかもしれないから、今は師匠と奪《うば》い合っている最中ということだ。

「妾としてはそんな徒労でしかない寄り道ではなく、本命に集中して欲しいのだが……。それにもしもそちらで叶ってしまったら、妾の立つ瀬《せ》がないではないか」

「……ああ。それでなんだね」

ペルセポネの言葉に、キューコは何かを得心したようにそう言った。

「だから、AR・I・CAとのたたかいに、さんかしてないんだね」

「と言うよりも珠探しという行為《こうい》そのものだ。妾は絶賛ボイコット中なのだ！」

……どうやら、ペルセポネは珠探しそのものがお気《き》に召《め》さず、珠探しに尽力《じんりょく》する〈マスター〉を放置して独りで出歩いているらしい。

概要とはいえ自分の〈マスター〉の目的を話したのも、その一環《いっかん》。メイデンや人に近いガードナーは自分の意思で動くとは言うけれど、このペルセポネは奔放《ほんぽう》すぎないだろうか。

「あ、旦那様が戦っている相手は〈マジンギア〉乗りであったな。其方達の仲間か？」

「……そうだと言ったら」

「旦那様から珠を奪ってくれることを祈《いの》る！　あんなもの邪魔《じゃま》であるし、気持ちが悪いから旦那様の傍に置いておきたくもないのだ！」

……自分の〈マスター〉の敗北を祈る〈エンブリオ〉を初めて見た。

しかし、気持ちが悪いとはどういうことだろう？

「という訳で、妾はあちらの戦いに関知せぬ。……だから妾には手を出すでないぞ！」

……うん？

「『仲間の援護《えんご》』などと言って妾を倒したりせぬように！」

ああ、たしかに私達がそういう行動に出る可能性もあるのか。

ペルセポネは【冥王】ベネトナシュの〈エンブリオ〉なのだし、今は助力してないとしても彼がデスペナルティ寸前にまで追い込まれたときもそうだとは限らない。

『師匠の勝率を上げるために倒しておく』という選択肢《せんたくし》はたしかにある。

「な、何だ、その目は！　言っておくが、妾は弱いぞ！　戦闘力《せんとうりょく》など下級ガードナーに泣かされるくらい低いぞ！　だから攻撃などせぬように！　その『……何を言ってるんだ、この〈超級エンブリオ〉』、みたいな目もやめるのだ!?」

……何を言ってるんだ、この〈超級エンブリオ〉。

「〈超級エンブリオ〉が全部強いとか幻想《げんそう》なのだ！　特に妾など一芸特化過ぎて弱い！

其方のクランオーナーであるフランクリンのパンデモニウムみたいな、『モンスター製造工場だよ！　だけどでっかいから踏み潰《つぶ》すだけでもわりと強いよ！　あと光学迷彩《めいさい》できるよ！』なんて欲張り仕様ではないのだ！」

……必死に「自分は弱いですよ」アピールで無害を主張する〈超級エンブリオ〉に、何とも言えない気持ちになった。

何かもう、放っておいていい気すらしてくる。

ともあれ、【冥王】ベネトナシュが師匠と交戦中となると、放置も出来ない。

けど【殺人姫】の捜索もあるし、どうしたものか……。

『ところでユーゴー』

何かな、キューコ。

『ペルセポネ。ちょっとネメシスににてるね。ネメシスよりもちっちゃいけど』

……ああ、それは私も少し思っていた。

容姿や言動が、一致《いっち》ではなく類似点《るいじてん》が多いという程度に似ている。

その理由までは、分からないけれど。

〈エンブリオ〉に、兄弟姉妹はいないだろうし。

◇◆◇

□■商業都市コルタナ・市長邸

ユーゴーがペルセポネとの再会を果たしていた頃《ころ》、市長邸では〈超級〉同士の戦いが継《けい》続《ぞく》していた。

超音速《ちょうおんそく》でありながら宙を軽《かろ》やかに舞う【ブルー・オペラ】。

空から降り注ぐ砲弾と爆弾《ばくだん》は、既に市長邸の庭園を戦場跡《せんじょうあと》に変貌《へんぼう》させていた。

だが、ベネトナシュは健在だ。

「《ネクロ・オーラ》、《ネクロ・リペア》」

『これで三度目……本っ当にかったいなー！』

元竜王であり、ＳＴＲとＥＮＤに特化したアラゴルンに守られている。

【冥王】ベネトナシュの戦闘《せんとう》スタイルは典型的なタンク・アンド・ウィザード。

アラゴルンをはじめとした屈強《くっきょう》なアンデッドを前衛とし、ベネトナシュ本人が後方から

アンデッド専用バフや相手へのデバフ、攻撃魔《こうげきま》法《ほう》を使用する防御《ぼうぎょ》主体の陣形《じんけい》。

その守りは堅固《けんご》であり、〈超級〉の中でも攻撃力《こうげきりょく》は低い部類であるＡＲ・Ｉ・ＣＡにと

っては難敵である。

攻撃を繰《く》り返しても、アラゴルンのＨＰは微々《びび》たる量しか削《けず》ることが出来ない。

そのダメージも持続回復型のバフである《ネクロ・リペア》で癒《い》えており、現時点でノーダメージだ。

しかし逆に、ベネトナシュとアラゴルンは一切《いっさい》の攻撃を行うことが出来なかった。

『ええい、鬱陶《うっとう》しい攻撃だ。……我《わ》が友《とも》よ、刃が届かぬ』

「私の魔法も射程外、ですね……」

アラゴルンの攻撃は己の骨格を用いた物理攻撃オンリー。

跳躍《ちょうやく》等はできるが、空を自在に飛翔《ひしょう》する【ブルー・オペラ】に、ましてカサンドラによる未来危険予知を行うＡＲ・Ｉ・ＣＡに当てられるはずがない。

それどころか、攻撃に転じた隙にベネトナシュをデスペナルティされることだろう。

そしてベネトナシュも、攻撃が届かない。

少なくとも呪怨《じゅおん》系状態異常魔法の類は射程外。

それ以外に使える手としては、【大死霊《リッチ》】の奥義《おうぎ》《デッドリー・ミキサー》と対になる【高位霊術師《ハイ・ネクロマンサー》】の奥義、怨念《おんねん》を爆発燃焼《ばくはつねんしょう》させる《デッドリー・エクスプロード》がある。

それならば届くかもしれないが、やはり回避《かいひ》される可能性が高い。

それどころか、あの市長があまりにもこの市長邸に怨念を溜《た》めすぎていたために、この市長邸自体が火薬庫同然。使えば確実に邸宅《ていたく》が丸ごと吹《ふ》き飛ぶ状態になっている。

逆に、それだけの爆発力《ばくはつりょく》があれば当てられるかもしれない。

しかし多くの人間を殺害し、既に人間をやめかけている市長の命は考慮《こうりょ》しないとしても、珠の回収や市長邸内の使用人の生命を考えればベネトナシュにその手は使えなかった。

「まぁ、ここは怨念が集まり過ぎてしまっているので……結局は後で燃やさないといけないのですが」

『そうだな。異常なまでに濃密《のうみつ》な怨念だ。我が怨念式のアンデッドであれば、影響《えいきょう》を受けていたことだろう』

アラゴルンはアンデッドではあるが、怨念では動いていない。それは、アンデッドとしての作り方の問題だ。

死霊術師系統は怨念か自身の魔力《まりょく》を使ってアンデッドを任意で作成する。

かつてユーゴーが相対した〈ゴゥズメイズ山賊《さんぞく》団〉の【大死霊】メイズは怨念を使った前者であり、ベネトナシュは魔力を使う後者である。

前者は術者の負担が少ない代わりに理性的なアンデッドが作れず、暴走の危険もある。

後者は術者の負担は多いものの、アラゴルンのように魂《たましい》の意思をそのまま宿したアンデッドを作成できる。

後者は自由意志を有するので従う従わないも魂次第《たましいしだい》という欠点が存在するが、アラゴルンをはじめとしたベネトナシュのアンデッドは信頼《しんらい》関係を築いており、その心配はない。

ベネトナシュの仲間とも言うべきアンデッド軍団は、高い戦闘技術も含《ふく》めて有力だ。

しかし、それらのアンデッドの中には【ブルー・オペラ】に対抗《たいこう》できるものがいない。

「やっぱり、空を飛べる方もメンバーにすべきだったでしょうか……。でも天竜の方々はアンデッドとなると飛行能力が著《いちじる》しく落ちますからね……。【ドラゴンスピリット】は別ですけど、乗れませんし」

なお、怪鳥《かいちょう》はアンデッドになってもそのままの飛行能力で飛べるが、手持ちにはいない。

理由はアラゴルンが毛嫌《けぎら》いしているからだ。

地竜《ちりゅう》の怪鳥嫌《かいちょうぎら》いは死んでも治らないらしい。

「ペルセポネと別行動でなければ、まだ手の打ちようもあるのだけど……」

コルタナに着いた後、『珠探しなんて誰がするものかー！　浮気者《うわきもの》ー！』と言って別行動を始めた自身の〈エンブリオ〉を思い出し、ベネトナシュは息を吐いた。

戦況《せんきょう》は完全に膠着《こうちゃく》している。

AR・I・CAの攻撃はアラゴルンに阻《はば》まれて届かない。

ベネトナシュの攻撃も上空の【ブルー・オペラ】に届かない。

その状況に、【ブルー・オペラ】のコクピットでAR・I・CAはため息を吐く。

(千日手って奴《やつ》かなー？ カルルのチート防御よりはマシだろうけどね)

お互《たが》いに本当に相手を突破《とっぱ》する手札がないわけではない。

AR・I・CAには【轟雷堅獣《ごうらいけんじゅう》 ダンガイ】の雷電《らいでん》の防御を破った必殺スキルがある。

対して、ベネトナシュ側も〈超級エンブリオ〉であるペルセポネが不在でもAR・I・CAを倒しうる切り札は持っている。

しかし、どちらもその切り札はまだ切らない。

理由は二つ。

第一に、お互いに切り札には莫大なコストを支払《しはら》う必要があり、軽々に切れないこと。

第二に、さらに敵が増えることを警戒《けいかい》しなければならないことだ。

既に珠を求めて【冥王】と【撃墜王《エース》】という巨大戦力がこの市長邸宅に襲来《しゅうらい》している。

そんな状況で「これ以上は争奪戦《そうだつせん》への参加者もいないはずだ」などという楽観的な未来予想ができるほど、両者共に馬鹿《ばか》ではなかった。

まして、AR・I・CAは既に【殺人姫】の存在を知っているのだから。

(さて……どうしよっかなー？)

このまま続ければ、分があるのはベネトナシュの方だ。

〈マジンギア〉はその仕様上、戦闘行動でMPを消耗《しょうもう》し続ける。

まして、高性能機である【ブルー・オペラ】に搭乗《とうじょう》し、さらに各種スキルも発動中のAR・I・CAの消耗は大きい。如何に超級職【撃墜王】として莫大《ばくだい》なMPを有するAR・I・CAといえど、戦闘時間には限界がある。

対して、ベネトナシュの戦力であるアラゴルンはアンデッドであり、体力的な限界は存在しない。スキルに使用するMPもAR・I・CAよりは余程《よほど》少ないだろう。

ゆえに、一時間、二時間と戦い続ければ戦況は自然にベネトナシュ有利となる。

（こっちが力尽《ちからつ》きるまで耐《た》え切る構えだね。ま、実際にそれができるだけの頑丈《がんじょう》さはあるけど。あれは……古代伝説級あたりの竜王が素材元かな。……フーちゃんもああいうの作ってそうだなー。中身は女の子なのに、恐竜とか爬虫類《はちゆうるい》が好きだったっけ）

親友との思い出を懐《なつ》かしみながら、AR・I・CAはフッと笑って……。

（しゃあない。このままじゃジリ貧だし、……お届け物だけど使っちゃおうかな！）

そう考えて、上着からあるものを取り出した。

それは――ヘルマイネで張葬奇《チャン・ザンチー》から回収した【轟雷堅獣　ダンガイ】の珠だった。

新たな所有者の意を受けて、雷光《らいこう》を自在に操《あやつ》る〈UBM〉はその力を行使する。【ブルー・オペラ】の蒼い装甲の表面を雷光が走るが、【ブルー・オペラ】自身は一切傷つけない。

やがて雷光は【ブルー・オペラ】の構えたライフルに集中し、

『BANG！』

砲弾の射出と共に、莫大な量の雷光をその弾《たま》に纏《まと》わせた。

雷光を纏った弾丸《だんがん》が、空間を裂《さ》いてアラゴルンへと着弾《ちゃくだん》する。

「……‼」

『こ、れは……‼』

雷光砲弾《らいこうほうだん》の直撃《ちょくげき》を受け、アラゴルンの肋骨《ろっこつ》の一本が砕《くだ》け散った。

【轟雷堅獣　ダンガイ】の力は、鎧《よろい》にも武器にもなる精密動作可能の雷光。

AR・I・CAはその雷光を放つ銃弾《じゅうだん》に纏わせ、威力《いりょく》の底上げを目論《もくろ》んだのだ。

その威力は桁違《けたちが》いに上がっており、先刻までは銃弾を弾いていたアラゴルンの強固な骨格にも明確な傷をつけていく。

その雷光は、アラゴルンに対しては非常に有効だった。

アラゴルンはアンデッドとなって強力な物理防御力《ぼうぎょりょく》と無尽蔵《むじんぞう》の体力を獲得《かくとく》しているが、

代わりに生前持っていた《竜王気《りゅうおうき》》などの防御スキル、そしてドラゴンが有する属性耐性の類もなくしている。

ゆえに、雷光を織り交ぜた弾丸の嵐《あらし》は、ただの弾丸よりも遥《はる》かに早いペースでアラゴルンのHPを削り、それは明らかに《ネクロ・リペア》での回復量を上回っている。

加えて、その雷光は珠の中の【ダンガイ】によるものであり、AR・I・CA自身に雷光での消耗はないのだ。

『弱ってはいるが古代伝説級《同格》の気配をあちらに感じる。友よ、すまぬが敵手の魔力切れを待つわけにはいかぬようだ』

アラゴルンは冷静に状況を分析《ぶんせき》し、AR・I・CAのガス欠よりも先に自身のHPが尽《つ》きることをベネトナシュに伝えた。

その言葉に対し、ベネトナシュは少しの思案の後に……頷《うなず》く。

「……分かった、私が何とかする」

膠着状態が崩《くず》れたことで、彼《かれ》は相手よりも先に自身の切り札を切る覚悟《かくご》を決めていた。

「ペルセポネの必殺スキルは使えないから……これを使う」

ベネトナシュは首にかけたペンダントを服の内から引っ張り出す。

それは下半身だけの悪魔像《ガーゴイル》のような造形だったが、奇妙《きみょう》な金属で出来ている。

銀に近いように見えるが、しかし絶妙《ぜつみょう》に異なる不可解な光沢《こうたく》の金属だ。

『……起こすのか？』

「これなら彼女の攻撃を、確実に耐え切れる。私のガードをこちらに移せば、君が攻勢《こうせい》に転じることもできる」

『しかし、我が刃《やいば》は……』

「彼女への攻勢じゃない。市長を追って、珠を確保してほしい。君が戻《もど》ったら市長邸から撤退《てったい》、街中でペルセポネと合流してコルタナを脱出《だっしゅつ》する」

『なるほど。承諾《しょうだく》した』

「じゃあ……始めるよ。——目覚めよ、《地に立つ《グレイ》…」

ベネトナシュが切り札の一枚を切ろうとした時、

「………え？　ペルセポネ？」

『……？　ユーちゃん？』

彼らは同時に同行者からの念話を受け取り、

——直後、コルタナのどこかで悲鳴が沸《わ》き起こった。

◇◇◇

□【装甲操縦士】ユーゴー・レセップス

「あの【殺人姫】がこの街にいるかもしれぬのか。なんとも火種が集まったものだな！」

結局、私はペルセポネにも事情を話した。と言うよりも、あちらから「ところで、其方達は誰を探しておるのだ？」と尋《たず》ねてきたのだけど。

「それにしても【殺人姫】か。なるほど……」

そして【殺人姫】の存在を知ったペルセポネは、何が楽しいのか笑顔《えがお》を作っている。

「ふふん。そうなると、この街は死の坩堝《るつぼ》だな。死を超越《ちょうえつ》する者、死を量産する者、死の意味を変える者。誰かがマッチメイクしたわけでもないのだろうが、随分と面白《おもしろ》いことになっているではないか」

「？」

「それで、其方達は妾が旦那様の加勢に行かぬように留《とど》めておきたいし、その【殺人姫】を捜しにも行きたいのであろう？」

「……そうなる」

「欲張りなことよ。だが分かった。その【殺人姫】捜しは妾も付き合おう」

「え？」

「幸か不幸か妾は暇《ひま》だ。それに、珠なんぞにかかずらうよりも余程に旦那様と私にとっては有益だろうからな」

「有益って、どうして？」

「それは言えぬ。だが、今の其方達の不利益にならぬことだけは保証しておこう」

そう言って、ペルセポネは歩き出した。

「ほれ。さっさと行こう。早く見つけたいのだろう？」

「……そうだね」

私達《たち》はペルセポネについて歩き出した。

彼女を監視《かんし》しつつ【殺人姫】を捜すつもりだったけれど、彼女に仕切られている。

ペルセポネは先刻に「自分は弱い」と涙目《なみだめ》だった少女とは別人に見えるほど、生き生きとしていた。

しかし不意に、先頭を歩きながら、バザールの中を進んでいく。こちらを振《ふ》り向いた。

「そうだ。折角《せっかく》こうして共にいるのだから、何か話でもしようではないか」

「話……？」

「質問でもいいぞ。妾に何か聞きたいことはないか？」

「そのかたがまるだしのふく……このひざしでだいじょうぶ？」

……キューコ、いの一番に聞くことがそれでいいの？

「フフフ。無論、問題ない。妾のパッシブスキル《死者の覆い》《カリブシ・トン・ネクロン》は、アンデッドが日中で全力疾走《しっそう》できるほどの日照・炎熱耐性《えんねつたいせい》を与えるスキル！ よって、妾自身を対象にすれば日焼けなどせぬ！」

「……いいなー」

キューコがちょっと羨《うらや》ましそうな顔でそんなことを言った。

多分、「わたしも【凍結《とうけつ》】がもっとフレキシブルに使えれば、アイスを溶《と》かさずに食べられたのに」とか考えてる顔だ。

「其方《そなた》は何かないか？」

「……ある」

少し考えて、私は以前から疑問に思っていたことを尋ねることにした
「〈叡智の三角〉での怨念動力の研究。【冥王】がどうして協力していたのか、さ」

かつて〈叡智の三角〉……姉さんが立案した怨念動力構想。〈マジンギア〉の欠点であるＭＰの問題を、周囲の怨念を取り込んでエネルギーとすることで解決しようとした研究。

姉さんにはエネルギー問題の解決という目的があった。もしかすると、私が使っている【ホワイト・ローズ】最大の欠点をそれで解決することも考えていたのかもしれない。

けれど、【冥王】ベネトナシュには理由がない。金銭かアイテムなどの報酬《ほうしゅう》で協力した可能性も考えたけど、記憶《きおく》にある【冥王】ベネトナシュはそういう人とは違《ちが》う気がした。

だから、その答えを求めてペルセポネに尋ねた。

彼女の回答は、

「掃除《そうじ》が楽になるからだな」

少し、理解に苦しむものだった。

「……掃除？」

「ああ。もちろん、掃《は》き掃除《そうじ》拭《ふ》き掃除という意味ではないぞ。そういうことは旦那様が自分でやってしまうからの。掃除とは、怨念の掃除よ」

「？」

「説明するには怨念や魂の性質から話さねばならぬのだが……ふむ。少し待っておれ」

ペルセポネはそう言って、バザールにあるジュース売りの屋台に歩いていった。

そこで大粒《おおつぶ》の氷が入ったジュースを買って戻ってくる。

「のどかわいたの？」

「いや。説明のためだ」

ペルセポネはそう言って、ついていたストローで器、氷、ジュースを順につついた。

「喩《たと》えながらの説明としよう。この器が肉体とすれば、魂は浮《う》いている氷。そして満たされたジュースは心とでも言うべきものだ」

肉体と、魂と、心……。

「妾や旦那様は魂を見ることができるゆえ、モンスターでない幽霊《ゆうれい》がいると知っている」

墓地やダンジョン等で見られる【スピリット】や【レイス】といったアンデッドとは違う、ということだろう。

「幽霊とは、器《肉体》をなくした剥《む》き出しの氷《魂》に、ジュース《心》の残滓《ざんし》が纏わりついているようなものだ。その残滓が消えれば、無垢《むく》の魂としてどこかに消える。というよりも普通は肉体の死と共に消えるのだ。その残滓は俗《ぞく》に言えば未練というもので、それがなければただ穏《おだ》やかに消えるだけだからな」

その話を聞きながら、どの宗教の死生観に近いのだろうかと考える。

まだ一五才になったばかりの私には難しい話だった。

「そして怨念とは、言ってしまえば沸騰《ふっとう》した湯のようなものだ」

「お湯？」

「心の成分の一部が変質したもの、となるかな。特に、強い怨嗟《えんさ》や恐怖《きょうふ》を抱《いだ》いて死んだ心はよく煮《に》える。もちろん生きてるときに怨嗟や恐怖を抱くことはままあるが、……まぁ、生きてる間は大きな問題はない。多少、生霊《せいれい》とか負の想念が漏《も》れる程度だ」

……たしかに。怨念を吸収してMPやSPに変換《へんかん》するレイの【紫怨走甲《しえんそうこう》】は、生者が発した負の想念までも吸収していたな。

「しかし、死ねば別だ。心の成れの果てである怨念は、死者の肉体と魂をも大きく変質させてしまう」

ペルセポネはそう言ってから、器に入ったジュースを飲み干《ほ》した。

「……ふぅ。例えば、何も入っていない器に熱湯を注げば、それは手に持つことも難しい器になる。これが所謂《いわゆる》、アンデッドモンスターだ。旦那様がやるような魔力式は違うがな」

ペルセポネは「ああ。物品が怨念に冒《おか》されて呪《のろ》いのアイテムになるパターンもあるな」と言葉を続けてから、カップの中に残った氷をつまんだ。

「では死者の魂……この氷を沸騰した湯に放《ほう》り込むとどうなる?」

「……溶けてなくなる」

「正解だ。湯が温《ぬく》ければ【スピリット】などのアンデッドとして残る場合があるが、熱湯……濃密な怨念は魂を跡形《あとかた》もなく溶かして怨念に混ぜ込んでしまう。そしたら何も残らん。

少なくとも、他の魂のように穏やかに消えることは決してない」

「………」

魂が怨念に溶けるという言葉に、少し寒気がした。

「特に悪人は生前から他者の怨念を受け続けるからな。溶けかけなのですぐに溶ける」

思い出したのは、〈ゴゥズメイズ山賊団〉だ。

生前から悪逆非道を重ね、死後はアンデッドモンスターと化した。あの【怨霊牛馬《おんりょうぎゅうば》　ゴゥズメイズ】は、正に悪人の魂が怨念に溶けたモンスターだったのではないだろうか。

そうであれば、メイズ相手にダメージを蓄積《ちくせき》したネメシスの《復讐するは我にあり《ヴェンジェンス・イズ・マイン》》が、【ゴゥズメイズ】にも共通して使用できたことに理由がつく気がする。

「旦那様は目的を果たすための旅の最中、無垢な魂を溶かしかねない怨念も消して回っていた。しかし、怨念が溜まる場所は世界中にあり、人の業によって新たに生まれ、どう足《あ》掻《が》いても消しきれない。そして、それらは魂に悪影響《あくえいきょう》を及《およ》ぼし続ける。――だからこそ、旦那様はフランクリンに協力した」

そして、ペルセポネは私がもっとも聞きたかった部分を話し始めた。

「怨念を吸い寄せ、エネルギーに変換してしまう仕組みが確立されれば、この世界の怨念自体が減っていくであろうからな。世界的に普及《ふきゅう》でもしてくれれば万々歳《ばんばんざい》だ。旦那様の余計な仕事はなくなるし、旦那様が救うべき無垢な魂が消えてなくなることも減る」

ペルセポネは笑顔でそう言った後、少し沈《しず》んだ顔をした。

「まぁ、其方も知っているようにあれはただ怨念の密度を増して暴走する結果になった。自動的な怨念溜《おんねんだ》まり作成装置というか……言わば目的と真逆のものになってしまう大失敗だったわけだな」

「…………」

「そんな顔をするな。〈叡智《えいち》の三角〉に非はないとも。ただ、魂の世界には人の技術で扱えぬ限界があったということだ。それは科学でも魔法《まほう》でも変わらぬ」

……たしかに。科学的アプローチの姉さんも、魔法的アプローチの【大死霊】メイズも、結果は暴走というものだった。

それは、迂闊《うかつ》に手を出してはいけないということなのかもしれない。

「仕方がないので旦那様は今も対症療法《たいしょうりょうほう》を続けておる。本題は別にあるのに、怨念溜まりを消して回ることまでしているのだ。まったく……旦那様は背負いすぎだ」

ペルセポネはしみじみと話し、溜め息《いき》をつく。

彼女《かのじょ》の表情はどこか、見た目の年齢《ねんれい》とはかけ離《はな》れているように見えた。

それと……私はこれまでの話を聞いていてある疑問を抱いた。

「……もう二つ、聞いても？」

「許可しよう」

「その話だと、【冥王】ベネトナシュは随分と忙《いそが》しいようだけど……ログイン時間は？」

「向こうの時間に換算《かんさん》して、一日二十二時間といったところだ。最低限の食事と排泄《はいせつ》と入浴。それ以外は全《すべ》てこちらだ」

「………………」

その答えで、やはりもう一つの問いも投げかけなければならないと思った。

それは、やはり【冥王】の理由だ。

ペルセポネの一連の話で、【冥王】がしていることは分かった。


——旦那様が救うべき無垢な魂が消えてなくなることも減る。


ペルセポネが話の最中に漏らしたその言葉が、核心《かくしん》だ。

魂を救う。きっと、コルタナの珠を求めたのは『新たな永遠の生』で魂を救えないかを考えていたのだろう。

〈叡智の三角〉への協力や各地の怨念溜まりの浄化《じょうか》、そして珠の蒐集《しゅうしゅう》。多大な労力をかけて、彼は魂を救おうとしている。

けれど、その理由がわからない。

彼は、死者を救って達成感に浸《ひた》りたい……なんて人物ではない。

あの〈叡智の三角〉で時折見かけた彼は、一度として楽しそうな顔などしていなかった。

いつだって疲《つか》れたように、やつれた顔で、自分の責任を感じているようだった。

そして、彼はリアルすら犠牲《ぎせい》にして、それらの活動を行っているらしい。

結論から言えば——彼はどう考えても、〈Infinite Dendrogram〉を楽しんではない。

私もメイデンの〈マスター〉で、この世界をゲームだと思っているわけではない。

だけど、『この〈Infinite Dendrogram〉で死者の魂を救う』ために……自分のリアルでの生活の全てを投げ捨てるような真似《まね》はできない。

〈Infinite Dendrogram〉とリアル。

どちらも私《わたし》が生きる世界なのだから。

けれど、彼にとっての世界の比重は、こちらだけに偏《かたよ》ってしまっているらしい。

「彼はどうしてそうまでして……？」

この世界で砂漠《さばく》までも駆《か》けずり回り、リアルを犠牲にし、彼は何を求めているのか。

なぜ、魂を救おうとしているのか。

その答えをペルセポネは、

「……少し話しすぎたか。その答えは教えられぬ」

答えてはくれなかった。

「それに言っても其方は理解しきれぬよ。旦那様とは根が違うのだから」

「それは、どういう……」

「きっと、理解できるのはこの世界のために自分の心を磨《す》り潰し、なお折れることができない〈マスター〉だけであろうよ。そんな者が、旦那《だんな》様《さま》以外にいるかは知らぬがな」

ペルセポネの言葉に、一人の友人の顔が思《おも》い浮かんだ。

あるいは、彼ならば……理解できるのかもしれない。

そんな風に思ったとき、

「……！　ユーゴー！」

「話は終わりのようだぞ。ふむ、これが【殺人姫】か。随分《ずいぶん》と不思議な気配をしておる」

キューコとペルセポネ、二人のメイデンが警戒を私に促《うなが》した。

同時に何かが壊《こわ》れるような音と……獣《じゅう》の雄《お》叫《たけ》びが聞こえた。

◆◆◆

■商業都市コルタナ・バザール

ユーゴー達が話をしながら張達を捜《さが》していたころ、張達もまたバザールにいた。

アクセサリーによって容姿は既《すで》に切り替《か》えている。今回は張とエミリーのどちらもティアンに見えるように設定してある。

そして現在、張はバザールの一角で片目を手で押《お》さえながら慄《おのの》いていた。

(奴が西方の死霊術師の頂点である【冥王】……〝不滅《ふめつ》〟か)

張が内心で述べた名は、ベネトナシュを示す二種の二つ名の内、剣呑《けんのん》でない方だ。

張は自身が使役《しえき》する鳥のキョンシーの視界を共有し、市長邸《てい》での戦いを監視している。

【冥王】がコルタナにいるという情報は、先刻ラスカルから通信で伝えられていた。

ゆえに、予《あらかじ》め市長邸にキョンシーを飛ばし、偵察《ていさつ》していたのだ。

なお、張のキョンシーは怨念ではなくベネトナシュと同様に魔力式のアンデッドであるが、自由意志は持っていない。

【符《ふ》】という外付けの脳によって動く、機械の如きアンデッドだ。

動作用以外の【符】を足すことで陽光下での行動阻害《そがい》を軽減することもできる。

欠点として【符】に刻まれた行動パターンしか取れないことがあったが、監視に使う分には特に問題はない。

（アンデッドの質では劣《おと》るか。〝五星飢龍《ウーシンジンロン》〟が健在であった頃の俺《おれ》でも厳しいだろう）

アラゴルンを見ながら、張は冷静にそう判断する。

戦うならば〝五星飢龍〟を使役していた頃の張でも、命を懸《か》けての相打ちが限界。

生きたまま勝利するには【ダンガイ】の珠《たま》を持っていた頃の張が、全力で戦ってようやくという領域だ。そこまでしても、ベネトナシュ本人を倒《たお》せる可能性は低い。

（ラスカルさんの思惑《おもわく》通り、強者が集まって来ている……か）

そのことに、張は言い知れぬ不安を抱く。

このコルタナの珠一つに〝不滅〟と、自分を破った〝蒼穹歌姫〟が寄って来た。

ならば、今後どれだけの戦力がこのカルディナに集まり、争い合うのか。

（……この街で何が起ころうと、それは序章に過ぎないのかも知れんな）

張は気を引き締《し》めた。今の自分がすべきことはエミリーのサポートと、戦力のデータ蒐集だと考え、その仕事に専念する。

そのエミリーはと言えば、バザールに置かれた巨大《きょだい》な檻《おり》を見上げていた。内部には角を生やした獅子《しし》……【タウラス・レオ】という上位純竜クラスの魔獣《まじゅう》が腹這《はらば》いになっている。

檻からは【タウラス・レオ】の垂れ流した糞尿《ふんにょう》の匂《にお》いが漂《ただよ》うので、避《さ》けて通る者も多い。

しかしその檻の前に並ぶ者もいる。

「ちゃんおじしゃん！　なんでこのこ、【ジュエル】じゃなくておりにはいってるの？」

檻を指差しながら、エミリーは不思議そうに首を傾《かし》げている。

エミリーの言うように、テイムモンスターの販売《はんばい》は【ジュエル】に入った状態で行うのが普通《ふつう》だ。品質を見せるために外に出すとしても檻の中ではない。

しかし、こうして檻に入ったモンスターが売られているのには理由がある。

「檻の中に入っているモンスターは、まだテイムモンスターではないからだ」

そう、檻の中で眠《ねむ》るモンスターは、まだテイムされていない。

商人側にそのモンスターをテイムできる優秀《ゆうしゅう》な【従魔師《テイマー》】がいないなどの都合で、テイムされないまま持ち込まれることはある。その場合は薬などで動きを抑制《よくせい》し、モンスターのステータスでは破壊《はかい》できない檻に入れることが義務付けられている。

当然、火を吹くなどのスキルがあればそちらへの対策も必要だ。

『そこまでするくらいならギルドに依頼《いらい》を出して、テイムしてもらってから売ればいいのに』と思う者もいるだろうが、テイム後の【従魔師】による持ち逃《に》げを警戒して希少なモンスターほどそれをしない業者もいる。

他国にセーブポイントを持ち、デスペナルティも厭《いと》わない〈マスター〉が【契約書《けいやくしょ》】を交《か》わした上でそれを行い、指名手配とデスペナルティになったものの希少なモンスターをまんまと持ち逃げしたケースが過去に発生したことも大きい。

「購入者《こうにゅうしゃ》によるテイムも込みで、市場価格よりも安く設定されている。と言うよりも『テイム挑戦権《ちょうせんけん》』という名目で売っているんだ」

回数制ではなく『一〇分間だけテイムに挑戦《ちょうせん》できる』という時間制であることが多い。

「テイムできにゃかったら？」

「金は戻らん」

「ふーん。じゃあおみせのひとはテイムにしっぱいしてほしいんだね」

エミリーの明《あ》け透《す》けな言葉に、張は内心で頷く。

檻の横の看板によれば、これまで何週間もテイム成功者が出ていないらしい。

それも当然と張は考えた。動きを抑制するための薬品に加え、テイムを阻害するために精神に干渉《かんしょう》するアイテムも使われているのが張には見て取れたからだ。

しかし、今から檻の傍《そば》でテイムに挑《いど》む【従魔師】はそれに気づいていないようだった。

成功を疑っていないのか、【タウラス・レオ】を手に入れた瞬間《しゅんかん》を夢想して顔も緩《ゆる》んでいる。

「あれは失敗するだろうな」

事実、テイムに繰り返し失敗しているらしく檻の中の【タウラス・レオ】は身じろぎし続け、【従魔師】の顔には焦《あせ》りが見えてきた。

「じたばたしてるね」

「テイムに失敗したモンスターが暴れることもある。今は檻と薬があるから大丈夫《だいじょうぶ》だがな」

「そうなんだ。じゃあ、あぶないね」

「……？」

張がその言葉に疑問を思うと、エミリーは檻の中を指差した。

「くすり、きれてるよ。あれはくすりがきいてるフリだよ」

「……何だと？」

「あとね、みじろぎしてるのは、じゅんび。きっとね、おりにたいあたりするよ」

なぜそこまで分かるのかと張は考えたが、問題はそこではない。

エミリーの言葉の通り、【タウラス・レオ】は身を起こし、檻に体当たりを始めたからだ。

（だが、あのモンスターのステータスでは破れない檻になっているはず……まずい！）

張は体当たりを受ける檻の格子《こうし》が下から少しずつ歪《ゆが》み、外れていくのを目撃《もくげき》する。

見れば、外れた格子の下部は錆《さ》びていた。

加えて、周囲に漂う匂いがその理由を示していた。

（……糞尿か!!　己《おのれ》の尿《にょう》で檻を劣化《れっか》させて、脱出の機会を窺《うかが》っていたのか！）

モンスターは愚《おろ》かではない。

檻に入れられるモンスターは、《看破》などによってステータスや保有スキルを入念に調べた上で商品となるが、それらのスキルでも……モンスターの知性までは測れない。

薬が効いている振りと、少しずつ檻を劣化させる作業。

さらに商人側がテイム阻害のアイテムを使っていたことで、【タウラス・レオ】には長期間に渡《わた》って檻を劣化させる時間が与《あた》えられていた。

『BUUUULUGAAAAAAAAAA！』

そして今、【タウラス・レオ】が檻を破り、雄叫びと共にバザールへと飛び出した。

手始めに檻の前にいた【従魔師】を食い殺し、次いで近くにいた『テイム挑戦権』を販売していた店の従業員達を手にかける。

これまで閉じ込められていた鬱憤《うっぷん》を晴らすかのような暴れ方だった。

（……どうする？　街の外に待機させている【ドラグワーム・キョンシー】を使えば制圧できるが、ここで目立てば〝蒼穹歌姫〟とその仲間にも……）

張が思考する間に、【タウラス・レオ】は近くにいた従業員達を食い殺し終えた。

周囲を血の海に変えた後、次の獲物《えもの》に狙《ねら》いを定める。

それは張とエミリー……ではない。

その場から逃げ出そうとしている小さな少女とその両親、親子連れであった。

『BUUGAAAAAAA!』

【タウラス・レオ】は吼《ほ》え猛《たけ》りながら、次の獲物へと駆けていく。

追加で人間を三人、自らの血肉に変えようとしている。

迫《せま》る猛獣《もうじゅう》の恐怖に、女の子は泣いていた。

両親は、せめて娘《むすめ》だけでも守ろうと娘をその身で庇《かば》う。

しかし、人の肉の壁《かべ》など【タウラス・レオ】には無意味のはずで、親子は瞬《また》く間《ま》に肉塊《にっかい》となる……はずだった。


けれどその直前、【タウラス・レオ】の進路に小さな人影《ひとかげ》が割り込んだ。


その姿に、張は驚《おどろ》いた。

自分の隣《となり》にいたはずのエミリーが……超音速機動《ちょうおんそく》でそこに立っていたからだ。

『BUUUUOOOOAAAAAA！』

【タウラス・レオ】はエミリーも当然獲物として攻撃《こうげき》しようとし、

「――マイナス」

自動殺戮《さつりく》モードに移行したエミリーによって、一瞬《いっしゅん》で四肢《しし》と首を裂断されて息絶えた。

【タウラス・レオ】は即死《そくし》。損壊《そんかい》の激しさもあって一瞬で光の塵《ちり》となり、その場にドロップアイテムだけを遺《のこ》して消え失《う》せた。

後には、【タウラス・レオ】の返り血に濡《ぬ》れるエミリーだけが立っていた。

「……エミリー」

張には分からなかった。

なぜ、エミリーが飛び出したのか。

飛び出した時点でのエミリーは、まだ敵を殺す状態ではなかった。

ならばあれは元のエミリーのまま、親子を助けようとしたということだ。

なぜ見も知らぬ親子を助けようとしたのか、張には分からなかった。

エミリーの自動殺戮モードが解けるのを待ち、それを尋ねようと考えた。

しかし、それよりも先に、

「おい！　お前がうちのモンスターを殺したのか！」

衣服にジャラジャラと宝石をつけた、よく言えば恰幅《かっぷく》のいい、悪く言えばひどく肥満した男が現れた。背後には屈強《くっきょう》な男達を何人も引き連れている。

肥満した男はどうやら【タウラス・レオ】の『テイム挑戦権』を売っていた商人らしい。

しかし、その態度は騒動《そうどう》を収めたエミリーに感謝している、というものではなかった。

「よくもうちの商品を台無しにしてくれたな！　耳を揃《そろ》えて弁償《べんしょう》してもらおうか！」

張も、周囲で見ていた者も「こいつは何を言っているんだ？」という共通の感想を抱く。

檻の管理や薬、テイム阻害などの件を含《ふく》めて全ての責は商人側にあると言っていい。

だと言うのに、商人は被害《ひがい》を抑《おさ》えたエミリーに弁償を求めているのだ。

「待ってくれ。それは横暴というものだろう。今回の件は」

「コイツの親か！　親ならば責任とって払《はら》ってもらおうか！　九〇〇〇万リルだ！」

張が話しかけると、商人は法外な金額を告げながらそう捲《まく》し立てた。

この商人も張とエミリーの正体を知っていればここまで強気には出なかっただろうが、今の二人は偽装《ぎそう》により、ただのティアンに見えている。

「私の後ろにはダグラス・コイン市長がついているんだぞ！　お前らを逮捕《たいほ》して奴隷《どれい》にし

てやってもいいんだ！」

その言葉を聞いて、張は辟易《へきえき》した。

数年をカルディナの一都市であるヘルマイネで暮らした張は熟知していたが、カルディナにはこういった手合いが多い。

物事の多くが金で決まるから資産家には傲慢《ごうまん》な者が多く、あの路地のチンピラのように非合法な手段で金を得ようとする者もいる。

自浄《じじょう》作用を持った街ならばいいが、今のコルタナは市長自身が極《きわ》めつけの俗物《ぞくぶつ》だ。

市長がバックについていると豪語《ごうご》するこの商人も、これまで権力と財力で他者を押さえつけてきたのだろう。

（こうもあからさまな腐敗《ふはい》では選挙で落とされそうなものだが。……いや、たしか五年前の市長選挙では現市長以外の候補者が全員脱落《だつらく》したのだったか）

明らかに裏があるが、市長の権力が司法や憲兵にまで根を下ろしたこの街では誰《だれ》もそれを弾劾《だんがい》できないのだろう。

（俺がいたヘルマイネは多くの国の組織がカジノに出資していた分、逆にバランスが取れて政治形態はクリーンだったんだがな。……まぁ、カジノを潰《つぶ》すと喧伝《けんでん》した候補者が勝つことだけはなかったが）

皮肉な話もあるものだと張は嘆息《たんそく》したが、その態度が商人は気に食わなかったらしい。

「チッ！　どうせ金など持っていないのだろう！　おい！　こいつらを捕《つか》まえろ！」

背後に控《ひか》えていた屈強な護衛に、二人の捕縛《ほばく》を命じる。

「おい！　ちょっと待てよ！」

「その子はあんたのモンスターが暴れるのを止めたんだぞ！」

「そうだ！　人だって死んでるんだぞ！」

あまりにもあまりな商人の言動に周囲にいた市民が抗議《こうぎ》の声を上げる。

「ああん？　死んだのはうちの従業員と事前に『何が起きても責任を追及《ついきゅう》しません』と【契約書】を交わした客だけだ。だったらここでの問題はうちのモンスターが殺されたことだけなんだよ。何だったらお前らの中に代わりに払う奴《やつ》がいるかぁ？」

そう言われて、市民も二の句を継《つ》げなくなる。

その間も張は思考する。

（九〇〇〇万リルは大金だからな……随分と水増ししているのだろうが。さて、どうするか。ここはラスカルさんから預かった活動資金で弁償してしまった方が話は早いか？　それとも強行突破《とっぱ》で脱出を……）

今は〝蒼穹歌姫〟と〝不滅〟が戦闘《せんとう》中だが、それもいつまで続くかは分からない。

鳥のキョンシーを介《かい》した視界では、なぜか攻撃の手を止めている。

万が一にもこちらに来る前に、この場を去りたいというのが張の本音だ。


しかし、ここで張は一つの思い違いをしていた。

彼が考えていたタイムリミットは、二人の〈超級《スペリオル》〉のいずれかが到着《とうちゃく》するまでだったが。

実際のタイムリミットは、――彼の傍にいたのである。


「さっさと捕まえろ！」

商人の指示に従い、護衛が張とエミリーの捕縛に動く。

「待て。金は……」

「――マイナス」

「払《はら》……なに？」

自分の言葉の間に挟《はさ》まった自分以外の言葉に、張は隣を見た。

そこには誰もおらず、

「……こひゅ？」

二人を捕縛しようとしていた護衛の一人が、喉《のど》から胸にかけて斧《おの》で断《た》ち割《わ》られていた。

やったのは……言うまでもなくエミリーである。

護衛の男が自分の状態を不思議そうに確認《かくにん》しようとすると、エミリーはもう一本の斧を振るい、脳天から頭部を叩《たた》き割った

男が斧——ヨナルデパズトリに何かを食われて光の塵になったときには、エミリーはもう一人の護衛の腰《こし》に斧を叩きつけ、上半身と下半身を両断していた。

二度の惨劇《さんげき》を終えたところで、周囲はようやく異常事態に脳の状況認識《じょうきょうにんしき》が追いついた。

「うわぁあああああああ!?」

「ひ、人殺しっ……!?」

周囲に集っていた人々は、悲鳴を上げて逃げ惑《まど》う。

バザールは檻のモンスターが暴れていた時と同じか、それ以上の混乱に包まれる。

「ば、バケモノめ！　おい！　さっさとあいつを殺してしまえ！」

商人の男がそう言って、

「——マイナス」

エミリーが投げた斧で男はたるんだ頬《ほお》から頭部を輪切りにされて、息絶えた。

残る護衛の男達も武器を向けていたが、それらも同様に容易《たやす》く殺傷されていく。

そうして、商人と護衛達は皆殺《みなごろ》しとなった。

「ッ……………」

その惨状《さんじょう》に、張は言葉をなくす。

(迂闊だった。エミリーが敵と認識《にんしき》する可能性を低く見積もっていた。武器を向ける、殺意を発言する……だけではないということか？)

どちらにせよ、状況《じょうきょう》は張達にとってまずい方向に転がった。

騒《さわ》ぎが大きくなりすぎたため、一刻も早くこの場を離れなければならない。

しかしそんなとき、三人の〈マスター〉がエミリーの傍に駆け寄ってくる。

「そこまでよ。武器を捨てて、冷静になって！」

「事情は見ていた。あんた達が抵抗《ていこう》したのも理解できる。だが、どうか矛《ほこ》を収めてくれ」

「憲兵には俺達《おれたち》からも証言するから、ここは穏便《おんびん》に……」

どうやら事態を収拾《しゅうしゅう》するために善意で動いた〈マスター〉であるらしい。

張はどうやって彼女達《かのじょたち》から逃げるかを考えたが、

「――マイナス、マイナス、マイナス」

エミリーは、斧を三度振《ふ》るった。

二撃は二人のHPを全損させ、一撃《いちげき》は残る一人の【救命《きゅうめい》のブローチ】を発動させていた。

「え？」

「…………」

生存した女性の〈マスター〉に、エミリーは無言のまま幾度《いくど》も両手の斧を振り下ろした。

「な、やめ、やめて……！」

彼女が懇願《こんがん》してもエミリーは攻撃をやめず、【救命のブローチ】は破壊され、女性は肉塊になるまで叩き潰されてデスペナルティになった。

「……どういう、ことだ？」

その光景に、張は困惑《こんわく》する。

それは〈マスター〉へのエミリーの行動にある。

彼《かれ》らは善意で動いていた。明らかな敵対行動もとっていない。

だというのに、エミリーは敵と認識し……彼らを殺傷したのである。

そもそも捕縛のために動き出した護衛を殺傷した時点で少しおかしかった。

チンピラの時は「殺す」という発言と共に武器を向けられていた。

【タウラス・レオ】の時も相手の殺意ある攻撃を受ける寸前だった。

それに比べて、護衛や〈マスター〉を殺傷する際のハードルが……明らかに低い。

「……まさか」

張は背中に氷柱《つらら》が刺《さ》さるような嫌《いや》な悪寒《おかん》を感じた。

そうしている間に、騒動は拡大していく。

「あの少女を止めろ！」

「《看破》で見えるステータスは偽装だ！　正体が別にある！」

今しがたの三人以外にも多数の〈マスター〉が集まり、エミリーに対処せんとしている。

それを視界に収めたエミリーは、

「――マイナス、マイナス、マイナス、マイナス、マイナス、マイナス、マイナス、マイナス、マイナス、マイナス、マイナス、マイナス、マイナス、マイナス、マイナス、マイナス、マイナス」

口からそんな言葉を、吐《は》き続けていた。

◆

普段《ふだん》のエミリーは純真無垢《じゅんしんむく》な少女である。

基本的に人懐《ひとなつ》っこく、人を嫌《きら》いになるより好きになることが多い少女だ。

それゆえに彼女が敵と認識して自動殺戮《エミリネイト》モードに切り替わるのは、相手にそれ相応の理由がある場合に限られる。

だが、一度《ひとたび》切り替わった後はそうではない。自動殺戮モード中のエミリーは、味方でない相手に対する敵認識のハードルが普段のエミリーより遥かに低い。

彼女を捕縛しようとするもの、彼女に武器を捨てさせようとする者、そして強い力を持ちながら彼女に近寄る者。

張や〈ＩＦ〉のような切り替え前から味方と認識している相手でない限り、自動殺戮モードは近づく全てを敵と看做《みな》す。

彼女を止めようとすれば、止めようとした者達《たち》も彼女にとっての敵となる。

そして、彼女にとっての〝敵〟は……増え続ける。

それはラスカルをはじめとするメンバーには〝連鎖《れんさ》〟と呼ばれるもの。

かつて巨大クラン〈ペンタゴン・キャラバン〉を壊滅《かいめつ》させ、一つの都市の戦闘職を全滅《ぜんめつ》させ、ワームの一種族を滅《ほろ》ぼし尽《つ》くした現象。

敵対者が視界から消え失せるまで止まらない、殺戮の暴走《スタンピード》。

それは今、このコルタナで発動した。

◆

エミリーを迎《むか》え撃《う》たんと集まる〈マスター〉の一角へ、エミリーは跳《と》んだ。

一歩の踏《ふ》み込みで五〇メテルの距離《きょり》を踏破《とうは》し、着地と同時に斧を交差させながら払う。

直後、〈マスター〉の一人の首は吹《ふ》き飛んだ。

「ッ！　超音速機動だと!?」

「シィアアア！　《ストーム・スティンガー》!!」

〈マスター〉の一人が犠牲になった直後、近くにいた【疾風槍士《ゲイル・ランサー》】の〈マスター〉がエミリーに奥義《おうぎ》を放った。

奥義の効果で加速し、超音速で放たれる【疾風槍士】の一撃は完全にエミリーの隙《すき》を突《つ》き、
エミリーの――皮膚の防御力だけで受け止められる。

槍《やり》の穂先《ほさき》は、エミリーの体にわずかに刺さっただけだった。

「馬鹿《ばか》……ぬぁ⁉」

直後に、エミリーの攻撃で【疾風槍士】はデスペナルティとなった。

その間に【銃士《ガンナー》】の〈マスター〉が〈エンブリオ〉の銃弾《じゅうだん》を乱射したが、それは体表で弾《はじ》かれてエミリーにまともなダメージを与えてはくれなかった。

「何なんだ、コイツ⁉」

「異常なまでの物理耐性《たいせい》……こいつはティアンじゃない！　恐《おそ》らくは物理防御《ぼうぎょ》に特化した〈エンブリオ〉の〈マスター〉だ！」

「だったら俺の出番だぜ‼」

即座《そくざ》にエミリーの正体を分析《ぶんせき》し始めた〈マスター〉に応じ、ローブを着た【紅蓮術師《パイロマンサー》】の〈マスター〉が前に出る。

エミリーは即応《そくおう》して【紅蓮術師】へと向かうが、

「《ゼロ・チャージ》！《クリムゾン・スフィア》‼」

魔法の高速発動に特化した〈エンブリオ〉を有するその【紅蓮術師】は、超音速で襲《おそ》い来るエミリーにも対応し、奥義である魔法を発動させた。

一瞬にしてエミリーの視界が紅蓮に染まり、その全身が炎《ほのお》に包まれる。

「やった…………ゼ？」

その直後、炎の球体を突き破《やぶ》ってきたエミリーの小さな手が【紅蓮術師】の首を掴《つか》み……枯《か》れ木《き》のように砕《くだ》き折った。

効果時間が終わって炎は消え去り、そこには五体満足のエミリーが立っていた。

だが、装備品はそうではない。耐火《たいか》性能を持たされたオーダーメイドのドレスは燃えていなかったが、偽装用のアクセサリーは熱量に耐《た》え切れず融解《ゆうかい》していた。

ゆえに、今そこに立つエミリーは偽装容姿ではなく……彼女自身の姿だった。

指名手配されたその容貌《ようぼう》も。

「……嘘《うそ》、だろ？」

——そのステータスまでも。

エミリー・キリングストン
職業：【殺人姫《マーダー・プリンセス》】
レベル：五二八（合計レベル：九二八）
HP：八〇五六（＋三六五五〇）
MP：三五〇（＋三六五五〇）
SP：一九八〇（＋三六五五〇）

STR：三〇五〇（＋三六五五〇）
AGI：四三五六（＋三六五五〇）
END：一六八〇（＋三六五五〇）
DEX：六八七（＋三六五五〇）
LUC：一〇〇（＋三六五五〇）

エミリーの名に、レベルと比較《ひかく》して低く……そして高いステータスに、周囲が動揺《どうよう》する。

異常なステータスであった。

元の値は超級職としてはあまりに低く、修正後の値は恐ろしく高い。

しかし、それは当然なのだ。その数値修正こそが、【殺人姫】の真骨頂であるスキル。

スキルの名は、彼女の二つ名の由来でもある《屍山血河《デッド・レコード》》。

【殺人姫】の常時発動《パッシブ》奥義にして、【殺人姫】が【殺人姫】である由縁《ゆえん》。

全ステータスに――『人間討伐数と同値のプラス修正を適用する』スキル。

エミリーがこれまで殺してきたティアンと〈マスター〉合わせて……三六五五〇人。

その全てが、彼女のステータスとなって顕《あらわ》れている。

人を殺せば殺すほど――【殺人姫】エミリー・キリングストンは強くなり続ける。

□【装甲操縦士《アーマー・ドライバー》】ユーゴー・レセップス

私達が悲鳴の聞こえた現場へと辿《たど》りついたとき、そこは混乱の坩堝《るつぼ》となっていた。

人々が逃げ惑う中で、数多《あまた》の〈マスター〉が何かと戦いながら光の塵になっていく。

私のAGIでは視認《しにん》すらも困難な速度で、何かが周囲を駆け巡《めぐ》っている。

その姿が私の目に映ったのは、彼女が手にした斧で一人の〈マスター〉を頭から両断した瞬間だった。

元の色が分からなくなった衣服を身に纏《まと》いながら、髪《かみ》も顔も返り血で赤く染めた少女。

変装を解いたのか、顔は違《ちが》う。

けれど、カフェで出会ったあの子だという強い確信が私の中にあった。

「【殺人姫《マーダー・プリンセス》】。なるほど、初めて見たが大したものだな。あの【器神《ラスカル》】と同じクランというのも納得《なっとく》する。……露骨《ろこつ》に暴走しているのに一人一人叩き殺しているな」

「ユーゴー、どうするの?」

あの子を見ながら何事かを呟《つぶや》くペルセポネと、私の意思を問うキューコ。

キューコが何を聞きたいかというのは分かる。

この状況で私自身がどうするか、ということ。

「…………」

師匠《ししょう》からは、《地獄門》での制圧を指示されている。幼い少女に対して使用することにまだ躊躇《ためら》いはあったが、このまま被害が拡大するのは見過ごせない。

何より……【殺人姫《彼女》】を止めなければならないと思った。

わたし《ユーリ》も、私《ユーゴー》も……この惨状を受け入れることはできない。

「やろう……キューコ!」

「ラジャー」

アイテムボックスから【ホワイト・ローズ】を《即時《そくじ》放出》する。

バザールの通りの中央に、純白の〈マジンギア〉が出現する。

その光景に、周囲の視線はこちらへと集まる。

無論、【殺人姫】エミリーの視線も。

「…………」

その視線の中で、私は【ホワイト・ローズ】に乗り込む。

搭乗《とうじょう》に掛《か》かる時間はほんの数秒だけれど、その数秒が超音速機動を持つ相手に対してはあまりに長い。

彼女の両目は、コクピットの縁《ふち》に手をかけている私を捉《とら》えている。

それは、とても静かな目だった。

殺戮の最中でもまるで凪《な》いだ湖のように、揺《ゆ》らぐこともなくこちらを見ていた。


——殺される。


私が乗り込むまでに、彼女には十分にその時間がある。

私は襲い来る彼女の刃《やいば》を幻視《げんし》し——、

「…………」

——けれど、彼女は私を攻撃しなかった。

私が〈マジンギア〉に乗ろうとするのを、見逃《みのが》した。

まるで、私は敵ではないとでも言うかのように。

私から視線を外して、再び【殺人姫】エミリーは超音速機動によって私の視界から消えた。

そうする間に、私は【ホワイト・ローズ】に乗り込んでいた。

「キューコ！」

私の声に応じ、キューコが【ホワイト・ローズ】と一体化し、氷の鎧《よろい》となる。

『――《地獄門《La Porte de l'enfer》》!!』

キューコと【ホワイト・ローズ】の合体が完了《かんりょう》した直後、《地獄門》は発動する。

《地獄門》は『同族殺害数%の確率で体の同族殺害数%を【凍結《とうけつ》】させる』スキル。

判定のタイミングはスキル発動時と一三秒毎《ごと》。

ゆえに、一〇〇人以上を殺害していた場合は発動と同時に全身が【凍結】する。

あのギデオンで数十人の〈マスター〉に対して発動した時のように。

「う、うわ……！」

「なんだこれは……【殺人姫】のスキルか？」

今回は対象を選別する余裕《よゆう》がなかったため、ターゲットを絞《しぼ》り込まない無差別発動。

そのため、周囲には体の一部や全身を【凍結】した〈マスター〉が大勢いた。

だが、問題は彼らじゃない。

「……どう、なった！」

超音速で動いていた彼女の位置を、私は掴んでいない。【凍結】した彼女がどこにいるか……そもそも【凍結】したのかすら確認できていない。

私は《地獄門》の性能を知っている。

ギデオンの戦いで熟練の〈マスター〉相手に使用している。

〈超級〉への発動も、姉さんを相手にテストしたことがある。

だけど、戦闘型の〈超級〉を相手に使用したことはない。〈エンブリオ〉の出力差などの理由で通用していなければ、私には彼女を止める術がない。

そんな焦燥《しょうそう》と共に彼女の姿を捜《さが》し、

「お、おい！　【殺人姫】が……凍《こお》ってるぞ！」

そんな声が聞こえた場所に、【ホワイト・ローズ】のカメラアイを向ける。

そこでは、一人の少女が斧を手にしたまま――氷像と化していた。

◇◆

■商業都市コルタナ

【殺人姫】エミリーは《地獄門》によって【凍結】し、完全に無力化された。

それは偶然《ぐうぜん》の結果だった。

本来ならば、ユーゴーは乗り込む前に殺されていただろう。

敵であったならば、自動殺戮モード《エミリネイト》のエミリーは即《そく》殺害に走る。

だが、ユーゴーは……自動殺戮モードに入る前のエミリーと話していた。

カフェでの短い時間とはいえ、普段のエミリーと話していたのだ。

その時間を、エミリーは覚えていた。

楽しく会話し、ユーゴーを味方として認識していた。

自動殺戮モードの渦中《かちゅう》にあっても、「敵ではない」と判断される程度には。

自動殺戮モードは見知らぬ相手を敵と認定《にんてい》するハードルが著《いちじる》しく下がるが、しかし普段のエミリーが味方と認識した相手へのハードルは下がらない。

ゆえにユーゴーは機体への搭乗を阻害《そがい》されることなく、スキルの発動も看過された。

その結果が今回のジャイアントキリングだった。

それは、周囲の者達に大きな驚きを齎《もたら》した。

エミリーと交戦していた多くの〈マスター〉に。

そして、この街において唯一《ゆいいつ》エミリーの本当の味方である張葬奇《チャン・ザンチー》に。

張は監視《かんし》のために置いてきた鳥のキョンシーの視界を通じて、エミリーが【凍結】する様を見ていた。

「……何、だと？」

《地獄門》の発動時、張はエミリーの傍にはいなかった。

エミリーの〝連鎖〟が始まった時点で、『最悪、鉄火場に置き去りにしてアンタの安全が確保できてから拾ってくれればいい』というラスカルからの指示に従っていた。

〈超級〉が集結するであろう状況とエミリーの暴走。

それらの異常事態下ではあるが、任務の第一優先事項《じこう》である『張の生存』と第二優先事項である『データの蒐集《しゅうしゅう》』。その二つを完遂《かんすい》するため、内心ではエミリーを残すことを躊躇いながらも命令に従って退避《たいひ》していたのである。

それが幸いし、《地獄門》の効果範囲《はんい》の外にいた張は【凍結】せずに済んだ。

もしも範囲内《はんいない》にいれば、彼もエミリー同様に一瞬で全身が【凍結】していただろう。

だが、彼の心に『助かった』などという思いは微塵《みじん》もない。

（エミリーが、あれほどの力を持っていたエミリーが一瞬で……。これは、エミリーを救

出しなければ。ラスカルさんはああ言っていたが、……この状況では俺《おれ》の身を挺《てい》してでもあの子を救助しなければなるまい）

張は『あれほどの力を持つエミリーが無力化されることは、ラスカルさんといえども想定外だったのだろう』と考えた。

このままでは【凍結】のまま砕かれるか、あるいは捕縛されるか。

いずれにしてもエミリーの未来は〝監獄《かんごく》〟行きになるだろう。

それだけは避《さ》けねばならないと、張はエミリーの下へと駆《か》け出す。

「……ッ！」

だが、《地獄門》の展開範囲に一歩踏み込んだ時、ちょうど一三秒毎の判定が発生し、踏み込んだ張の右足が【凍結】した。

もしもあと数秒遅《おそ》ければ全身が【凍結】していたため、不幸中の幸いではあった。

「原理はわからないが……、俺は入れないということか……」

しかし、キョンシーが【凍結】しないことは既《すで》に監視用のキョンシーで確認している。

キョンシーならば、エミリーの傍《そば》に近づいて奪還《だっかん》もできるとすぐに察した。

「【ドラグワーム・キョンシー】起動ッ！　……だが、間に合うか？」

街の外から呼び出し、地中を潜行《せんこう》させながら向かわせたが、【ドラグワーム・キョンシー】

は足の速いモンスターではない。彼が黄河やヘルマイネで使っていた【ハイ・ドラゴン・キョンシー】とは雲泥《うんでい》の差だ。

はたしてエミリーが砕かれるまでに救助できるか、張の焦燥感を煽《あお》った。

しかし、もしもこの場にいたのが張ではなく、ラスカルであったのなら……彼は欠片《かけら》も焦《あせ》ることはなかっただろう。

援軍《えんぐん》を出すこともなく、データの蒐集を続けていたはずだ。

『しかし何があろうと——最後に立っているのはエミリーだ』

『その結果だけは、絶対に変わらん』

ほんの一時間前に、ラスカルはそんな言葉を述べていた。

この言葉の根拠《こんきょ》は、【殺人姫】の《屍山血河《デッド・レコード》》によってエミリーが得た莫大《ばくだい》なステータス——などではない。

彼女の、【殺人姫】エミリーの真価は——他にある。

◇◇◇

□【装甲操縦士】ユーゴー・レセップス

「《地獄門》……解除」

『うん』

私の指示に応じ、キューコが《地獄門》を解除する。

同時に、あの子以外の【凍結】を解凍《かいとう》した。

「……おお、戻《もど》った」

「あの〈マジンギア〉に乗ってる奴のスキルか。すげえな、【殺人姫】を止めちまったぞ」

「この凍るスキル、どこかで見たことがあるような……」

周囲からはそんな声が聞こえるけれど、今の私はそれどころじゃない。

私は急いで師匠の【ブルー・オペラ】に通信を繋《つな》いだ。

「師匠、今すぐこちらに来れますか？」

『はいはーい。【殺人姫】と遭遇《そうぐう》したんでしょ？』

「はい。……《地獄門》で無力化しました」

『やるぅ♪』

私の報告に、師匠は口笛を吹く。

「……これから私はどうすれば？」

『とりあえず待ってて。あ、でも【殺人姫】にはたしか仲間がいたはずだから、そっちの襲撃《しゆうげき》に注意してね』

たしかに、カフェであの子は保護者らしい男性と一緒《いつしよ》だった。

彼があの子の仲間ならば、この状況を看過するとは思えない。

「分かりました」

『じゃあ、こっちも話つけてそっちに向かうから、もうちょっと待っててね』

師匠はそう言って、通信を切った。

話をつけるというのは、きっと【冥王《キング・オブ・タルタロス》】ベネトナシュとのことだろう。

『ペルセポネ。君の〈マスター〉は、……？』

機体のスピーカーでペルセポネに呼び掛けたが、返事がない。

コクピットのモニター内でその姿を捜したが、どこにも見当たらなかった。

戦闘能力がないと言っていた彼女は、いつの間にかどこかへ退散していたらしい。

……今は彼女のことはいいか。

「キューコ、周辺警戒《けいかい》。あの子の仲間が、奪還に来るかもしれないから」

『ラジャー』

師匠が来るまで、警戒は続けなければならない。

そう思って周囲を見ると、【ホワイト・ローズ】に幾人《いくにん》かの〈マスター〉が集まっていた。

その中の一人、モヒカンの〈マスター〉が私に話しかけてくる。

「助かったぜ。アンタがあいつを凍らせてくれたんだろ?」

その問いに、【ホワイト・ローズ】を首肯《しゅこう》させる。

それと、言葉遣《ことばづか》いを努めてユーゴーらしくして受け答えする。

『私の〈エンブリオ〉のスキルだ。暫《しばら》くは、【凍結】したままだろう』

「そうか。……今の内に砕いちまった方がいいか?」

『……いや。じきに私の仲間が来る。〈セフィロト〉の【撃墜王《エース》】AR・I・CAだ』

「〝蒼穹歌姫《そうきゅううたひめ》〟か……。じゃあ待ってた方が安牌かも知れねえな。砕いたら【救命のブローチ】発動して、【凍結】解除して復活とかされても困るし」

……その可能性もあったか。氷を砕くほどのダメージを与《あた》えた上で、致命《ちめい》ダメージを防ぐ【ブローチ】があった場合どうなるか。その検証はしていなかった。

『……念のために、またスキルを使えるように警戒しておこう』

「そうか、助かるぜ。アンタのお陰《かげ》で……っと、まだ自己紹介《じこしょうかい》もしてなかったな。俺は〈モヒカン・リーグ〉本部所属のモヒカン・ロックだ」

……ああ、うん。『モヒカンだからあのクランの関係者かな？』とはちょっと思ってた。なぜか各国に支部あるんだよね、あのクラン。……ドライフにもいたし。

『私はユーゴー・レセップス。……今はフリーだが、以前は〈叡智《えいち》の三角〉に属していた』

「おお、やっぱりか。見たことのない〈マジンギア〉だからそうかもしれないと思ってたぜ」

『そうか。……そうだ、一つ伝えておきたい。【殺人姫】エミリーには仲間がいて、彼女を奪還しに来るかもしれない。周辺の警戒に協力してもらえないだろうか？』

「もちろん、ＯＫだ。任せな」

そうしてロックさんは周囲に集まった〈マスター〉に声かけし、彼らは【凍結】したあの子については現場を保持したまま周辺を警戒しはじめる。

「声をかけたのは全員、うちのメンバーだ。ああ、諸事情でモヒカンは隠《かく》しているが」

……モヒカンを隠すって何だろう。

「そういえば、どうして〝蒼穹歌姫〟……〈セフィロト〉のメンバーがこのコルタナに？　もしかして市長絡《がら》みか？」

『……言えないが、どうしてだ？』

実際に市長絡みではあるが、それは話せない。

だが、なぜロックさんがそのようなことを尋《たず》ねてきたのかは気になった。

「いや、もしも市長の不正絡みなら協力できるかと思ってな。〈セフィロト〉なら議長側だろう？」

『？』

「俺達〈モヒカン・リーグ〉は、カルディナ司法局からの依頼《いらい》でダグラス・コイン市長の捜査《そうさ》をしていた。相当にあくどいことをしていたらしいが、これまで証拠《しょうこ》がなかったらしくてな。しかし先日、具体的な犯行内容が幾《いく》つも明記された紙が司法局に投書されたんだよ。俺達はその裏づけをとるためにこのコルタナにいたんだ。……まぁ、市長と関係があると張り込んでた商人は【殺人姫】に殺されちまったがな」

どうやら、この街の市長は珠《たま》の隠蔽《いんぺい》以外にも後ろ暗いことに多々手を染めていたらしい。

……そしてモヒカンを隠すというのは、身辺調査をするためか。

まぁ、モヒカンの〈マスター〉が何人も集まっていたら、それは目立つだろうけど。

なお、リーダー格のロックさんだけはモヒカンを維持《いじ》していたらしい。

……ロックさんも隠したほうがよさそうなものだけど。

『こちらについてだが……少なくとも市長側ではないから、協力はできるかもしれない。

師しょ……AR・I・CAさんとも相談しなければならないが』

「そっか。そいつは助かるぜ」

『ところで、その投書というのは一体誰《だれ》が出したのだろうか……?』

「ああ、それはうちの旦那様《だんなさま》だ」

ロックさんと話していると、いつの間にか近寄ってきていたペルセポネが言葉を挟んできた。……全く気づかなかった。

『ペルセポネ、ユーゴーが「ちっちゃすぎてきづかなかった」、だって』

「ぐぬぬ……、やはりこの体は小さすぎるのか……!」

ペルセポネは頭を抱《かか》えて悔《くや》しそうに呻《うめ》いた。

そういう意味でもなかったのだけど……カメラの死角ではあったかな。

『姿が見えなかったが、今までどこに?』

「少し回収をな」

回収?

「それでお嬢《じょう》ちゃん、投書をしたのはアンタの知ってる人なのか?」

「うむ。私の〈マスター〉、【冥王】ベネトナシュだ」

ロックさんの質問に、ペルセポネはあっさりと答えた。

「【冥王】……おいおい、〈超級《スペリオル》〉が三人も集まるなんてこの街はどうなってんだ？　……うちもオメガ総長に来てもらった方が良かったかな」

ロックさんが少し不穏《ふおん》なことを呟いている。オメガ氏というのはたしか〈モヒカン・リーグ〉のオーナーで〈超級〉だったはずだけど……これ以上集まるといよいよ混乱の収拾がつかない気がする。

まぁ、それは置いておいてペルセポネに質問する。

『なぜ、【冥王】ベネトナシュが投書を？』

「ああ。御主《おぬし》も知っておるように、旦那様は幽霊《ゆうれい》が見えるからな。市長の被害者《ひがいしゃ》の幽霊を相手に聞き込みをし、協力の対価として市長の犯罪を暴《あば》く手伝いをしていたのだ」

……なるほど。

「ちなみにその情報は市長への脅迫《きょうはく》にも使ったがな。『このことをカルディナ議会にバラされたくなければ珠プリーズ』、という風に」

「……あれ？　でもとうしょはもうされてるんじゃ……」

「だから投書したのは司法局であって、議会にはまだ伝えていない。であろ？」

……姉さんもたまにやる『嘘はついてないよ。嘘はな！』の《真偽判定《しんぎ》》回避《かいひ》話術だ。

つまり市長が珠を渡《わた》そうと渡すまいと、市長の犯罪は暴かれるのが既に確定していたということ。【冥王】ベネトナシュも中々にイイ性格をしている。

「この街の怨念《おんねん》を見るに、あの市長はやりすぎておったようだからのぅ。どの道、長くはなかっただろうな。余生は獄中《ごくちゅう》で過ごすことになるであろう。……余生があればだが」

ペルセポネはそう言って、市長邸《てい》の方角を見ていた。

「さて、そろそろ御主の仲間と旦那様が……ちと、まずいな」

ペルセポネはそう言って、視線を【凍結】した【殺人姫】に向けた。

その直後、

氷像の内側から――二本の斧《おの》が飛翔《ひしょう》した。

『な⁉』

二本の斧は軌道《きどう》上にいた二人の〈マスター〉の首を切り飛ばしながら、周囲を旋回《せんかい》する。

「アームズ系統の〈エンブリオ〉だ！」

「チッ！　本人が凍ったままでも、武器だけで動けるのかよ！」

見れば、氷像の両手は砕けている。

斧を飛ばすために動かした代償《だいしょう》なのだろう。

しかし、二本の斧は主の負傷に構うことなく飛翔し、

『……え？』

【凍結】した彼女自身に激突《げきとつ》し――木《こ》っ端《ぱ》微塵《みじん》に粉砕した。

砕けた氷の欠片が陽光の下で輝《かがや》く。

その中には、〈マスター〉がデスペナルティになる際の光の塵《ちり》も確かに混ざっている。

エミリーは……自らの〈エンブリオ〉でデスペナルティになっていた。

「じ、自殺か……？」

「俺達《おれたち》に倒《たお》されるよりも、ってことか。それに自傷によるHP全損のデスペナルティなら、自害システムでのデスペナルティよりもドロップするアイテムは少ないからな」

蘇生《そせい》可能時間を過ぎたあの子の体は光の塵になっており、こうなっては蘇《よみがえ》ることはない。

「…………そんな」

この決着は、考えていなかった。

幼い少女を、〈Infinite Dendrogram〉の中とはいえ自殺に追い込んだようなものだから

……明日の寝覚《ねざ》めは悪くなるだろう。

……けれど、これで騒動《そうどう》自体は解決した。

【殺人姫】との邂逅《かいこう》と戦いはこうして決着した

「マ、イ、ナ、ス」

――はずだった。

どこかから声が聞こえた直後、少し大きな破裂音《はれつおん》と水音が聞こえた。

音源を探して周囲を見ると、

傍にいた〈マスター〉……ロックさんが頭の代わりに斧を生やしていた。

明らかな致命傷《ちめいしょう》であり、トレードマークのモヒカンごと頭部を粉砕されたロックさんはすぐに光の塵へと変わっていってしまう。

血色の斧だけがその場に残り、クルクルと回りながらある人物の手元へと舞《ま》い戻る。

その人物は、戻ってきた斧を掴みながら……周囲をグルリと見回す。

それは、デスペナルティとなったはずのあの子――【殺人姫】エミリーだった。

彼女は【凍結】していないし、斧を飛ばした際に砕けた腕《うで》も完治している。

五体満足の万全《ばんぜん》な状態で……彼女はそこにいた。

「ど、どういうことだ⁉」

「だ、誰か蘇生アイテムでも使ったのか⁉」

「馬鹿言え！　あの類は光の塵になる前、蘇生可能時間に使わなきゃ意味がないだろう！

あいつは、確実に塵になっていたぞ！　あそこから蘇るなんて、ありえない！」

そう、ありえないはずだ。

常識的に考えれば、ありえないはずだった。

だけど、私は知っている。

ある〈マスター〉は、比類なきステータスの怪獣《かいじゅう》と力を合わせる。

ある〈マスター〉は、仕様で定められたスキルの性能を大幅《おおはば》に書《か》き替《か》える。

ある〈マスター〉は、視えない筈《はず》の未来を視る。

そしてある〈マスター〉は、ただ独りで数万の軍団を作り上げる。

彼女達《かのじょたち》……〈超級〉は、時として常識を覆《くつがえ》し、ありえないはずのことを実現する。

それを知っているから、私は察することができた。

『これが、【殺人姫】エミリーの……〈超級エンブリオ〉の能力ッ……！』

――死してなお蘇る、〈超級エンブリオ〉。

◆◆◆

■ヨナルデパズトリについて

〈Infinite Dendrogram〉には、リソースと呼ばれる概念《がいねん》が存在する。人間範疇《はんちゅう》生物のジョブ、モンスター、アイテム、自然、そして〈エンブリオ〉が保有するある種のエネルギー資源と言えるものだ。

リソースのやりとりは様々だ。

生物が生物を撃破《げきは》した際には経験値となって生物のレベルを上げる。

アイテムに含《ふく》まれるリソースをコストとして、様々なスキルを起動する。

モンスターが死亡した際には、リソースの大部分をアイテムに変換《へんかん》する。

〈マスター〉やモンスターが死亡した際は、経験値とアイテム変換分《へんかんぶん》以外のリソースはすぐに管理ＡＩに回収され、リソースを失った肉体は光の塵となる。

管理ＡＩに回収されたリソースの用途《ようと》は様々だ。

〈マスター〉のアバターが破壊《はかい》された際は破壊されたアバターのリソースを使い、アバター担当の管理ＡＩ一号アリスがアバターを再構築する。

あるいは環境《かんきょう》担当の管理ＡＩ五号キャタピラーが環境の修復や、セーブポイント周辺の環境改善に使用することもある。

〈Infinite Dendrogram〉における生命の営みはリソースの集中と分配、消費と増幅《ぞうふく》であると言える。

〈エンブリオ〉の中にも、そのリソースの授受を駆使《くし》する個体がいる。

【破壊王】の【戦神艦《かん》　バルドル】や、【大教授】の【魔獣工場《まじゅうこうじょう》　パンデモニウム】は、アイテムのリソースを変換して弾薬《だんやく》やモンスターを製造する。

【犯罪王】の【始原万変　ヌン】は、〈マスター〉がジョブで獲得《かくとく》するリソースの大半を〈エンブリオ〉が取得することで、万能性《ばんのうせい》と物理耐性を獲得している。

そして【殺人姫】エミリー・キリングストンの【魂食双斧《こんじきそうふ》　ヨナルデパズトリ】は、極《きわ》めて直接的にリソースを利用する〈超級エンブリオ〉である。

ヨナルデパズトリの能力は——リソースの収奪《しゅうだつ》と貯蔵。

エミリーが殺めた生物のリソース……経験値となるはずのリソースの大半を、ヨナルデパズトリは貯蔵する。

それゆえにエミリーのレベルは本来達《たっ》しているはずのレベルよりも低いが、それはヨナルデパズトリの能力からすれば些細《ささい》なことだ。

ヨナルデパズトリは死後に残るティアンの死体から根こそぎリソースを吸収し、光の塵へと変えている。仮の値であるが、レベル一〇〇のティアンから限界まで吸った場合、ヨナルデパズトリは一〇〇のリソースを得られる。単に殺すだけでも半分は吸えるだろう。

アステカ神話において神とも悪魔《あくま》とも呼ばれ、『魂を吸う』と語られるヨナルデパズトリに相応《ふさわ》しい能力と言える。

だが、それはあくまで前段であり、ヨナルデパズトリの真価はその先にある。

ヨナルデパズトリは貯蔵したリソースを――エミリーの蘇生に使用できる。

ヨナルデパズトリのパッシブスキル、《適者生存《てきしゃせいぞん》》。

死亡後に蘇生可能時間を経過し、エミリーのリソースが回収されて空になると……自動的にリソースを充填《じゅうてん》してエミリーを蘇生する。

あたかも神に生贄《いけにえ》を捧《ささ》げるが如く貯蔵したリソースを消費し、光の塵となった状態から瞬時《しゅんじ》にアバターを再構築する。それが外傷による死であろうと、状態異常の結果の死であろうと無関係に、ＨＰと状態異常を全回復した万全の状態でエミリーは蘇る。

言うなれば管理ＡＩ一号が行う再生作業を、自身に限ってログアウトを経ることすらなく瞬時に行っているようなもの。

それだけでも驚異的《きょういてき》だが、エミリーの敵対者にとっては更《さら》に致命的《ちめいてき》な問題がある。


エミリーの蘇生にリソースの消費はあるが――回数制限はない。


エミリーのレベルが一〇〇の頃《ころ》であれば、一〇〇のリソースでエミリーは蘇る。

今のエミリーのレベルは九二八なので蘇生リソースも増えている。

なるほど、ならば限界はあるだろう。リソースが尽《つ》きれば、もはや蘇生はできない。

だが、エミリーがこれまでに殺害した人間は、寸前の殺傷を含め三六五八七人。

他にワーム等のモンスターも殺傷している。

それこそが、致命的。

エミリーが現在貯蔵しているリソースの量はどれほどか。

そして、エミリーは幾度《いくど》の蘇生が可能であるか。

仮に度重《たびかさ》なる蘇生でリソースを削《けず》ったとしても、戦いの中でエミリーが生物を殺せばリソースは再び増え続ける。

少なくとも敵対者より先に倒れることは決してないだろう。

それこそが、ラスカルの言葉の真意。

【殺人姫】エミリー・キリングストンは――不死身の〈マスター〉である。

◇◇◇

□【装甲操縦士】ユーゴー・レセップス

死とは生命を止める最大のもの。

善行も、悪行も、如何《いか》なるものも死んでしまえばそれで止まる。

この〈Infinite Dendrogram〉にはアンデッドがいるけれど、それだって完全な死ではなく、アンデッドという生命に移り変わったに過ぎない。

死という終わりは全《すべ》てにあって、それは取り返しのつかないものであるはずだ。

取り返しがつかないと私が考えているからこそ、わたしの〈エンブリオ〉であるキューコは……死の代償を科す力を持って生まれたのだろう。

けれど、眼前の【殺人姫】エミリーはそうではなかった。

私達が視ている前で、光の塵となったはずの【殺人姫】エミリーが復活している。

〈マスター〉としての仮初《かりそめ》の死すら……このエミリーには与えられない。

エミリーは、止められない。

「な、あ……」

その事実に大きな衝撃《しょうげき》を受けたのは、私だけではなかった。

外部からの襲撃を警戒してエミリーを取り囲む形になっていた〈マスター〉が、眼前の事態を理解するために私の体感時間で数秒動けていなかった。

私も、その時間は動けなかった。

そして殺戮《さつりく》が始まる。

視界の中では他の〈マスター〉が次々に殺されている。

破格のステータスを持ち、死を迎《むか》えようと即座《そくざ》に復活する超越者《ちょうえつしゃ》。

これまで私が見てきた〈マスター〉の中でも最上位。師匠《ししょう》すら超《こ》えて、あの【破壊王《シュウ・スターリング》】にすら近い脅威《きょうい》を感じる。

『……ッ！　対象をカウント一万以上の〈マスター〉に絞って再起動！』

『ラジャー』

私が《地獄門》を設定し直して再起動するまでの数秒の間にも、十人近い〈マスター〉が死んでいた
超音速機動《ちょうおんそくきどう》。手近にいた者から順番に、彼女《かのじょ》は斧を振《ふ》るって餌食《えじき》にしていく。

私には残像しか見えない彼女が獲物《えもの》を、……〈マスター〉を仕留《しと》めていることが理解できてしまう。

そして一瞬《いっしゅん》、背筋がゾッとするような感覚を味わった。

その感覚で、私が狙《ねら》われていることと――先刻と違《ちが》い彼女が私を〝敵〟として見ていることを理解させられた。

『《地獄、門》……!?』

そして、私が《地獄門》を再展開するよりも早く、【ホワイト・ローズ】の装甲《そうこう》に何かが叩《たた》きつけられる音と……コクピットにまで伝わる衝撃が響《ひび》いた。

重装甲に見合った重量であるはずの【ホワイト・ローズ】が、後退《あとずさ》ってたたらを踏《ふ》む。

『……ッ！』

だが、その動作のままに後方へと跳《と》んで、少しでも距離《きょより》をとる。

一瞬の浮遊《ふゆう》感の後に、アブソーバーで吸収し切れなかった衝撃がコクピットを揺《ゆ》らした。

『……くぅ』

『キューコ⁉』

『だいじょう、ぶ。おのをなげられただけ……。わたしをちょっとくだかれたけど、そうこうでとまった。おのは、あのこのてもとにもどった』

この【ホワイト・ローズ】はスキルによるダメージ軽減、キューコの氷結装甲、そして本体装甲の三重防御《ぼうぎょ》で〈マジンギア〉では最大の防御能力を誇《ほこ》る。

けれど今、斧の投擲《とうてき》はそれらの防御を貫《つらぬ》いて本体装甲にまで届いていた。

『装甲のダメージは……？』

『ちょっと、ゆがんだだけ』

やはりダメージは受けている。

けれど、姉さんが作った神話級金属合金の装甲は、斧の投擲でも破壊されなかった。

姉さんの機体なら、まだ耐《た》えられる。

でも、投擲ではなく彼女自身が連続攻撃《こうげき》を仕掛《しか》けてきた時は長く持たない。

『エミリーは、……！』

『……こおってる』

《地獄門》は二度目も効果を発揮し、エミリーは再び【凍結《とうけつ》】していた。

けれど、再び斧が飛翔し、エミリーを砕《くだ》いて殺し、……復活させてしまった。

『…………』

しかし、復活したエミリーはこちらを追撃《ついげき》せず、他の〈マスター〉を狙っていた。

今の彼女は、まるでバーサーク系のスキルを使ったように、攻撃行動に理性がない。

攻撃する相手の明確な優先順位というものが見当たらず、《地獄門》を使う私達ではなく周囲の〈マスター〉に手当《てあ》たり次第《しだい》に攻撃を仕掛けている。

……あるいは自分と距離が近い相手やレベルの高い〈マスター〉を優先的に攻撃しているのかもしれない。

そうであれば、レベルがカンストから遠く、距離も離《はな》れた今の私達はさほど優先順位も高くないはずだ。

「――マイナス――マイナス」

彼女は〈マスター〉を殺しながら、《地獄門》で【凍結】しては斧に砕かれ、あるいは他の〈マスター〉の必殺スキルで致死《ちし》ダメージを受けながら、復活を繰《く》り返す。

……それは、まるで地獄のような有様だ。

『キリがない……』

『なにかてはない？』

『……あるとすれば、あの斧を破壊すること』

恐《おそ》らく、あの二本の斧がエミリーの〈超級エンブリオ〉。

あれさえなくなってしまえば、彼女は蘇生のスキルを使用できない。

『……だけど、あの斧は破壊できない』

今も飛翔する斧を破壊しようとして、〈マスター〉の一人が必殺スキルを発動した。

しかし、斧は必殺スキルでも罅《ひび》一つ入ることなく、その〈マスター〉を殺傷していた。

アームズの〈超級エンブリオ〉の破壊は、容易ではない。【尸解仙《マスター・キョンシー》】迅羽は〈超級エンブリオ〉の爪《つめ》を用いても、【超闘士《オーヴァー・グラディエーター》】フィガロの〈超級エンブリオ〉を破壊できなかった。

逆に【超闘士】フィガロも、自身の〈超級エンブリオ〉の効果を引き上げてからでなければ迅羽の爪を折れなかった。

少なくとも、あの斧を破壊することは【ホワイト・ローズ】の火力では不可能。

それはきっと師匠も同じだろう。

王国の【破壊王】ならばできるかもしれないが……それは望めるはずもない。

『手の打ちようがない……』

レイや、私と戦ったルークなら、この状況《じょうきょう》からでも勝ち筋を見出《みいだ》せるのかもしれない。
だけどわたしには、できない……。
わたしじゃ……あの子の殺戮を止められない。
『……このままでいいの？』
『良い訳がない！　だけど……』
わたしじゃ、もうどうすることもできない……。
こんな状況で、どうすればいいかなんてわたしには……。
『ユーゴー……〝女性を守る騎士《きし》となること〟』
『……え？』
私の心が弱音を訴《うった》えそうになったとき、キューコが静かにそう言った。
『キューコ？　突然《とつぜん》、なにを……？』
『それが、あなたがユーゴーにのぞんだものでしょ？』
『………それは』
それは確かに、わたしがユーゴーに望んだもの。
女性を守る騎士となること。
か弱き女性を苛《さいな》む悲劇を打ち倒すこと。

美しき花の……棘《とげ》となる者。

氷と薔薇《ばら》の機士。

わたしがユーゴーに求め、演じていた人物像。

わたしがユーゴーに託《たく》した……願い。

『このままだと、あのこはとまらない。きっとおおくのひとが、ゆーごーがまもりたいとねがったようなひとたちが、たくさんしんじゃう』

『…………』

『わたしは、あなたのねがいからうまれた。だから、わたしはあなたをまもるし、あなたのねがいをまもる』

その言葉を投げかけられた時、今は【ホワイト・ローズ】の装甲となっているはずのキューコに抱《だ》きしめられた気がした。

『わたしがまもってあげるから。せなかをむけてあきらめることは、しないで』

キューコの言葉は、

『ねがいに、めをそむけないで……』

『キューコ……』

氷結地獄《コキュートス》の名を持つ彼女の言葉は……とても温かかった。

そうしてキューコの言葉が胸に届いた時、もう一つ……わたしの心がある言葉を思い出していた。

――迷酔《まよ》いすぎだよ、お嬢さん。

かつてわたしが迷い、自ら進むことも退くこともできなくなっていた頃に吐《は》き捨てられた言葉。

わたしと共通の友人を持ち、人の心を抉《えぐ》るような言葉ばかりをぶつけてくる……私がこの〈Infinite Dendrogram〉で最も嫌《きら》いな少年の言葉。

けれど知っている。彼《かれ》の言葉がわたしの心を抉るのは、わたしが見ないようにしているわたしの心の真実を、彼が言葉にして晒《さら》し続けたからだ。

今、彼の言葉を幻聴《げんちょう》したのも、わたし自身がソレを認識《にんしき》しているからだ。

けれど今、そんな彼の言葉がわたしの背を押《お》す。

同時に、一つの光景を思い出す。

強大な敵を前にしても、退くことがなかった……一人の〈マスター〉の姿を。

『……背を向けるな、ユーゴー《わたし》』

自分の意思で選んで、進め。

相手がどれほど強大で得体の知れないものだとしても。

少なくともあの二人は、それで退くようなことはなかったはずだ。

『……選べ、ユーゴー《わたし》』

それに、今はあの時とは明確に違うことがある。

多くの人々の悲劇と姉さんを天秤《てんびん》にかけたギデオンではない。

あのときとは迷うものが違う。

眼前の脅威を前に、挑《いど》むか諦《あきら》めるかを迷っているだけ。

ならば、ユーゴー・レセップス《私》の進むべき道は定まっているはずだろう……！

『……分かったよ、キューコ。わたしも……私もまだ……諦めない！』

『うん、がんばって』

私は進むと……脅威に挑むと決めた。

もう一度、私に出来ることがないかを考えなければならない。

『…………』

かつて遥《はる》か格上の〈超級〉……姉さんと相対したレイはこんなことを言い放ったらしい。

――〈超級〉のお前でも、理由なく無敵のモンスターなんて創《つく》れなかったわけだからな。

そう、〈超級〉であろうと完全な無敵無欠はありえない。

そう見えるとしても、どこかに欠点や不足を抱えているはずだ。

考えるんだ。エミリーの不死身に隙《すき》がないかを……！

『……そうだ』

そうして、気づく。

今のエミリーは一三秒毎《ごと》に【凍結】し、自らを自らの斧で砕き、すぐに復活している。

けれど……【凍結】はしていい、している。

死んで完全回復するとはいえ、全身の【凍結】による行動不能効果はエミリーにも有効に機能し続けている。

『それと、〈マスター〉を狙って飛翔する斧は……威力《いりょく》が二種類ある』

エミリー自身が投げた時と、斧が自発的に飛翔した時。

その二パターンで明らかに威力が違う。

恐らく、エミリーが投げた時はエミリーのＳＴＲが乗るけれど、斧が単独で飛翔した場合はそうではない。

前者は【ホワイト・ローズ】の装甲でもそう何度も受けられない。

しかし、後者ならば……装甲で止められる。

『……それに、【凍結】後の行動が完全にルーティンワーク化している』

【凍結】した後は、砕かれるまで彼女自身は動けないし、斧は彼女が【凍結】した時点で手を砕いて飛翔する。

あるいは飛翔中ならば、攻撃を中断して彼女の破砕《はさい》と復帰に向かう。斧は、たとえ攻撃している相手があと一手で仕留められるという状況でも、二本とも彼女に向かう。

それが意味することは『エミリーの行動不能』を契機《けいき》に、斧は自動的に彼女を殺して回復するために動くということ。

それが、必要な行動だからだ。

『……砕かれなければ【凍結】したまま』

あの子の回復には、死というトリガーが必須《ひっす》。

光の塵になってからでなければ回復しない。

そう、エミリーは――死ぬから不死身なのだ。

……だったら！

『キューコ！【ホワイト・ローズ】の第二戦闘《せんとう》モードを使う！』

『……ほうげきぼうぎょようのあれを？　しょうもうするよ？』

『どの道、このままじゃ長くもたない！』

この【ホワイト・ローズ】は、スキル防御の常時発動と重装甲ゆえに、ＭＰの消耗《しょうもう》が早い。

重ねて《地獄門》まで展開していれば尚更《なおさら》だ。

それこそが姉さんに機体と共に渡されたマニュアルにも書かれていた【ホワイト・ローズ】の最大の欠点であり、未完成部分。

【ホワイト・ローズ】は長期戦用機体でありながら、短時間しか戦えない。

耐久型《たいきゅう》でありながら、恐ろしくガス欠が早い。

それはキューコとのシナジーにも言えた。

カウントが一〇〇を超えた相手ならばすぐに《地獄門》で決着するけれど、あのルークのように半端《はんぱ》なカウントしかない相手では長期戦に持ち込まざるを得ない。

理想的運用の【ホワイト・ローズ】は重厚《じゅうこう》な防御で相手の攻撃を防ぎながら、《地獄門》で時間を掛《か》けて相手を制圧する機体。

けれど、上級職の私のＭＰでは【ホワイト・ローズ】を長時間使用できないし、レイの【紫怨走甲《しえんそうこう》】のようにそれをサポートするＭＰ供給システムもない。

そういった構造的欠陥《けっかん》を、今の【ホワイト・ローズ】は抱えている。

まして、これから使おうとしている第二戦闘モードは、MP消費に拍車《はくしゃ》をかける。

稼働《かどう》時間は五分ももたないだろう。

だけど……それでしかできないこともある。

『この状況を打破するには、それしかない……！』

『わかった』

私は操縦幹の横にあるコンソールを操作しながら、その瞬間《しゅんかん》を待つ。

今もエミリーは〈マスター〉を殺し回りながら、《地獄門》の一三秒毎の判定で【凍結】しては、斧に砕かれている。

エミリーの【凍結】から、斧がエミリーの復帰に動くまで……最長で二秒。

勝負は、その二秒間。

『キューコ！　判定までのカウントダウン！』

『つぎのはんていまで、じゅういち、じゅう、きゅう……！』

私の指示で、キューコが判定までの時間を数え始める。

しかし次の瞬間、

『――マイナス』

『……！』

判定を待つ私達に、超音速機動で姿を霞《かす》ませながらエミリーが迫《せま》ってきた。

見れば、周囲の〈マスター〉のほとんどは既《すで》に殺傷されている。

『いよいよ私達が対象になった……でも！』

エミリーは両手に持っていた斧を投擲している。

斧は旋回しながら、私達以外の〈マスター〉を襲《おそ》っている。

そして彼女自身は素手《すで》のまま、【ホワイト・ローズ】の装甲を叩いた。

『……ッ!?』

彼女の乱打は重く、機体が大きくバランスを崩《くず》す。

それはかつてルークの亜竜《ありゅう》と戦ったときよりも激しく、機体のフレームを軋《きし》ませる。

こちらの性能はあのときとは比較《ひかく》にならない。けれどエミリーもまた、素手であろうと亜竜クラスとは比較にならない。

『ひょうめんそうこうにダメージ。ヒビはいった』

神話級金属の合金で出来た【ホワイト・ローズ】の装甲を、素手で砕きに掛かる。

『わたしの、からだも……』

『キューコ、大丈夫《だいじょうぶ》!?』

『まかせて……！』

けれど、まだキューコと【ホワイト・ローズ】は耐えている。

『私達は……まだ、諦めない！』

そして、数秒という短時間が、数十秒にも数分にも思える乱打の中で、私達は待ち続け、

その瞬間まで――生き残った。

『さん、に、いち……！』

《地獄門》の判定が発生し、エミリーが【凍結】した瞬間。

『【ホワイト・ローズ】全装甲パ、ー、ジ、！　――第二戦闘モードッ！』

エミリーの攻撃で罅割《ひびわ》れ歪《ゆが》んだ【ホワイト・ローズ】の装甲が全て外れる。

しかし、それは攻撃による脱落《だつらく》ではなく――自発的な分離《ぶんり》。

そうして外れた本体装甲の代わりに、キューコが直に【ホワイト・ローズ】の装甲となる。

『おのが、くる！』

〈マスター〉を襲っていた斧が旋回し、【凍結】したエミリーへと舞い戻《もど》る。

だが、その直前に、私は【ホワイト・ローズ】の最後のギミックを動かす。

『――《ブークリエ・プラネッター《遊星の盾》》！』

二本の斧は主を解放すべく、自動的に主を殺しに掛かる。

そして、先刻までの繰り返しのように斧はエミリーへと迫り、

――エミリーの氷像を護るべく浮遊した【ホワイト・ローズ】の装甲に弾《はじ》かれた。

斧は、エミリーにまで届かない。

『ユーゴー！』

『……成、功！』

この宙に浮《う》かんだ装甲こそが【ホワイト・ローズ】の第二戦闘モード――

《ブークリエ・プラネッター《遊星の盾》》。

浮遊しながら対象をガードする、浮遊盾《ふゆうたて》。本来は砲撃《ほうげき》や魔法《まほう》を【ホワイト・ローズ】本体から離れた場所で受け止めて、本体にダメージを流さないための装甲遠隔《そうこうえんかく》操作機能。

ある程度の操作や自動防御設定も可能で、【ホワイト・ローズ】本体を護ることも出来るし、エミリーの氷像に使ったように……他者を護らせることもできる。

エミリーの斧《おの》は飛翔《ひしょう》しながら幾度も装甲に激突する。

けれど、高ステータスのエミリーによる投擲を介《かい》さない斧だけの攻撃では、想定どおり神話級金属合金の装甲を破壊できない。

自動的な動きを繰り返す斧はエミリーのＨＰ全損を最優先としているのか、傍《そば》にいる【ホワイト・ローズ】に攻撃してくる様子はない。

壊《こわ》れない盾に、幾度もぶつかっていく。

そして盾に阻《はば》まれて……斧はエミリーを殺せない。

『これで……詰《つ》みだよ』

これこそが、唯一《ゆいいつ》の勝機。

飛来する斧からエミリーを護り、彼女を砕かせない。

そうすれば、彼女が死ぬことも……蘇ることもない。

『エミリーを護る』ことこそが、エミリーを止める唯一の道だった。

◇

『……《地獄門》を、解除。残ったMPは《ブークリエ・プラネッター》の維持《いじ》に回すよ』

『らじゃー』

『キューコも、休んで』

『……うん。すこし、やすむね』

私は《地獄門》を解除し、消耗したキューコは装甲からメイデンへと戻る。

機体を動かさず、《地獄門》も使わない。《ブークリエ・プラネッター》だけならば、MP回復アイテムでの回復と相殺《そうさい》できる。

それに《地獄門》自体を解除しても、【凍結】は続く。

この【凍結】時間は、同族討伐《とうばつ》数に比例して長くなる。

砕かれない限り……【殺人姫】である彼女は数日間、ここで【凍結】し続けるはずだ。

恐らくはその間にログアウトの必要が生じる。

けれど、【凍結】状態では通常のログアウト処理は出来ない。

彼女はログアウトするために、自害システムを使用することになるだろう。

あるいは、ログアウトしない彼女を心配した家族が機器を外そうとすれば、強制的に自害システムが使用される。……そういう仕様だったはずだ。

自害システムは彼女の蘇生《そせい》の対象外であることは間違《まちが》いない。

そうでなければ、何度も斧で自らを殺す必要もないし……今も蘇《よみがえ》っているはず。

だから、もう決着している。

『…………』

こうしている今も、斧は変わらず盾に向かうだけだった。

自らの〈マスター〉を……半身である彼女自身を殺すために。

『……どうして』

【凍結】したエミリーを《ブークリエ・プラネッター》越《ご》しに見ながら、私は思う。

『この子は……どうしてこんな殺戮を引き起こしてしまったのだろう』、と。

もちろん、みんなが私のようなメイデンの〈マスター〉じゃない。

ドライフの【魔将軍】のようにこの世界をただのゲームと考え、ティアンをNPCとしか見ず、壊してもいいオブジェクト程度に考えている者もいるだろう。

【殺人姫】の戦い方も、ゲーム的ではあった。

彼女との戦闘は人間を相手にしている気がしなかった。

行動ルーティンを設定された古いゲームのCPUのような短絡《たんらく》さと、感情のない機械のような冷徹《れいてつ》さ。

彼女の殺戮の被害《ひがい》は大きく、周囲の人影《ひとかげ》はすっかり少なくなっていた。

バザールにいたティアンの多くは逃《に》げ出し、生き残った〈マスター〉は二〇人もいない。

さらに、周囲にはティアンの死体……とも呼べなくなってしまった骸《むくろ》が散らばっている。

この惨状《さんじょう》を見れば、国際指名手配も、〈マスター〉の中で最大級の悪名を持つことも、納得《なっとく》せざるを得ない。

『……どうして』

けれど、カフェで話したこの子……エミリーはそうではなかったと思う。

他者の〈エンブリオ〉を友達と呼び、楽しげに話す。

普通《ふつう》の、純真な女の子だったはずなのに。

『どうして君は、【殺人姫】になってしまったのだろう……』

問いかけても、氷像となった彼女からの返事は……あるはずもなかった。

戦いが終わったバザールには、彼女の斧が《ブークリエ・プラネッター》にぶつかる金属音だけが響いていた。

□■商業都市コルタナ某所《ぼうしょ》

【大霊道士《グレイト・ソウルタオシーチャン・ザンチー》】張葬奇は強い焦燥感《しょうそう》を覚えていた。

エミリーの顛末《てんまつ》はキョンシーを通して確認《かくにん》している。

エミリーが自力で【凍結】から逃《のが》れた時は自分の最初の焦《あせ》りは杞憂《きゆう》だったと安堵《あんど》もした。

だが、そこからユーゴーによって封殺《ふうさつ》されたため、焦りはより強くなっている。

加えて、焦燥の理由はそれだけではない。

街の外に待機させていた【ドラグワーム・キョンシー】は既に動かした。

本来ならば【凍結】したエミリーのもとへと辿《たど》りつき、救出できているはずだった。

「……駄目《だめ》か」

しかし、【ドラグワーム・キョンシー】は、目的を果たす前に捕捉《ほそく》され、全滅《ぜんめつ》させられていた。停止寸前のキョンシーの視界が、それを為《な》した者の姿を捉《とら》えている。

それは空中に浮遊する、蒼《あお》い装甲の〈マジンギア〉だった。

この結果に関しては、運が悪かった、としか言えない。

砂漠《さばく》に生息するこの地方の【ドラグワーム】の潜行《せんこう》能力がオアシスを中心とするコルタナ内部の土と噛《か》み合わなかったために速度が出ず、救出を急ぐために仕方なく地上を走行させたこと。

その姿をバザールに向かっていたAR・I・CAに発見されてしまったこと。

結果として、【ブルー・オペラ】が放った雷光《らいこう》の砲弾《ほうだん》であっさりと【ドラグワーム・キョンシー】は全滅した。

「あれは、俺《おれ》が持っていた【ダンガイ】の珠《たま》か。……この手にあった時は頼《たの》もしかったが、敵に回ると厄介《やっかい》なものだ」

それでもエミリーの元にAR・I・CAが辿りつくのを遅《おく》らせることはできたのだから、【ドラグワーム・キョンシー】の全滅も無駄《むだ》ではなかったと言うべきか。

結局、救出前にあちらに合流されてしまうのだから無意味だったと言うべきか。

どちらにしろ、張は戦力となる手駒《てごま》のキョンシーをあっさりと失ってしまった。

現状、エミリーを救出できる可能性は限りなく低い。

「………」

それでも張はエミリーの救出を諦めるつもりはなかった。仮にエミリーがこのまま囚《とら》われ続ければ、それは〈IF〉に……今の自分が所属する組織にとって大打撃《だいだげき》となる。

「ならば、この身を擲《なげう》ってでも救出しなければなるまい」

手駒であるキョンシーこそ失ったが、まだ張自身という戦力が残っている。

〝五星飢龍《ウーシンジーロン》〟と【ダンガイ】があっても敗れたAR・I・CAに勝利することは不可能だが、それでもエミリーを封《ふう》じる盾さえなくせば斧――ヨナルデパズトリがエミリーを復活させるだろう。

「捨て身でかかり、エミリーの解放のみを目指す」

張は先刻右足が【凍結】した範囲《はんい》に一歩踏み込み、凍《こお》らないことを確認する。

それはキョンシーを介してユーゴーの【ホワイト・ローズ】を見ていた張には予想できていたことだ。

（あのスキルは……発動していない。あの装甲を纏《まと》っている時だけ発動するスキルか）

《地獄門》に阻まれることがないと確信し、張は一息に駆《か》け出す。

路地の間を走り抜《ぬ》け、一路エミリーのいるバザールを目指した。

（叶《かな》うならば、奴《やつ》らの気を引く騒動《そうどう》が他に起きてくれれば……）

しかし、それはありえない。張は市長邸《てい》に配置した鳥のキョンシーの目で、ＡＲ・Ｉ・ＣＡとベネトナシュが何らかの取引をする瞬間を見ていた。

ベネトナシュは、自身が持っていた珠をＡＲ・Ｉ・ＣＡに渡《わた》していた。

話す声は張には聞こえなかったが、『この珠を譲《ゆず》る代わりに市長が持っている珠を取得させて欲《ほ》しい』とでもベネトナシュから持ち掛けたのだろうと推測した。

（〝不滅《ふめつ》〟と市長の戦力差は歴然であり、簡単に珠を強奪《ごうだつ》できるだろう。そちらでは騒動など起きるはずもない）

ＡＲ・Ｉ・ＣＡはエミリーと戦う仲間《ユーゴー》の援護《えんご》へと急ぐ必要があったためか、取引に応じていた。

それでも最終的には、ベネトナシュが取得した市長の珠も獲得《かくとく》する腹積もりであろうことが張にも読み取れた。

（あるいはそのタイミングまで待てば……いや、〝蒼穹歌姫《そうきゆううたひめ》〟が〝不滅〟との戦闘に戻ったとしても、その頃《ころ》にはさらに〈マスター〉が集まっている）

〈セフィロト〉のメンバーであるＡＲ・Ｉ・ＣＡならば、議会……議長を介してギルドへの大規模な依頼《いらい》もできる。

エミリーが自害システムの作動でデスペナルティとなるまで、他の〈マスター〉に警護させることも簡単だ。中には、《ブークリエ・プラネッター《遊星の盾》》よりも防護に向いたスキルや装備を持つ者もいるだろう。

最悪の場合、〈セフィロト〉の一員である【地神《ジ・アース》】が現れ、エミリーを地下数千メテルに埋葬してしまうだろう。

そうなれば手詰《てづ》まり、救出は不可能となる。

（その前に、何とかしなければ………何だ？）

これ以上の状況の悪化よりも前に救出しなければならないと路地を駆けていた張は、不意にその足を止めた。

それは彼の【大霊道士】としての感覚に訴えかけてきた、異様な気配によるもの。

「……怨念《おんねん》？　魂《たましい》？　いや、何だ……これは？」

【大霊道士】である張は、分類としては死霊《しりょう》術師に類されるが、在り方は大きく異なる。

張が普段扱《ふだんあつか》うキョンシーは、死体に魔力《まりょく》を充填《じゅうてん》した上で体を動かすためのプログラムである【符《ふ》】を貼《は》りつける。

貼られた【符《ふ》】が魂の代わりをしているため、【冥王《キング・オブ・タルタロス》】や【大死霊《リッチ》】のように魂を使ってはいない。

それでも死霊術師に類する存在として、魂を感じないわけではない。

だが、その感覚は【大霊道士】である張をして感じたことのないものだ。

「……嘆き、か？」

魂の嘆き。怨念ですらない、慟哭《どうこく》。

まるで『取り返しのつかないことに泣き叫《さけ》んでいる』ような波動が伝わってくるのだ。

それは街の一点──騒動など起きるはずがないと考えた市長邸の方角から伝わってきた。

◇◇◇

□【装甲操縦士《アーマー・ドライバー》】ユーゴー・レセップス

『やっほー！　ユーちゃんおつかれー！』

エミリーを封じた数分後、師匠《ししょう》の【ブルー・オペラ】が空から舞《ま》い降《お》りてきた。

『おー。バッチリ封印《ふういん》できてるねー。でもどうして盾で囲ってるの？　なんか斧がガンガンぶつかってるけど』

その問いかけに、師匠には最初に【凍結】してから連絡《れんらく》を入れていなかったことを思い出し、エミリーの〈超級《スペリオル》エンブリオ〉のスキルも含《ふく》めて現状を説明した。

『……無制限自動蘇生とかひどすぎるスキルもあったもんだねー。分かっちゃいたけどここまでバランスブレイカーな〈超級エンブリオ〉もあるのかー』

限定的とはいえ未来視ができる師匠も人の事は言えないと思います。

『うちのアルベルトだって七回だけなのに。まぁ、あっちは蘇生がおまけってのもあるけど』

「師匠?」

『ああ。ちょっと考え込んじゃっただけだから気にしないで』

「それで師匠の方は……」

『市長が持ってる珠は【冥王】に順番回してあげたよ。要《い》らない奴だったらアタシにパスしてくれるらしいから。ま、要るって言っても奪《うば》い取るけど』

「…………」

『それに代わりも貰《もら》ったしねー』

「代わり?」

『あいつが持ってた「水を土に変える」珠だよ。あいつにとってはあまり重要でもないらしいから、ポンと渡してくれたよ』

ペルセポネから聞いていた【冥王】ベネトナシュの話から考えて、魂や生命と何の関係もないその珠は、彼にとって特に価値のないものなのだろう。

とはいえ、それでも珠は珠。黄河の国宝であり、交渉《こうしょう》材料としては有力なものだ。

「それだと、あちらに何の得もないような……」

『んー、代わりに、あいつが市長の珠をこっちにパスしたら向こうの頼みを聞くことになるんだけどね。えっちぃ頼みだったらどうしようね！』

「……それ、師匠が嬉《うれ》しいだけじゃないですか」

本当にブレないな、この師匠。

『それで、ユーちゃんはこの後どうするつもりなの？』

「エミリー……この子が自害システムでのログアウトを使用するまで、なんとかこのまま【凍結《とうけつ》】を維持します。おそらく、彼女《かのじょ》のカウントからするとリアルで丸一日【凍結】しても余るでしょうから。……懸念《けねん》は彼女の仲間の存在ですが」

私がそう言うと、【ブルー・オペラ】越しに師匠が少し考え込む気配がした。

『関係ありそうなワームをここに来る前に倒《たお》してきたけど、他にもいるかもしれないね』

そうなると、待つのも困難か。

「師匠は、あの〈超級エンブリオ〉を壊せませんか？」

今も盾にぶつかる二本の斧を指差した。

『無理。私って〈超級〉の中でも火力は低い方だから。しかもあの斧は見た感じ攻撃力《こうげきりょく》よりも耐久力《たいきゅうりょく》に重点を置いてるからね。よっぽどの高火力じゃないとぶっ壊せないよ』

師匠でも無理、となると現状では手の打ちようがない。

一瞬《いっしゅん》、【冥王】ベネトナシュの協力を仰《あお》げないかと思ったけれど……。

「……？」

彼の〈エンブリオ〉であるペルセポネはまたも忽然《こつぜん》と姿を消して、この場にはいなかった。

『しかしまずいなー。この子を送り込んだ連中にしても、ここまで完封《かんぷう》されるとは思ってなかっただろうし。下手すると〈ＩＦ〉の正式メンバーが助けに来るかも』

「〈ＩＦ〉……？」

『〈セフィロト〉と度々《たびたび》ドンパチやってる犯罪者クランだよ。この子、【殺人姫《マーダー・プリンセス》】エミリーはその構成員だね』

そういえば、〈叡智《えいち》の三角〉でも何度かそのクランの噂話《うわさばなし》を聞いた気がする。

エミリー個人の噂《うわさ》の方が、よほど聞く頻度《ひんど》が高かったけれど。

『問題なのは、〈IF〉の正式メンバーはどいつもこいつも〈超級〉で……この子の氷像を砕《くだ》いて解放するくらいは簡単にできるってこと』

「…………」

『〝暗黒心《ダーク・コア》〟ゼクス……はムショの中だから別にしても。〝改造人源《エラー・ソース》〟ラ・クリマの物量で砕かれるか、〝遺跡殺し《レガシー・デストラクター》〟ラスカルに街ごと殲滅《せんめつ》されて砕かれるか。どっちにしても個人戦闘型のアタシじゃ止められないんだよね』

……師匠、その狙《ねら》ったように悪者っぽい二つ名はどこの誰《だれ》が考えたんですか？

『ちなみに二つ名は〈DIN〉が出した記事に載《の》ってた奴ね。この子の〝屍山血河《デッド・レコード》〟は他のよりシンプルだよね』

……そうかな？

『何にしても街の中に置きっ放しはまずいし、砕けて蘇生されても困るから……』

それから師匠は【ブルー・オペラ】の中で何事かを暫《しば》し考えて、

『よしっ。棄《す》てちゃおっか、この子』

「え？」

何か聞き捨てならないことを言い始めた。

『実は街を出て南西にちょっと飛んだところにでっかい流砂《りゅうさ》があってね』

「え、あの、師匠？」

『その中に放《ほう》り込んでおけば他の奴が助けに来ても街は安全だし、砂の中なら砕かれづらいだろうし、復活しても暫《しばら》く動けないだろうから丁度いいよね！』

「丁度いいよね、じゃないですよ!?」

凍らせたのは私だけど、女の子を流砂に棄てるって……!?

『それじゃ行ってきまーす♪』

「あ、ちょっと待っ……！」

そのまま止める間もなく、師匠は氷像のエミリーを抱《かか》えて飛び立ってしまった。

二本の斧は追跡《ついせき》するが、【ブルー・オペラ】の速度に追いつけず、距離《きょり》を離《はな》されていく。

私は超音速《ちょうおんそく》で行われたその所業を、見送るしかなかった。

「…………」

エミリーについて私も多くを考えさせられ、葛藤《かっとう》し悩《なや》んでいたのだが……師匠の行動で全《すべ》てを投げ捨てられてしまった気がする。

「…………よしよし」

疲《つか》れきってろくに動けなくなっていたキューコが、慰《なぐさ》めるように私の頭を撫《な》でていた。

「やはり、手段を選ばん手合いだったな。怖《こわ》い怖い」

そんな私達《たち》の背中に声がかけられる。

その声は、またいつの間にか姿を現したペルセポネのものだ。

「ペルセポネ、いつの間に……いや、そもそもどこに？」

「んー、隠《かく》れておった」

「エミリーから？」

「いや、どちらかと言えば【撃墜王《エース》】からだ」

師匠から？

「あの女、普通に妾《わらわ》を撃《う》ち殺して『これで【冥王】ブッ倒して珠を奪うのが楽になったね！』とかのたまいそうだったからの」

……どうしよう。エミリーを抱えて飛んでいった姿を見た後だと否定できない。

「じゃあ出てきたのは師匠がいなくなったから？　でもすぐに戻ってくると思うけど」

「それは分かっているが、忠告をしなければと思ってな」

……忠告？

「あの【殺人姫】の件は、まぁ今回はこれで終わりだろうが……」

ペルセポネは、それからなぜか呆《あき》れたように首を振《ふ》って……。

「もっと厄介な奴が出てくるぞ」

そう、断言した。

「え？」

あのエミリーよりも、厄介？

「ペルセポネ、それは一体……」

「…………」

彼女は、何も答えない。

けれどその視線をとある方角へと向ける。

このコルタナでその視線の先にあるのは……市長邸だった。

◆◆◆

■商業都市コルタナ・市長邸

「ひぃ……ひぃ……!?」

コルタナ市長、ダグラス・コインは一心不乱に自らの邸宅《ていたく》の中を走っていた。

「旦那様《だんなさま》、一体何が……きゃあああああ!?」

市長の姿……アラゴルンに切り飛ばされた両足に代わって無数の蛆が足を形作っている姿に、市長邸のメイドが正気を失ったように叫ぶ。

だが市長はそれには構わず……それどころか自分の両足の状態にも気づかぬまま、目的の場所へと向かっていた。

彼《かれ》が向かったのは、市長邸の地下。数多《あまた》の浮《ふ》浪者《ろうしゃ》と奴《ど》隷《れい》を運び込み、遺体へと変えた場所。儀《ぎ》式《しき》のための死体置き場だ。

「ぎぃ、儀式を、ギシキさえすればぁ……！」

死が迫る恐怖《きょうふ》に正気をなくしかけながら、死にたくない一心で市長は地下を目指す。

死にたくない。

それこそが市長の原動力であり、【デ・ウェルミス】の珠による儀式を行おうとした理由。

理由そのものは、市長が珠を手に入れるよりも前から存在した。

市長が全身に病を患《わずら》ったのは、もう一年も前になる。

老化による衰《おとろ》えと長年の享楽《きょうらく》生活による内臓の疾患《しっかん》によって、市長の体はボロボロになっていた。日常生活にも難儀《なんぎ》し始め、明確に『死』という言葉が脳裏《のうり》をよぎった。

死が近づいたためか、寝床《ねどこ》では自分がこれまでの人生で虐《しいた》げて殺してきた者の幻覚《げんかく》を見るようになっていた。

自分が死ねばこれまで得てきたものを全て失い、死後はどうなるか定かではない。

他者の怨《うら》みを買いすぎた者は死後に苦しむことになると、多くの昔話で語られていることだ（それは死霊術師の観測結果に基づく事実でもある）。

市長はそうした話を鼻で笑っていたが、死期が近づいてからは恐《おそ》れるようになった。

病を患ってからの市長は、毎晩ベッドで布団《ふとん》を被《かぶ》り、恐怖で噛み合わない歯を鳴らしていた。布団を被っているのは、布団から顔を出していると見えないはずの、見たくはないものを見てしまうからだ。

それは窓ガラスに映る……病によって死相が見える自らの顔。

そして、数年前の市長選挙の際に無実の罪を被せて貶《おとし》めた男の妻、フリアである。

奴隷として引き取り、殺したはずの女の顔が……夜になると見えるのだ。

まるで、市長が死ぬのを待っているかのように。

彼女と夫の一件だけでなく、商人として、政治家として、彼は数多の悪事を行ってきた。

王国との国境で活動する〈ゴゥズメイズ山賊《さんぞく》団〉から多額の金銭を受け取り、対価として王国軍を牽制《けんせい》する軍の演習やマジックアイテムの提供で援助《えんじょ》をしていた。

そのために王国で多くの子供や、子供を救おうとした者達が死んだが、彼は懐《ふところ》に入る金が増えることを喜ぶだけだった。

そんなことを、何十年も前から繰《く》り返している。

しかし死に瀕《ひん》した今になって、死ねばそれらの報《むく》いを受けるのではないかと……身勝手に恐怖を感じていたのであった。

そんな日々が続いたある日。

「嫌《いや》だ……死にたくない……嫌だ……嫌だぁ……」

まるで子供のように涙《なみだ》を浮かべながら、その夜も市長は迫る死に恐怖していた。

自分が死んだ後にどうするかと話す部下や使用人の話も、耳を澄《す》ませば聞こえてくる気がした。

「わ、私は……まだ死にたくない……死にたくないんだよぉ……!!」

商人から身を起《た》て、政治家として活動し、カルディナ第二の……見方によっては第一の都市の市長にまで上り詰めた。

議会での発言力も、議長に次ぐ第二位にまでなっている。

カルディナという連合国家の、副王と言ってもいい存在だ。

しかし、そこまで積み重ねた富も、名誉《めいよ》も、権力も……彼の死と共に消えてなくなる。

そして死の先には、彼が欲のために殺してきた者達が、怨みと共に待っているのだ。

「うあぉあぁあああ……、……あぁ？」

自身の未来を悲観し、魘《うな》されるように泣いていると……不意に何かが市長の被った布団を柔《やわ》らかく揺《ゆ》らした。

それは、窓から吹《ふ》き込む風であった。

いつの間にか市長の寝室《しんしつ》の窓が開いており、そこから風が吹き込んできたのだ。

「………………くっ」

一瞬、市長は使用人を呼んで閉めさせようかと思ったが、寸前まで泣き腫《は》らした顔を見せることを嫌《きら》い、仕方なく自分の手で閉めることにした。

痛む体と震《ふる》える手足で杖《つえ》を突《つ》きながら、それでも窓まで近づいた時。

床《ゆか》に……奇妙《きみよう》なものが置いてあった。

「……なんだ、これは？」

それは、まるで水晶《すいしょう》のような珠だった。

珠の下には一枚の置き手紙が敷《し》かれており、そこには『進呈《しんてい》。これが貴方《あなた》の求めるものです。珠を枕元《まくらもと》に置いて、健康と若さを願えば叶います』と書かれている。

市長は胡散臭《うさんくさ》げに珠を見ながら窓を閉め……その珠を拾い上げた。

なぜ胡散臭いと思いながらも拾い上げてしまったのか。

それは、市長には無視できない奇妙な誘惑《ゆうわく》が、その珠と置き手紙にはあったからだ。

明確な侵入者《しんにゅうしゃ》の痕跡《こんせき》と奇怪《きかい》な珠ではあったが、市長はそうするのが正しいと感じ珠を手にベッドまで戻り、それから珠を枕元に置き、

「健康な体と、若さを……私に……。ふふ、私は、こんな珠に何を……」

自嘲《じちょう》気味に呟《つぶや》きながら、しかし珠をベッドから下ろすことはせずに就寝《しゅうしん》した。

そして翌朝に目が覚めたとき——彼は見違《みちが》えるほどに健康な体を手に入れていた。

死相の見えていた顔は若返ったかのように溌剌《はつらつ》とした顔つきになり、体の痛みも手足の震えも微塵《みじん》もなかった。

市長は久方ぶりの……それこそ何十年と味わっていなかったような解放感を覚えた。

「は、ははは。これは……これは、一体……！」

『キミ　ノ　カラダ　ヲ、カタチ　ヲ　タモッタ　ママ　シュウゼン　シタ』

「!?」

不意に、市長の脳内に聞き知らぬ声が聞こえた。

それは幻聴《げんちょう》ではなく、近くにいる誰かが語りかけてくるようだった。

「だ、誰だ……どこにいる！」

『ワタシ　ハ　【デ・ウェルミス】。キミ　ノ　モツ　タマ　ニ　フウジラレタ　モノ』

「なに……？」

それから、【デ・ウェルミス】は自らについて語った。

自らが〈UBM〉であること。

六〇〇年以上前に【龍　帝《ドラゴニック・エンペラー》】によって珠へと封印されたこと。

そして、何者かによって黄河から持ち出されて市長の邸宅へと持ち込まれたこと。

その内容に市長は困惑《こんわく》すると共に、珠と共に置かれていた紙を見る。

一体何者が、黄河の国宝とも言うべきものを彼に譲ったのか。

その狙いが何かを考えて、カルディナの有力者である自分に渡すことで黄河との戦争を誘発《ゆうはつ》する狙いがあるのでは、と推測して市長は震える。

珠を黄河に戻した方がいいのではないかと考えた市長に、【デ・ウェルミス】は告げた。

珠を手放せば、体の修繕《しゅうぜん》を維持できない。病と老いに溢《あふ》れた体に戻《もど》るだろう、と。

それを聞いてしまえば、【デ・ウェルミス】の力で健康となる前の恐怖を思い出した市長に、その選択《せんたく》は選べなかった。

結局、市長は【デ・ウェルミス】の珠を秘匿《ひとく》することを決めた。

その後は、使用人達に市長だと思われず証明に手間取ったが最終的に『特別なアイテムが効いた』という、嘘《うそ》ではない内容と《真偽判定《しんぎ》》で納得させた。

そうして市長が健康な一日を味わった後、【デ・ウェルミス】は再び話し始めた。

『キミ　ノ　シュウゼン　ハ　ワタシ　ノ　チカラ　ノ　スベテ　デハ　ナイ』

「なに……？」

『ワタシ　ノ　チカラ　ハ　キミ　タチ　ガ　〝フロウフシ〟　ト　ヨブ　モノ　ダ』

「なんだと!?」

それから【デ・ウェルミス】は不老不死となるための儀式の手順を伝えた。

まず、『一〇〇人から二〇〇人の死体が必要である』、と。

そして『殺害後、一定の期間安置しなければならない』、と。

そうした下準備を経て、『不老不死の体を得る儀式』の準備が整う。

それは多くの人命を損なうものであったが、市長の富と権力であれば事を隠したまま実行することは容易《たやす》い。対象を浮浪者や奴隷に絞《しぼ》れば尚更《なおさら》だ。

『キミ　ノ　キョウリョク　ガ　アレバ　ギシキ　ヲ　オコナエル　ト　オモウ。キョウ

リョク　シテ　モラエ　ナイ　ダロウ　カ』

「………その儀式を行えば」

『キミ　モ　〝フロウフシ〟　ニ　ナル』

魔法《まほう》や死霊術が存在するこの〈Infinite Dendrogram〉においても、それはあまりに黒く、妖《あや》しい誘《さそ》いだった。

しかし、市長はその誘いに乗った。それは【デ・ウェルミス】がその力を先払《さきばら》いし、市長の体を健康体に変えていたことが大きかった。

「不老不死……不老不死になれば……」

不老不死となれば、金輪際あの死に迫《せま》っていく恐怖、死後の恐怖とは無縁《むえん》になる。

市長にとって、それ以上に望むものは何もなかった。

彼は【デ・ウェルミス】の誘いに乗り、不老不死を得るために動き始めたのだった。

◆

市長に珠を預けたのは〈IF〉のサブオーナーであるゼタだ。

彼女は死に瀕した強欲《ごうよく》な権力者ならば、珠を活用するために手練手管を尽《つ》くすと考え、その動きは多数の猛者《もさ》を誘引《ゆういん》すると考えていた。

ゆえに、コルタナでの騒動は彼女の目論見《もくろみ》通りとも言える。

ただし、その果てに現れるモノが彼女の想定の範囲内《はんいない》であったかは……別の話だ。

◆

今、市長は儀式の場である地下室へと辿りついていた。

「ひぃ、ひぃ……着いたぞ！　逃げ切って、ここまで辿りついた！」

地下室にはこれまでに殺した二〇〇人近い人間の死体が重ねられている。

奇妙なことに、死体を満載《まんさい》しているのに少しも腐臭《ふしゅう》がしなかった。

死体はいずれも瑞々《みずみず》しく、殺したときの傷さえも、綺麗《きれい》に整えられた穴になっている。

市長は懐に隠していた【デ・ウェルミス】の珠を取り出した。

「さあ！　儀式を始めろ！」

『ソウショウ』

市長が【デ・ウェルミス】に命じた直後、

市長の右手は――彼の意志と無関係に【デ・ウェルミス】の珠を石《いし》の床《ゆか》に叩《たた》きつけた。

「…………………はぇ？」

市長にはそんなことをするつもりはなかった。

だが、まるで体が内側から動かされたように……珠を叩きつけていたのだ。

先々代【龍帝】の秘術により、〈UBM〉を封じた珠。

封じられた〈UBM〉の力を駆使《くし》できる秘宝であるが、強度はそう高いわけではない。

数年前にもとある地で珠が砕け、内部に封印された〈UBM〉が解放されたことがある。

ゆえに今も、床に叩きつけられた珠はあっさりと砕け……〈UBM〉が解放される。

それは――小さな蠅だった。

決して〈UBM〉……隔絶《かくぜつ》した力を持つ怪物《かいぶつ》とは思えないほどに、卑小《ひしょう》な存在。

だが、紛《まぎ》れもなくその蠅こそが――〈古代伝説級UBM〉、【妖蛆転生　デ・ウェルミス】である。

『こうして顔を合わせるのは、初めてだね。ダグラス』

それまで市長に語りかけてきた声とは比べ物にならないくらいに滑《なめ》らかに、【デ・ウェルミス】は話しかけてきた。

対して、話しかけられた市長は動けない。

動転と、そして恐怖によって。

「ひ、ひぃ……！」

市長がこれまで【デ・ウェルミス】とやり取りができていたのは、『珠に封じられているからコントロールできる』という前提があったからだ。

しかし今は、珠から解放されている。

何の制約もない〈UBM〉と向き合うことは、ティアンにとっては死に等しいことだ。

自分が解放のために利用されていたのだと思い至り、市長は絶望しかけた。

『そんなに怯《おび》えないでほしい。私には君を害するつもりなどないのだから』

だが、怯える市長に【デ・ウェルミス】は優《やさ》しく語りかけた。

「な、に……？」

『言っただろう。不老不死の儀式をすると。もちろん、友である君も一緒《いっしょ》だ。私と共に永遠を生きよう』

その声には、悪意や相手を騙《だま》そうという意思が何もなかった。

本心から市長を友だと思い、不老不死を与《あた》えようとしている。

一〇〇%の善意。その真心は市長にも伝わり、彼は安堵した。

「そ、そうか！　ならばあの【冥王】が来る前に儀式を済ませよう」

『その方がいいだろう。では始めよう』

【デ・ウェルミス】がそう述べた直後――室内に安置された死体の群れが動き出した。

ダグラスが私兵に命じて殺させた奴隷や浮浪者の死体が、死人とは思えないほどの瑞々しい体で動き始めている。

「死体が……！」

『死体ではない。生きているから』

「……なに？」

『ああ、そうだ。まずはそこから話さなければならないか。君の体を修繕した時に形成した分体は、発声能力に限度があって伝えられる情報に限りがあったから。丁度いい。不老不死の体を作る間に、それを話そう』

その言葉の内容にはいくらか市長が問いただしたいものがあったが、それよりも【デ・ウェルミス】が自身の能力を話し始めるのが先だった。

『私の能力は《賦《ふ》活《かつ》転生》。負傷や病で悪質化した生物の肉や骨、臓器を、私の分体に置換するスキルだ』

「……？　……？」

『分体は置換した元の臓器と同じ働きをするし、血液なども循環《じゅんかん》の際に良質化する。加えて、活力を補う力もあるため、肉体の一部を分体に置換されたものは以前よりも健康化する。賦活は永続し、経年劣化《れっか》もないため、永遠に生きることが出来る。そして体の九九％が損壊《そんかい》・焼却《しょうきゃく》しようと、そうして傷ついた悪質細胞《さいぼう》を使って再び置換できる。ああ、ダグラスは全身が悪質化していたから、分体の置換範囲《ちかんはんい》が広かったために効果も強まり、見た目が若返ったのだろうけれど』

「待て、お前が何を言っているのか、私には……」

『簡単に言えば、〝体の悪い部分を材料に、体を健康にする私の分体を作る〟のだよ』

そこまで噛み砕かれて、市長もようやく理解できた。

だが、そこで市長は気に掛《か》かる。

「分体とは、どのようなものだ？」

その問いに対し、最も直接的な答えは市長の両足――両足の代わりに生えた蛆《うじ》の足であっただろう。

だが、【デ・ウェルミス】はそれを示さず、代わりに動き出した死体へと目を向けた。

生きていると説明された死体達が、一つところに集まり……倒れこんでいく。

骨や関節といったものを無視して、グニャグニャになって崩《くず》れ落ちる人々。

それらの体のありとあらゆる穴から——数え切れぬほどの白い蛆が這《は》い出した。


『あれが私の分体だ』

「——」

市長は死体から溢れ出す蛆を見て、そして自分の蛆の両足に気づいて、言葉を失う。

しかしそんな市長を気にした様子もなく、【デ・ウェルミス】は言葉を続ける。

『心肺停止により死へと向かう人の体は、私の分体を作る上で最適のものだ。致命《ちめい》の負傷部位を、死滅《しめつ》していく脳細胞《のうさいぼう》を、腐敗《ふはい》する全身を、順次分体へと置き換《か》えることができる』

何もおかしなことは言っていないという風に、【デ・ウェルミス】は語り続ける。

『できればもう幾日《いくにち》間かは置換によって数を増やしたかったが、私の力を君から奪おうとする者が現れた以上はこれが限度ということだろう』

体から溢れた蛆は、自らの宿主であった死体の置換していない部位——まだ死んでいない細胞を、食い散らかしたゴミのように置き去りにして結集していく。

人体を材料に置換して生まれた蛆は、人の細胞で出来ていると言えるかも知れない。

けれど、それは明らかに人ではない。

元は数多の死体の体であった蛆は元のカタチを忘れ、結集して別の形に組み変わる。

ある死体から生まれた蛆は、手の指に。

ある死体から生まれた蛆は、足の指に。

ある死体から生まれた蛆は、そして多くの蛆は、そのまま蛆虫《うじむし》の形に集まる。

二〇〇人近い死体の体積と同程度の大きさのそれは、蛆に人の手足を幾《いく》つも生やしたような……人間には正視できない姿だった。

あるいは作り物であればまだ正気を失わずに済むかもしれない。

だがしかし、それは生きている。一体となって脈打っている。

死体から生まれた蛆は、新しいカタチに……新しい生命になっていた。

あまりにもおぞましい光景。

死の先に待つ光景としては、地獄《じごく》すら下回る最悪。

あるいはこの誕生の瞬間《しゅんかん》に、レイ・スターリングやユーゴー・レセップスが居合わせれば……怨霊《おんりょう》の顕現《けんげん》である【怨霊牛馬《おんりょうぎゅうば》 ゴゥズメイズ】を想起しただろう。

しかしあれとこれとはまるで違《ちが》う。

むしろ正反対だ。

あの【ゴゥズメイズ】が怨念によって死体を動かすアンデッドならば、これは生物の細胞を蛆へと変えて賦活し、生かし続ける怪物だ。

やがて、【デ・ウェルミス】の本体である小さな蝿が、その一塊《いっかい》の蛆へと近づく。

蛆の塊《かたまり》は自らの父を受け入れ、体の全てを明《あ》け渡《わた》す。

今や二〇〇人分の蛆で構成された巨体《きょたい》こそが、【デ・ウェルミス】の体だった。

「……あ、ああ……あぁ？」

市長は眼前の異常な光景から目を逸《そ》らせぬ中、耳にくすぐったさを感じて手をやった。

耳の中に指を入れると——指先には一匹《ひき》の蛆虫が付着していた。

「……あ？　……⁉　あああああああ⁉」

そうして彼は知った。これまで彼に囁《ささや》いていた【デ・ウェルミス】の声は、彼の心に直接語りかけていたわけではなく——頭蓋《ずがい》の中で分体である蛆が鼓膜《こまく》に囁いていたのだと。

『君の体は、私の分体で馴染《なじ》ませておいた』

生理的な嫌悪《けんお》感で石床を転げまわる市長に対し、【デ・ウェルミス】は静かに語りかける。

『他の肉とは違い、細胞の最後の一片《いっぺん》になるまで、君は私と共に生きるだろう。君のお陰《かげ》で私は再び外に出られたし、すぐに体を作ることも出来た。本当に感謝しているんだ』

そして誇《ほこ》らしげに、自慢《じまん》げに、そして安心させるように、

『だから、——共に永遠を生きよう』

——【デ・ウェルミス】は真心を込めてそう述べた。

「そ、それは……まさか……」

市長にとって最も恐ろしいことは、【デ・ウェルミス】の言葉が一〇〇％の善意と感謝で発せられていることだ。

本当に良かれと思って市長と共に永遠の生命を得ようとしている。

しかし【デ・ウェルミス】にとっての生は、人が考える生とは全く異なる。

【デ・ウェルミス】の生とは、人の体細胞《たいさいぼう》を蛆へと転生させて永遠に活《い》かすことだ。

それゆえに【妖蛆転生　デ・ウェルミス】の能力に偽《いつわ》りもない。

『使用者に健《すこ》やかな生を与え、更《さら》には新たなる永遠の生を与える』ことは間違《まちが》いではない。

そう、ここに新たな生は与えられる。——蛆虫としての永遠の生が。

「うあああ、ひぃぃいあああああああ!?」

市長は理解してしまう。

今から生み出されるのは、死体繋ぎアンデッド《フレッシュゴーレム》ですらない。

死ぬことすら許されない、蛆虫の固まりだ。

『安心して欲《ほ》しい。痛みなどは感じないから。最初は戸惑《とまど》うかもしれないが、きっと君にも喜んでもらえる』

本心から、【デ・ウェルミス】はそう述べた。

だが、市長は首を振って泣き喚《わめ》く。

「違う！　こんなのは、違うんだぁ……⁉」

生者とアンデッドの生が違うように。多《た》細胞《さいぼう》生物と単細胞《たんさいぼう》生物の生が違うように。

与えられる不老不死が、自分の望みとは全く違う可能性を市長は考えていなかった。

永遠に死ねない体の一部として取り込まれたとき、魂《たましい》はどこへ行ってしまうのか。

どこへも行けないまま、永遠に閉じ込められるのかもしれなかった。

せめての救いを求めて蛆虫の塊を見つめても、人間から作られた蛆虫には人の意思など見えるはずもない。ただうぞうぞと蠢《うごめ》くだけだ。

それは市長の未来でもあった。

「嫌だぁぁあぁああ‼」

それを理解してしまった市長は正気をなくし、泣き喚きながら、地下から地上に逃《に》げ出そうとする。こんなものに取り込まれるくらいなら、裁きを受けて死刑《しけい》になったほうがマシだと考えたからだ。

けれど、もう遅《おそ》い。【デ・ウェルミス】は市長の体内のほとんどを置換した蛆を動かし、逃げようとしていた市長は逆に蛆の塊へと歩んでいく。

指先から蛆の塊に取り込まれ、少しずつ分解されて組み込まれていく。

「嫌だ、いやだあああああああぁぁぁぁぁ!?」

絶望を抱《いだ》き、何度も泣き叫《さけ》びながら……市長は【デ・ウェルミス】に呑《の》み込まれていく。

そんな彼の最期《さいご》の言葉は、

「殺して、ころ、し、てく…………れぇ…………――」

死を恐れて生に執着《しゅうちゃく》した老人の最後の言葉としては、ひどく皮肉なものだった。

そうして、市長を迎《むか》え入れて体を完成させた【妖蛆転生　デ・ウェルミス】は――窮屈《きゅうくつ》な地下の天井《てんじょう》を破り、地上へと進出し始めた。予定より早く作り上げた分、未《いま》だ体積に不足のある体《蛆》を補うために。

■商業都市コルタナ・市長邸《てい》

【冥王《キング・オブ・タルタロス》】ベネトナシュは、【撃墜王《エース》】AR・I・CAとの交渉《こうしょう》を済ませて市長邸内に突入《とつにゅう》した時点で地下の異変に気づいた。

彼は自身の有するスキルで、魂も怨念《おんねん》も見えている。

それは、物質的な壁《かべ》には遮《さえぎ》られない視覚であり、彼には今も地下の魂が見えている。

だからこそ、地下に存在する二〇〇人近い人々の魂が、嘆《なげ》いているのが理解できた。

『我《わ》が友《とも》よ、どうした？』

外壁《がいへき》や廊下《ろうか》の壁を強引《ごういん》に砕きながら屋内へと侵入《しんにゅう》したアラゴルンは、足を止めたベネトナシュに問いかける。

対してベネトナシュは、静かに首を振った。

「……最悪だ」

彼にしては珍《めずら》しく吐《は》き棄《す》てるようにそう言った直後、市長邸が揺れた。


そして床を突き破《やぶ》り、彼らの眼前に巨大《きょだい》な白い腕《うで》が立ちはだかる。

腕は次々に地下から生え、合計で六本もの白い腕が邸の床を貫《つらぬ》いていく。

六本の腕は手当《てあ》たり次第《しだい》に、地上にあるもの……市長邸を掴《つか》む。

その重量に市長邸は耐《た》え切れず、倒壊《とうかい》していく。


『友よ、乗れ！』

「……ああ」

ベネトナシュはアラゴルンの肋骨《ろっこつ》の内側に飛び乗り、アラゴルンは崩壊《ほうかい》する市長邸の壁と柱を粉砕《ふんさい》しながら庭園へと脱出《だっしゅつ》した。

そうしている間に、市長邸は完全に崩れ去る。

「………………」

内部に残っていた使用人の生死は、魂を見るベネトナシュでなくとも明らかだった。

『下から来るぞ！』

アラゴルンの警告の声の直後、市長邸を破壊《はかい》した六本の腕はその先にある体を引き上げるように動き、やがてその全貌《ぜんぼう》が露《あら》わになる。

それは人間の手足の生えた蛆だった。純竜《じゅんりゅう》よりも巨大な蛆虫に、六本の長大な腕が生え、人間の足が数え切れないほどに生えて巨体を支えている。

その全《すべ》てが、微小《びしょう》な蛆の集合でできている。

あまりにもおぞましく、心が弱ければ見ただけで正気をなくす。

それでも、地下から出現したおぞましき怪物が如何《いか》なるものであるか、ベネトナシュには理解できていた。

『友よ、これは……』

「封印《ふういん》されていた〈UBM〉が解放された、と見るべきだろうね」

『相当な巨体だが、これを押《お》し込めていたのか。蛆の塊とは醜悪《しゅうあく》なものを封《ふう》じ込めていたものだ……』

アラゴルンの言葉に、ベネトナシュは首を振る。

「いいえ、この体は……生きた人間です」

『何、だと？』

ベネトナシュは、今の【デ・ウェルミス】の体が形成される瞬間は見ていない。

だが、彼には魂が見える。

人間の魂が、全身を構成する蛆虫の中に取り込まれている様も。

ペルセポネがユーゴーに対して、氷と液体と器の喩えで魂と心と肉体の関係を説明していた。あの話の主眼は主に煮《に》え立った怨念による魂と肉体への影響《えいきょう》であったが、まだ他にもケースはある。

それは、肉体が魂と心に及《およ》ぼす影響。本来の肉体とはまるで異なるおぞましい肉体に入れられれば、魂と精神にも悪影響《あくえいきょう》を及ぼす。

酒を鉛《なまり》の器に注げば毒酒となるように、肉体によって心と魂が汚染《おせん》されていく。

今の【デ・ウェルミス】は、まさにその状態だった。

蛆虫へと置換されながら、それでも彼らはまだ生きている。死んだはずなのに魂は肉体に囚《とら》われ続け、生きているがゆえに怨念に溶《と》けて消えることすら出来ない。

アンデッドよりも恐るべき末路が、【デ・ウェルミス】の体だった。

『やはりまだまだ足りない。永遠のためには、まだ力と数が足りない』

人間蛆で作られた【デ・ウェルミス】はそんな言葉を発すると、【デ・ウェルミス】が出現する際の市長邸の崩落《ほうらく》に巻き込まれて死んだメイドの死体を、六本あった手の一つでおもむろに掴む。

そして、死体を手の中で捏《こ》ねるように磨《す》り潰《つぶ》した。

全身を骨折と外傷と内臓破裂《はれつ》で損壊した死体は、直後に全身の傷が……悪質化した細胞が蛆虫へと変わり果て、【デ・ウェルミス】の手の中に取り込まれていく。

そうして、ほんの少しだけ【デ・ウェルミス】は大きくなった。

『……友よ、こいつは』

「市長に〝足〟が生えた時点で、不思議には思っていたんだ……。市長に卵を植え付けるにしても、珠《たま》の内部から能力の行使はできても、体の一部である卵管《らんかん》を出すことなどできるはずはないのだから。だけど、あれは生物的に生み出したものではなく……」

『存在変質のスキル……あの俗物《ぞくぶつ》の肉体そのものを蛆に変質させていた、か』

「……恐らくは、健康になるというのもその能力に由来するのだろうね。……マゴットセラピーというものはあちら《リアル》にも存在するけど、これはあまりにも……」

あまりにも、醜悪。

しかしそれはベネトナシュにとっては、単に見た目と生態だけの話ではない。

問題は、魂が取り込まれているということだ。

変質した細胞が蛆として生きており、それゆえに魂も囚われる。

しかも……このまま時を経れば魂や精神までも蛆虫のそれと成り果てるだろう。

事実、先刻ベネトナシュが見た市長の魂は人のそれから少しずれ始めていた。

今は【デ・ウェルミス】本体と融合《ゆうごう》しているせいか、変貌《へんぼう》の速度も早まっている。

ベネトナシュが『最悪』と吐き捨てた最大の理由がそれだ。

取り込まれた魂は、自分が人として死ぬことすら出来ず、魂すら人でないものに変貌することを嘆いていたのだから。

「――《デッドリー・エクスプロード》」

ベネトナシュは、既《すで》に生者のいない市長邸に斟酌《しんしゃく》はしなかった。

市長の所業により蓄積《ちくせき》した怨念を燃料として、【高位霊術師《ハイ・ネクロマンサー》】の奥義《おうぎ》である《デッドリー・エクスプロード》を起爆《きばく》する。

起爆は最も怨念が濃《こ》い地下から行われ、生じた爆炎《ばくえん》は地上にある市長邸の残骸《ざんがい》全《すべ》てを呑み込んだ。

爆風《ばくふう》で庭園の樹木を薙《な》ぎ払《はら》いながら、極大の火柱が天へと立ち昇《のぼ》る。

蓄積された怨念により高まったその火力は、かつて【尸解仙《マスター・キョンシー》】迅羽が使用した《真火真灯爆龍《りゅう》覇》に匹敵《ひってき》するほどのものだったが……。

『友よ』

「……見えてるから分かるよ」

《デッドリー・エクスプロード》の火力に全身を焼かれても、【デ・ウェルミス】の巨体は健在だった。

火に強い耐性《たいせい》を持つ純竜であろうと焼き尽くしかねなかった怨念の炎は、しかし蛆の塊を焼却できなかった。

体の大部分を【炭化《たんか》】させたものの、黒く炭化した蛆はすぐさま白に……新たな蛆に置き換わり、何の問題もなく修復されていく。

それこそが【デ・ウェルミス】の固有スキル、《賦活転生《ふかつてんせい》》の第一の恐《おそ》ろしさ。

《賦活転生》は悪質化した細胞を分体である蛆に置換する。

即《すなわ》ち、自身の傷をも、全て健常な蛆に置換して完全回復できるということだ。

「本当に……〈UBM〉はどうしてこうも常識を投げ捨てているんだ……」

『全くだな』

「……生前のアラゴルンも大概《たいがい》だったと思うよ」

それでも炭化以上……細胞さえも跡形もなく焼き尽くされた蛆の分だけ体積は減っており、それだけが【デ・ウェルミス】の負ったダメージだ。

しかしそれは……総体の一割にも満たない。

『友よ、連続で……は使えぬのだったな』

「今ので市長邸に溜《た》まっていた怨念は全部燃やしてしまったから……ね」

《デッドリー・エクスプロード》は怨念を火力へと変換《へんかん》する魔法。

それゆえ、一つの怨念溜《おんねんだ》まりでは一度しか使えない。【大死霊《リッチ》】メイズのように【怨霊《おんりょう》のクリスタル】でも作っていれば話は別だが、それは怨念溜まりを消して回るベネトナシュからすれば論外の代物《しろもの》だ。持ち合わせているはずもない。

『倒《たお》すには跡形も残さず消すしかない。……この脅威《きょうい》、神話級に近い』

「古代伝説級最上位ってことだね……。それだとアラゴルンより強いことにならない？」

『我も同じ領域にあったはずだがな。しかし、相性《あいしょう》差が最悪で我では勝てん』

「……斬《き》っても仕方なさそうだからね」

アラゴルンは冷静に彼我《ひが》の戦力を分析《ぶんせき》した言葉を述べ、ベネトナシュも納得《なっとく》した。

彼《かれ》らがそんな会話を交《か》わす間に、市長邸で立ち昇った火柱を見てコルタナにいた〈マスター〉が集まってくる。

彼らは巨大な蛆虫の頭上に浮《う》かぶ【妖蛆転生　デ・ウェルミス】のネームで相手を〈UBM〉と認識《にんしき》し、討伐《とうばつ》のために動き始めた。

中にはアラゴルンの姿に驚《おどろ》き武器を向ける者もいたが、すぐに〈マスター〉が連れたアンデッドだと気づいて【デ・ウェルミス】に向かっていった。

『……ふむ、この規模の街にしては集まる数が少ないな』

「ペルセポネの話では【殺人姫《マーダー・プリンセス》】がバザールで暴れまわったそうだから……、そちらの対処に出向いてデスペナルティになった人が多いんだと思う」

『あの盗掘者《とうくつしゃ》と同じクランの娘《むすめ》か。それなら……並大抵《なみたいてい》の〈マスター〉では太刀《たち》打《う》ちできぬだろうな』

「……ラスカルほど恐ろしい相手だとは思いたくないけれどね」

彼らが話す間にも〈マスター〉達《たち》は【デ・ウェルミス】へと集中攻撃《こうげき》をかけていく。

【デ・ウェルミス】はろくな防御力《ぼうぎょりょく》も耐性も持っていない。

飛び交う魔法が、放たれる斬撃が、恐るべき状態異常が【デ・ウェルミス】を襲《おそ》い、確実にその効果を発揮し、

——その全てが回復されていく。


魔法で焼けた体は《デッドリー・エクスプロード》と同様に修復。

斬撃は蛆の集合体を裂《さ》いただけであり、刃《やいば》の軌道《きどう》で断《た》ち割《わ》られた蛆もすぐに再転生。

そして、状態異常によって悪質化した蛆は、すぐさま新たな蛆に置換される。
何をしようと、即座《そくざ》に万全《ばんぜん》の健やかな状態に回復する。
そして《看破》がある者は気づくだろう。
これらの再生を繰《く》り返しても、【デ・ウェルミス】のSPは微塵《みじん》も減っていない。

それこそが、《賦活転生》の第二の恐ろしさ。
SP消費無しでのスキル行使――どころかSPの継続《けいぞく》回復効果をも有している。

どれほど再生を繰り返そうと、【デ・ウェルミス】に疲労《ひろう》はない。
むしろ、疲労して悪質化すればすぐさま新たな蛆に置換される。
何があろうと、永遠に、健やかな状態を維持《いじ》するのである。
防御《ぼうぎょ》や耐性の欠如《けつじょ》など何の問題もない。
悪くなれば、置き換えるだけなのだから。
『スライムのように体積で判定されるHP。加えて、無限連続再生……いや転生か』
「そういえば、ペルセポネの話だと、【殺人姫】は連続蘇生《そせい》の使い手だったらしいね。
……こちらで【デ・ウェルミス】を相手に戦ってくれればよかったのに」

『……それは地獄絵図というものだ』

攻撃の全てを受け止め、回復する【デ・ウェルミス】に、〈マスター〉の間でも動揺《どうよう》が広がっていく。

中には先の《デッドリー・エクスプロード》に匹敵するか、それ以上の威力《いりょく》を発揮した必殺スキルを使った者もいたが……それすらも完全に回復して見せた。

それらの攻撃を受け止めきった後、【デ・ウェルミス】は攻勢《こうせい》へと転じる。

蛆の体から生えた六本の人の腕が、バラバラに周囲へと掌《てのひら》を向ける。

『攻性魔法並列起動。掃射《そうしゃ》開始』

放たれたのは、無数の攻撃魔法《こうげきまほう》。

雷撃《らいげき》が、炎弾《えんだん》が、氷塊《ひょうかい》が、風刃が、土槍《どそう》が、光条が周囲の〈マスター〉へと降り注ぐ。

それらはいずれも蛆へと置換された死体の持ち主が有していた魔法であり、ほとんどが奴隷《どれい》や浮浪者《ふろうしゃ》であったために魔法としては初歩的なものだ。

威力は最低で、連射性能こそ高くとも熟練の〈マスター〉には掠《かす》り傷《きず》をつける程度の効果しかない。

だが、それでいい。――掠り傷で十分なのだ。

「へっ！　この程度のダメージなら何てことはねえさ！」

「どうやら体力と修復力に特化した〈UBM〉のようだな。今は弱っているようには見えないが、このまま押し続ければいずれは、……？」

戦っていた〈マスター〉が、不意に奇妙《きみょう》な違和感《いわかん》に気づく。

体のどこかがむず痒《がゆ》いような、何か小さなものが肌《はだ》で蠢く感覚。

彼らはその感覚を伝えてくる部位……先ほどの魔法攻撃《まほうこうげき》を受けた部位を確かめ、

――そこで蠢く、無数の蛆を見た。

「う、うわぁああああああああああ⁉」

周囲に絶叫《ぜっきょう》が木霊《こだま》する。

しかしそれは無理もなく、常軌《じょうき》を逸《いっ》する光景だった。

蠢く蛆は極小の口で周囲の肉を食《は》み……直後にそれも蛆へと変わっていくのだ。

「このっ！　つぶれ、潰れろ！」

自分の体を這い回る蛆虫を彼らは潰す。

あるいは、炎で焼いた者もいる。

だが、潰され、焼かれた蛆はすぐにまた新たな蛆へと転生する。

加えて、その行為《こうい》で自らが傷を負えば――それもまた蛆になる。

それこそが《賦活転生》の第三の、そして最大の恐ろしさ。

半径三〇〇メテル以内の生物が負った全ての傷を、蛆へと置換できる。

消えぬ蛆に、恐怖《きょうふ》と嫌悪の絶叫が響《ひび》く。

転んで、あるいはどこかにぶつけて傷を負うたびに、その傷口が蛆虫となっていく。

『自身の傷は全て新たな蛆に。他者の傷も全て蛆に。傷つけるだけでは、その総量が減ることはなく、戦った相手も少しずつ自分へと置換していくか』

戦っていた〈マスター〉も戦線を維持するどころではない。

痛覚をOFFにしている〈マスター〉に痛みはないが、蛆虫が自分の体を這い回る感覚だけは確かにある。

それが決して減らず、少しずつ自身の体に版図を広げていく。

一度ダメージを負わせれば、《賦活転生》の範囲内にいる限り永続的に相手の体を蛆で侵食《しんしょく》していくのだ。

発作的《ほっさてき》に自害システムを使用した者がいたが、それも責められることではない。

『友は攻撃を受けない方がいい。我を盾《たて》にしていろ。それと、《ネクロ・エフェクト》は切らしてくれるな』

「分かってる」

頑強《がんきょう》なアラゴルンだが、少しもダメージを受けないということは出来ない。受けたダメージの部位は少しずつ蛆へと置換されている。

しかし、それらの蛆は即座に死んでいた。

理由は死霊術師系統のバフスキルの一つ、《ネクロ・エフェクト》によるもの。

微力《びりょく》の接触《せっしょく》即死《そくし》状態を付与《ふよ》する効果で、体表に発生した蛆を即死《そくし》させているのだ。

弱小の相手にしか効かないものではあるが、この蛆を相手にするならば問題はない。

「……そういえば、骨そのもののアラゴルンは大丈夫《だいじょうぶ》なんだね？」

『あれはダメージや病を負った部位を置換するものと思われる。何の疾患《しっかん》も抱《かか》えていない骨には効果を発揮できぬのだろう。我は腐《くさ》ってもおらぬしな』

「……それだとゾンビは駄目《だめ》そうだね。それに、君もダメージを負った部位は置換されている。……あるいは、生物であれば肉や骨がなくとも置換されてしまう恐れもある、か」

【デ・ウェルミス】の出現からずっと、一人と一体は冷静に分析と会話を続けている。

周囲が恐慌《きょうこう》に包まれようと、彼らの精神が揺《ゆ》さぶられることはない。

それは彼らが……少なくともベネトナシュの精神が人間離《ばな》れしている訳ではない。

単に、こうした地獄の如き戦闘《せんとう》に慣れてしまっているだけだ。

「さて、また怨念が溜まってきたけれど……そこか」

今も《観魂眼》を使用しているベネトナシュは、集合体で蠢く魂の中で、【デ・ウェルミス】本体の魂を見つける。

同時に【デ・ウェルミス】に囚われた魂や今しがたの攻撃で発生した怨念を、【冥王】のスキルでその一点に集中させ、

「――《デッドリー・エクスプロード》」

――【デ・ウェルミス】の本体である蝿《はえ》を跡形もなく焼滅させた。

大本の蝿を焼き尽《つ》くされて、【デ・ウェルミス】はその動きを制止し、

『やったか？』

「…………駄目みたいだ」

一瞬《いっしゅん》の後には、元通りに動き始めていた。

蝿の体は本体であってコアではない。

元々の本体を焼き尽くされても、【デ・ウェルミス】の集合体こそが今の体。

その全てを跡形もなくさなければ、勝利はない。

「コアのようなものは存在しないらしい。魂もそこに在り続けている」

『つまり、どうあってもあの総体を滅《ほろ》ぼさねば倒せんということか。骨が折れる話だ』

「…………それはジョークかな？」

全身骨格の竜《アラゴルン》の言葉に、ベネトナシュは真面目《まじめ》な顔で問いかけた。

「黄龍……先々代の【龍　帝《ドラゴニック・エンペラー》】が倒しきらずに封印したのも納得だよ。あれに対処するなら、倒すよりも封印してしまう方が簡単だ」

ベネトナシュはそう言いながら、もう一つの可能性を考えていた。

（あるいは倒してしまうよりも……珠に入れて保存し、敵対国で解放すれば兵器として使える、と考えたのかもしれないけれど。……封印できる時点で勝ってはいたのだろうし）

それが他者の手で盗《ぬす》まれた結果、潜在的《せんざいてき》な敵対国の大都市で解放されているのは皮肉としか言いようがない。

『我が知る竜の中であれに対処できそうなものは天竜《てんりゅう》の王統と、かつて姿を消した【滅竜《めつりゅう》王《おう》】。……それと風の噂《うわさ》に聞いた【グローリア】くらいのものだろう』

いずれも神話級以上、広域殲滅《せんめつ》を得手とする最強格の竜達《りゅうたち》だ。

この場にいる〈マスター〉で、それほどの火力を発揮できるものはいないだろう。

『それで、どうする？』

「……焼き尽くすしかないならそうするよ」

だが……ベネトナシュにはその術があった。

「幸か不幸か……今はそれだけの火力を発揮するあてがあるからね」

『……あやつらか』

「ただ、そのためにはペルセポネと合流しなければならないし、周辺の避難《ひなん》や了解《りょうかい》も必要だ。使えば、このコルタナの街も無事では済まない。……それは、彼女《かのじょ》との交渉次第《こうしょうしだい》か」

ベネトナシュは先刻まで戦っていた蒼《あお》い〈マジンギア〉を思い出し、少し不安を覚えた。

しかし、カルディナとしてもこの事態を放置は出来ないはずであり、最も早くこの事態に対応できるベネトナシュの案を呑んではくれるだろうと考えた。

「避難と時間稼《かせ》ぎのために、あの〈ＵＢＭ〉はここに押し留《とど》めておかなければならない」

『我がその役を務めよう……と言いたいところだが友が傍《そば》を離れれば《ネクロ・エフェクト》が切れ、我も次第に蛆に食われていくだろうな』

「そうだね。だから、足止めを置くならば……決して傷つかないものでなければならない」

そう言って、ベネトナシュは服の内側からあるものを摘《つま》む。

「だから、足止めを任せられるのは……彼くらいだ」

『やれやれ、結局使うことになるのか』

それは、AR・I・CAとの戦いで使いかけた物。

悪魔象《ガーゴイル》の下半身のような、奇妙な形のペンダント。

「前回の使用から折を見て六〇〇万程度まではMPを貯《た》めているから……三〇分は動けるはずだ」

『……相変わらず、燃費の悪い奴《やつ》だ』

「けれどその価値はあるし、彼にしか出来ないことがある。……さてと」

ベネトナシュはペンダントを手にし、それを自らの前へと掲《かか》げる。

そして彼は宣言する。

「目覚めよ――《地に立つ一騎当千《グレイテスト・ボトム》》」

直後、ペンダントは発光し――

◇◆

〈マスター〉への魔法攻撃と《賦活転生《ふかつてんせい》》による傷の蛆《うじ》への置換《ちかん》を繰り返しながら、【デ・ウェルミス】は『順調だ』と考えた。

今も少しずつ、【デ・ウェルミス】の体積は拡大を続けている。

これは《賦活転生》以外のスキルの効果によるもの。《賦活転生》の効果範囲外《はんいがい》に出た分体を、集合体へと転送しているのだ。

ゆえに、傷を負い、蛆の浸食《しんしょく》を受けた〈マスター〉が範囲外に逃げたとしても、作られた分体は【デ・ウェルミス】へと確実に還《かえ》るのだ。

尋常《じんじょう》な生物のセオリーとして考えれば種の拡散を優先し、〈マスター〉の体を侵食した蛆は回収せず少しずつ版図を広げた方が正しいのかもしれない。

だが、【デ・ウェルミス】にとっては正しくない。【デ・ウェルミス】にとっての至上は他の生物を分体へと変えて、分体を増やし、それらと集合して永遠に生き続けること。それこそが、この〈UBM〉の善意であり……他者にとっては存在への侵略行為《しんりゃくこうい》である。

ともあれ、集合体の《賦活転生》の範囲外に出た分体には置換が働かず、傷つき死ねばそのままとなるので、回収するのは【デ・ウェルミス】にとっては当然だった。

しかし、人間がその思考と方向性を「蛆が拡散しないのなら助かった」、「集合体を全て滅ぼせば倒せる」などと安易に喜ぶのは誤りだ。

なぜなら、集合体の拡大に伴《ともな》い、少しずつ《賦活転生》の効果範囲《はんい》までも拡大しているからである。

本来予定していた体のサイズは三〇〇メテル。

しかし、それよりも巨大化《きょだいか》するならば、効果範囲までも拡大を続ける。

それは遅々《ちち》とした拡大だが、このまま分体を増やして集合し続ければ……それがどこまで拡大するかは分からない。

あるいは、国すらも飲み込みかねない恐ろしさがある。

『数が少ない……』

【デ・ウェルミス】は蛆に置換するための肉を探していた。

蛆への恐怖と手の打ちようのなさで、【デ・ウェルミス】の周囲の〈マスター〉の数は減っている。それは【デ・ウェルミス】にとってはあまりありがたくはないことだった。

生を共にする相手が減ることを喜べはしない。

ゆえに、次に現れたものを見て、【デ・ウェルミス】は喜んだ。

『……これは』

それは巨大な影《かげ》だった。

【デ・ウェルミス】はそれが強い力を持つことを感覚的に理解できていた。

同時に、『これほどの巨体《きよたい》ならば多くの分体として迎え入れられる』、と。

その二つの思考から【デ・ウェルミス】は即座に魔法《まほう》による攻撃を行った。

無数の攻撃魔法による集中砲火《ほうか》。

これを受けて無傷であることは難しく、僅《わず》かにでも傷を受けたのならばそこから《賦活転生》による置換が始まる。

相手がどれほど巨大でも、その力から逃《のが》れられるはずはない。

『…………？』

だからこそ、【デ・ウェルミス】は疑問を覚えた。無数の攻撃を放ったというのに、眼前に立ちはだかるそれに対して能力が発動した気配がない。

つまりそれには——掠り傷の一つもついていないのだ。

『……君は、誰《だれ》だ？』

それは答えない。

そもそも、それには口などない。

目もなく、耳もなく、頭部すらもない。

腕もなく、胴《どう》もなく、心の臓すらもない。

しかし、それは二本の足と巨大な尾《お》で立っている。

銀とは似て非なる輝《かがや》きを放つ、未知の金属で出来た下半身。


それは──下半身だけで五〇メテルという巨体を誇《ほこ》る悪魔像《ガーゴイル》だった。

『────────』


悪魔像は、唸《うな》りを上げる。

それは口によるものでなく、振《ふ》り回された長大な尾によるもの。

尾は超高速《ちょうこうそく》で振動《しんどう》し、それによって周囲の空気が攪拌《かくはん》される。

目すらないというのに、それは正確に自身に向けて伸《の》ばされていた六本の腕を──尾の一閃《いっせん》で粉砕した。

六本の腕は、一瞬で砂粒《すなつぶ》よりも細やかに粉砕される。悪魔像が持つ《ハイパー・バイブレーション》という攻性防御スキルによって行われた、超振動《ちょうしんどう》による完全粉砕だった。

『……！』

【デ・ウェルミス】はその攻撃を警戒《けいかい》し、六本の腕を再構成すると共に攻撃魔法の集中砲火を再度実行する。

しかし、それは悪魔像にただの一つも傷をつけられない。無数の魔法攻撃は、悪魔像が有する魔法攻撃完全耐性スキルにより全てが無力化されていた。

ならばと、尾と違《ちが》って振動していない足を、六本の腕で攻撃する。

しかしてその攻撃は……悪魔像が持つ純粋《じゅんすい》な防御力とダメージ減算スキルによって一切《いっさい》のダメージを与《あた》えることができていない。

【デ・ウェルミス】の全ての攻撃を、悪魔像は無力化していた。

『一体……何なんだ？』

『…………』

下半身しかない悪魔像に答える口はない。

だが、それを見た者ならば、言葉など介《かい》さずともそれの力を知るだろう。

神話級金属をも上回る超級金属《スペリオル・メタル》で形成された体。

古代伝説級の攻撃を容易《たやす》く粉砕する攻性防御スキル。

そして、【デ・ウェルミス】をも上回る、その身に秘《ひ》めた圧倒的《あっとうてき》な威圧《いあつ》感。

それこそはかつて【冥王】ベネトナシュが獲得《かくとく》した超級武具によって呼び出されるもの。

【獣王《キング・オブ・ビースト》】と【冥王】という二大強者の合力によって辛《かろ》うじて討伐された存在。

〈Infinite Dendrogram〉における最強のガーゴイルにして……第一の〈SUBM〉。

【一騎当千 グレイテスト・ワン】――その半身である。

プロローグ　Another First Choice.

□■二〇四四年三月　ベネトナシュ

目の前で、少女が餓死《がし》した。


それから数時間の記憶《きおく》が定かではない。

自分の喉《のど》が叫《さけ》んだことは覚えている。

叫んだまま必死にログアウトしたのも覚えている。

その後にベッドに入り、毛布をかぶったまま後悔《こうかい》したことも……覚えている。

けれど、「どうしてカルディナにしてしまったのか」、「どうして視点をリアルにしてしまったのか」、「どうしてあの道を歩いてしまったのか」、「どうして……〈Infinite Dendrogram〉を始めてしまったのか」ということだけは、何度も考えた覚えがある。

〈Infinite Dendrogram〉はリアルなゲームだ。ゲームだった……はずだ。

けれど、私にとって、あまりにも……リアル過ぎた。

初めて訪《おとず》れた砂漠《さばく》の街をリアルだと感じたように。

初めて会った子供が痩《や》せ衰《おとろ》えて死ぬ光景を……現実《リアル》だと感じ切ってしまった。

瞼《まぶた》を閉じれば、少女の死ぬ瞬間《しゅんかん》が何度も浮かぶ。

「何で……何で、あんな……」

その光景を記憶から拭《ぬぐ》い去ろうとしても、消えてはくれない。

初めて触《ふ》れた残酷《ざんこく》な死の衝撃《しょうげき》と……後悔を消させてくれない。

何度も、何度も、少女が死ぬ瞬間と……彼女が最後に求め、結局食べられなかったお菓《か》子《し》を落としたときのあの感触《かんしょく》が、リフレインする。

「せめて……せめて……」

せめて、せめて最後に、彼女にあのお菓子を食べさせてあげることが出来たなら……あるいはここまで強い後悔はなかったのかもしれない。

けれど、それはもう叶《かな》わない。

終わったことはやり直せない。

死んだ少女は生き返らない。

どうしても……届かなかった最後が記憶から消えてくれない。

「ゲームの、ゲームのはずなのに……」

ゲームのNPCが死んだ、本来はそれだけのことのはずなのに。

私の心は、それだけで終わらせてはくれない。


それから、何時間も涙《なみだ》を流しながら後悔を続けた。

そうしてふと、思ったのだ。

「……あの子の、葬儀《そうぎ》」

あの子は死んでしまった。

けれど埋葬《まいそう》して花を手向《たむ》けるか、墓前で祈《いの》れば、この後悔も少しは薄《うす》らぐのではないかと、希望を持った。

「あのお菓子も、供えないと……」

私は震《ふる》える手で〈Infinite Dendrogram〉のハードを手に取り、再びログインした。

◇

〈Infinite Dendrogram〉では、リアルの三倍の時間が経過していた。

既に真夜中であり、灯《あか》りはあるもののリアルと比べるとずっと少なく、街は薄暗《うすぐら》い。

ログアウトした場所が近かったため、少女が死んだ路地にはすぐに辿《たど》り付けた。

「いない……。いや、それは、そうか」

路地にはもう……少女の遺体はなかった。

きっと家族が連れ帰り、埋葬するのだろうと思った。

あるいは身寄りがないのならば、教会が埋葬するのかもしれない。

それならせめて、墓前にこのお菓子を供えて、祈りを捧《ささ》げないと……。

私は彼女の墓地の場所を知るため、近くを歩いていた警邏《けいら》の人に話しかけた。

「すみません」

「ん？　なんだい、〈マスター〉さん」

「あの、ここにいた子供が埋葬された場所を知りたいのですが」

「子供？　どこの子供だい？」

「今日の昼間、あそこの路地で亡《な》くなった子供なんですが……」

「……ああ。路上で亡くなった孤児《こじ》なら北のはずれだよ」

「あ、ありがとうございます！」

私は警邏の人にお礼を言って、北のはずれに駆《か》け出した。

「でも行かない方が……………」

後ろからの声は、よく聞こえなかった。

北のはずれに、それはあった。

街の門から歩いて十分以上は離れている。

それは砂漠の中にあって、申し訳程度の柵《さく》を広い範囲で並べていた。

墓地の境だというように。

けれど、それは墓地ではなかった。

そこには墓石はなかったし、墓穴《ぼけつ》すらもなかった。

ただ……死体だけが幾《いく》つも積み重なっている。

乾燥《かんそう》した砂漠の上、

腐らずに乾《かわ》いた死体と、

虫に食われて骨になった死体と、

まだ乾いていない肉のついた死体が折り重なっている。

「ッ、え……」

気づけば、嘔吐《おうと》していた。

なぜこんな光景がここにあるのかと、疑問と恐怖が激流のように脳裏《のうり》を荒《あ》れ狂《くる》う。

「……え?」

入り口の近くには、一枚の看板が立てられていた。

浮浪者遺体廃棄場《はいきじょう》、と。

その下の説明にはこう書かれている。

『税金を納めない浮浪者の遺体を埋《う》める場所はコルタナにはなく、また火葬《かそう》による燃料費も捻出《ねんしゅつ》できないため、浮浪者は砂漠による風葬《ふうそう》。あるいはモンスターによる鳥葬又《ちょうそうまた》は蟲葬《ちゅうそう》とする。コルタナ市長：ダグラス・コイン』

セーブポイントとオアシスによって、この砂漠の中でもコルタナは栄えている。

しかしそれは限られた範囲であり、他の国土のように拡張できるものでもない。

墓地の場所すら有限であり……そして金銭こそが重要なカルディナの性質を、最も顕著《けんちょ》に表したこのコルタナでは……墓地に入る権利すら金銭で決まる。

そして、払う金銭などあるはずもない浮浪児の死体は、全《すべ》て街の外に打ち捨てられる。

それこそ、砂に埋める経費すらも惜《お》しいと言わんばかりに。

「…………」

墓地……廃棄場の説明書きを、私は読めた。

自動で翻訳《ほんやく》された文字は、簡単に読める。

だけど、理解はできない。

頭では理解できても、心が理解できなかった。

理屈《りくつ》は分かるが、それを実践《じっせん》していることが理解できなかった。自分がこれまで現実で生きてきた社会は、仮に浮浪者であっても墓に入るくらいはできたはずだから。

私は、この〈Infinite Dendrogram〉に来てから……最も非現実的な感覚を覚えた。

「…………あ」

そうして見つけてしまった。

積み重なった死体の一番上に、既《すで》に骨になりかけているいくつもの死体の上に、まだ皮と髪《かみ》がある少女の死体を見つけてしまった。

私の目の前で死んだ、少女の遺体を。

「…………」

祈るために来たはずだった。

供えるために来たはずだった。

けれど、それをすることすら、今の自分にはできない。

どうすることもできないまま膝《ひざ》を着いて、視線だけを彼女から逸《そ》らした。

「……？」

逸らした先にはもう一枚、看板があった。

そこには、こう書かれている。

『遺体の持ち出しは自由だが、街の中での《死霊術《ネクロマンシー》》による死者の蘇生は禁止とする』

遺体の持ち出しが自由という文言は、ショックだった。

けれど、「遺体がなくなればこの廃棄場のスペースがその分だけ空く」と考えると、この人間味を排《はい》して合理的に過ぎる場所には似合いなのかもしれない。

だが……。

「《死霊……術》？　死者の、蘇生？」

それではまるで、死んだ者を生き返らせることが出来るかのような文言だ。

いや、ありえるのか。魔法があるならば、死者を生き返らせる魔法も。

「あ、あああ……」

だが、死んでいる者を人の手で生き返らせる。

それは、倫理《りんり》が崩《くず》れる。

少なくとも、私が今まで信仰《しんこう》してきた宗教ではあってはならないものだ。

けれど、もしも、もしもそれが出来るのならば……。

その可能性があるのならば……。

「この、後悔を……なくすことが出来るのならば……」


——そんな倫理など崩れてしまってもいいと……強く心に思った。


その瞬間、私の左手の甲《こう》が紫色《むらさきいろ》の光を発し、

「——承《うけたまわ》った。ならば、それが妾《わらわ》の在り方になるだろう」

——見知らぬ少女が傍《かたわ》らに立っていた。


「……え?」

その少女を、一言で言い表せば『紫《むらさき》』だった。

紫色の髪を編み、紫色の古代ギリシャ風ドレスを着ている。

けれど、その瞳《ひとみ》だけが呑《の》み込まれそうな漆黒《しっこく》だった。

「君、は？」

「妾の名はペルセポネ。其方《そなた》の肉と魂《たましい》、そして心の慟哭《どうこく》より生まれたモノ。其方の〈エンブリオ〉であり、ＴＹＰＥ：メイデンｗｉｔｈキャッスル・テリトリー」

「ペル、セポネ？」

「以後お見知りおきを、マイマスター」

冥界《めいかい》の妃《きさき》の名を冠《かん》した少女……私の〈エンブリオ〉は、そう言って淑女《しゅくじょ》らしい礼をした。

「では、早速《さっそく》だが妾の力を使うか？」

「ち、から？」

「うむ。妾ならば、この少女を生き返らせることができる」

「……本当に⁉」

その言葉に、気づけば私はペルセポネの両肩《りょうかた》を掴《つか》んでいた。

「だが、妾はまだ生まれたばかりの第一形態。生き返らせるにも本人の綺麗《きれい》な死体が必要であるし、黄泉返《よみがえ》る時間も短い」

「それは、どういう……」

「妾はあの少女を——三分だけ黄泉返らせることができる」

ペルセポネの発した言葉を、飲み込むのには時間が掛《か》かった。

「三、分……」

それは本当に短い時間だ。モチーフとなったペルセポネの逸話《いつわ》……オルフェウスの妻を蘇《よみがえ》らせようとした時よりもなお、比べられないほどに短い。

あるいは、生き返らせて二度死なせるくらいならば、生き返らせないほうが良いのではないかというほどに短い時間。

けれど、三分。

三分、あれば……。

「………」

手の中に持ち続けていたお菓子の袋《ふくろ》が、カサリと音を立てた。

私の選択《せんたく》は……。

第八話 黄泉返る可能性

□【装甲操縦士《アーマー・ドライバー》】ユーゴー・レセップス

市長邸《てい》から立ち上った火柱に駆けつけた私が見たモノは、怪物《かいぶつ》と怪物の激突《げきとつ》だった。

白い蛆の怪物は六本もの手から魔法を放ち、蛆の体に作り上げた無数の口でもう一体の怪物へと齧《かじ》りついている。

だが、銀と似て非なる光沢《こうたく》を放つ下半身だけの怪物はそれを意に介さない。

尾を振り回して蛆の怪物を粉砕《ふんさい》し、齧りつかれても一切のダメージを負っていない。

しかしそれは蛆の怪物も同じ。受けた傷の全てを即座《そくざ》に回復している。

傷をなくす蛆の怪物と、傷を受けぬ下半身の怪物。

二体の怪物は互《たが》いを倒《たお》そうとしながら、どちらも損《そこ》なわれていない。

まるで永遠に争い合うという死後の世界の如き有様だった。

その光景に、先刻のエミリーを思い出した。

「……キューコ、カウントは？」

「どっちもゼロ。アシはしょうかんモンスター。ウジは……ころしてないから」

……いずれにしろ両者共に《地獄門《La Porte de l'enfer》》は通用しないか。

「ふむ。旦那《だんな》様《さま》は【グレイテスト】を呼んだか。まぁ、あれを相手に時を稼ぐならば、あれが最適であろうな」

「ペルセポネ、知っているのか？」

怪物達《かいぶつたち》の終わらない殺し合いを見ていた私に、ペルセポネが話しかけてくる。

「ああ。あの下半身だけの方は……まぁ簡潔に言えば旦那様が特典武具で呼び出した召喚《しょうかん》モンスターだ。名を【グレイテスト・ボトム】という」

「あれが【冥王】《彼》の……」

特典武具で呼び出したのならば、あれは〈UBM〉に由来するものということ。

相対する蛆の怪物も頭上に【妖蛆転生《ようしゅてんせい》　デ・ウェルミス】と表記されている。

つまり、これは〈UBM〉同士の殺し合いと言ってもいい。

「あれはそうそう使わぬのだがな。なにせ、燃費が悪い。魔法系の超級職である旦那様が暇《ひま》を見ては特典武具にMPを充填《じゅうてん》しているが、そうして貯《た》めこんだMPを消耗《しょうもう》しても長時間は戦えぬからな。おまけに、オリジナルほどの力がない」

「オリジナル？」

「見ての通り、下半身しかない。上半身があったころなら、あの【デ・ウェルミス】も倒せただろうが。しかし上半身は持っていかれ、今の【グレイテスト・ボトム】には下半身と防御《ぼうぎょ》スキルしか残っておらぬ。あちらに倒されることはないが、こちらも倒し切れぬから千日手だ。いや、持久力のないこちらが不利だな」

〈UBM〉の頃《ころ》より劣化《れっか》しているということ、なのか。

……でも、『上半身は持っていかれ』？

その言い方だと、まるで上半身を別の誰かが所有しているような言い方だ。

けれど、特典武具を他者と分け合えるような〈UBM〉は……。

「ペルセポネ……！」

耳に届いた声が、思考を遮《さえぎ》る。

振り向けば、痩せた男性と、彼《かれ》を肋骨《ろっこつ》の内側に乗せた骨の竜《りゅう》がこちらに向かっている。

骨の竜はともかく、男性の方には見覚えがある。

かつて〈叡智《えいち》の三角〉の本拠地《ほんきょち》で何度も見かけた、【冥王《キング・オブ・タルタロス》】ベネトナシュだ。

「おお、旦那様」

「ここに来ていたのか……。そちらは……、〈叡智の三角〉の？」

どうやらあちらも私のことを記憶していたらしい。

「ユーゴー・レセップスです。師匠《ししょう》……【撃墜王《エース》】AR・I・CAの同行者でもあります。だから、珠《たま》に関しての事情や師匠との交渉《こうしょう》のことも聞いています」

「そうか……」

「それで、あの蛆の怪物は」

「……端的《たんてき》に言えば、市長の持っていた珠が割られて、封印《ふういん》されていた〈UBM〉が解放された結果だよ」

「!?」

「ところで、彼女の同行者ということは……連絡《れんらく》手段はありますか？　彼女に伝えなければならないことがあります」

「は、はい」

私は【ホワイト・ローズ】のコクピットを開放、通信機をオンにして師匠の【ブルー・オペラ】に繋《つな》ぐ。

それから【冥王】ベネトナシュは師匠に事情を伝え始めた。

「……という訳で、あちらは徐々《じょじょ》に体積を増大中。並大抵《なみたいてい》の攻撃《こうげき》では有効打は与えられず、倒すならば広範囲《こうはんい》を跡形《あとかた》もなく焼き尽くすしかありません」

『………マジかー』

通信機からは、事情を理解した師匠の呻《うめ》き声《ごえ》が聞こえてきた。

『こっちも投棄《とうき》が終わって戻《もど》ってる最中で……ああ、うん。見えた。すっごいグロイの見えてる。下半身だけの奴は……ねえ、【冥王】。あれって……』

「それについては、ノーコメントで……」

『ああ、そう。……よっと』

直後、歌うような機関音が空に鳴り響《ひび》き、夕焼けの空を飛翔《ひしょう》する蒼い機体が頭上を過ぎ去っていく。

【ブルー・オペラ】は雷光《らいこう》を纏《まと》った砲弾《ほうだん》を連射し、【デ・ウェルミス】を攻撃する。

しかし、【デ・ウェルミス】はその攻撃を意に介さず、砲弾で穿《うが》たれ、雷光で焼けた体もすぐに修復してしまった。

『あ、駄目《だめ》だこれ。アタシじゃ勝てないタイプだわ』

「……師匠、諦《あきら》めるのが早すぎませんか？」

『そもそも、アタシは〝火力が過剰《かじょう》すぎないから〟珠の回収役に選ばれたんだよ！　こういうデカくて再生する奴はアタシじゃなくてファトゥムやアルベルト、それとあの金バカや嫌味《いやみ》女の担当なの！』

……金バカと嫌味女って誰だろう。

『今から呼んで間に合うかな……。あっちは首都や他の国との国境にいるし、移動速度も遅《おそ》いし……もう！　流石《さすが》にコルタナが消えるのはカルディナとしても最悪なんだけど！』

このコルタナは〈Infinite Dendrogram〉においてカルディナのスタート地点。

ここが壊滅《かいめつ》するということは、カルディナの入り口が潰《つぶ》れるようなものだ。

廃墟《はいきょ》となった街をスタート地点に選ぶ〈マスター〉は、そうはいないだろう。

そうでなくとも、商業の中心地であるこの街はカルディナにとって失ってはならない。

そんなとき、悩《なや》む師匠に【冥王】ベネトナシュが声をかけた。

「【撃墜王】ＡＲ・Ｉ・ＣＡ、提案があります」

『なに？』

「条件を三つ呑んでいただければ――私があの〈ＵＢＭ〉を倒します」

『…………ふぅん』

その提案に、師匠は何事かを思案したようだった。

『なるほど。手持ちに、あれをどうにかできる奴がいるってこと？』

「……そういえば、私の必殺スキルはご存知《ぞんじ》でしたね」

『で、条件は何？』

師匠は「あの〈UBM〉を倒せる」という宣言を一切疑っていない。

「一つ目は、あれを倒すことそのもの。……珠が不要であった場合、あなたに渡《わた》すという約束は果たせなくなりますから」

『オッケー。次』

「二つ目は、その上で珠を渡した際の頼《たの》みを叶えてもらうこと」

『具体的には？』

「今後、怨念《おんねん》の処理や死者の〝健常な蘇生《そせい》〟に関するアイテムや情報が見つかった場合に、私に知らせてくれること」

『アイテムや情報をくれ、じゃないんだ』

「はい」

『……ふーん。まぁ、それもオッケー。最後は』

「それは……」

師匠の問いに、ベネトナシュは少しだけ躊躇《ためら》うように言葉を溜めて、

「……あの【デ・ウェルミス】を中心とした半径六〇〇メテルに限り――コルタナを跡形もなく消滅《しょうめつ》させる許可を」

とんでもないことを、口にした。

「無論……、人の避難《ひなん》が済んでからです。その時間は……私の召喚モンスターが稼《かせ》いでいるので、じきに完了《かんりょう》するでしょう。出来れば、貴女方にもそれは手伝って欲《ほ》しいのですが」

『なるほどねー。しかし跡形もなくかー……どんだけやばいもの持ってるのかなー？』

「……それで、許可は？」

『ちょい待ち』

師匠がそう言うと、通信機の向こうからガサゴソと物音がした。

『あ。もしもし、マダム……じゃなかった議長。うん、アタシです。AR・I・CAです。珠の回収についてちょっと問題が……え？　事情は把握《はあく》してる？　……いや、ほんとどこまで見透《みす》かしてるんです？　マジで名前どおりに予見の悪魔《ラプラス》なんです？』

通信越《ご》しだったが、師匠がコクピットでまた別の場所に通信をしていることは分かった。

『はい、はい。ベネっちベネっちー』

………ベネっち？

しかし、変な呼び方をされたベネトナシュの方は、特に気にしている様子もない。

「はい」

『確認《かくにん》なんだけどさ。市長って死んだ?』

「…………【デ・ウェルミス】に取り込まれました」

『オッケー。死んだってことにする』

……今、少し黒いやり取りがあった気がする。

『じゃあ結果報告ね。三つ目もオッケー。市長死亡時の緊急《きんきゅう》時権限で議長から許可が下りたよ。「人命損失や物的被害《ひがい》についても請求《せいきゅう》しませんし罪にも問いません。【デ・ウェルミス】という脅威《きょうい》の全てを、このカルディナに一切残さず消していただきたい」だって』

「……承知しました」

……人命損失や物的被害、か。

「師匠。私は……」

『じゃ、アタシとユーちゃんは半径六〇〇メテル以内で逃《に》げ遅《おく》れた人がいないか探索《たんさく》ね!』

私の言いたかったことを先取るように、師匠はそう言った。

「……はいっ!」

『じゃ、そーゆー訳でアタシ達《たち》は動くけど、ベネっちはいつ頃に切り札を切るの?』

「……召喚を維持《いじ》できるのは最長であと一五分三〇秒です。ですから……一五分後には使用します」

『オッケー！　じゃあ急ぐよ、ユーちゃん！』

「はい！」

師匠に応じ、私は装甲のみを格納して身軽になった【ホワイト・ローズ】で逃げ遅れている人々の救助に向かった。

……あの怪物を倒しうるベネトナシュの切り札とは何なのだろう？

◇◆◇

□■商業都市コルタナ

人命救助に向かう二体の〈マジンギア〉を見送り、自身も六〇〇メテルの圏外《けんがい》に移動しながら、ベネトナシュは黙《もく》して何事かを考えていた。

「どうやら、旦那様も『新たなる永遠の生』という話の当てが外れ、ショックを受けているようだな」

「……ペルセポネ」

そんなベネトナシュに、ペルセポネが話しかける。

アラゴルンは万が一にもこれから発動するスキルに邪魔《じゃま》が入らないように周囲を警戒しており、話す声は二人のものだけだ。

「だから言っておったただろうに。珠なんぞを当てにするな、と。そもそも旦那様が求める奇跡《きせき》のような力を持つ〈UBM〉がおるなら、もっと早くにマシなことになっておるであろうよ。あるいはひどいことか」

自らを諭《さと》すペルセポネに、ベネトナシュは静かに視線を向けて……。

「君は……【デ・ウェルミス】がどういったものか、知っていたのかな？」

「既知《きち》に決まっている。聞いていたからな。あれが旦那様の大嫌《だいきら》いな、人の死の意味すら変えてしまうものだとは重々承知よ」

ユーゴーとの会話で、ペルセポネは『そうなると、この街は死の坩堝《るつぼ》だな。死を超越《ちょうえつ》する者、死を量産する者、死の意味を変える者。誰《だれ》かがマッチメイクしたわけでもないのだろうが、随分《ずいぶん》と面白《おもしろ》いことになっているではないか』、と述べた。

死を超越する者は、ベネトナシュとペルセポネ。

死を量産する者は言うまでもなく【殺人姫《マーダー・プリンセス》】エミリー（あるいはヨナルデパズトリの能力を事前に知っていれば、彼女《かのじょ》についても死を超越する者と述べたかもしれないが）。

そして、死の意味を変える者が、【デ・ウェルミス】。

人間を蛆《うじ》へと変えて、魂すらも蛆へと変える。人を生かしたまま人としての死を迎《むか》えさせる【デ・ウェルミス】は、正にそう呼ぶに相応《ふさわ》しいものではある。

しかし、そう呼べるのは、【デ・ウェルミス】の能力を把握している者だけだ。

あの時点では、所有者であった市長すらも知らなかったことなのに。

「どうして……」

「どうして言ってくれなかった、とは言ってくれるなよ旦那様。言っても確かめなければ気が済まなかっただろうに。其方はずっと……藁《わら》に縋《すが》り続けているのだから」

「…………」

ペルセポネの言葉は、ベネトナシュの心にもすんなりと刺《さ》さった。

それは否定しようもない事実だった。

「妾は何度も言っている。其方は抱《かか》えきれない重石《おもし》を抱えたまま、溺《おぼ》れ続けている。棄《す》ててしまえば簡単に泳ぎ切れるだろうに。それができないから延々と苦しんでいるのだ」

「……それでも、私は」

「分かっておるよ。妾はそんな御主《おぬし》から生まれたのだから。だがな、これは御主が最初に棄てるべき重石の妾が、言い続けねばならぬことだ」

そう言って、ペルセポネは自らの額をベネトナシュの背にぶつけた。

「旦那様がやろうとしていることは奇跡でしかない。妾が本当に第七の先に進んだとしても、確実に叶うとは言えぬ願いだ」

「分かってる……」

「妾は、旦那様に幸せになってほしい。本当は、妾やこの世界のこと……辛《つら》いことも苦しいことも全部忘れて、向こうであるべき生活に戻って欲しい」

「…………」

「やはり……駄目なのか？」

「……ああ」

そう言ってベネトナシュは振《ふ》り返り……ペルセポネの肩《かた》に手を置いた。

「私が辛い思いをしていることも、苦しいと感じていることも、否定はしない……。不自由な生き方だとは、自分でも思うよ」

その言葉にペルセポネが表情を曇《くも》らせるが、彼は「けれど……」と言葉を続ける。

「その不自由を選んだのは……私の自由だ。

そして、その選択を捨てる自由があっても……私はまだそれを選ばない」

「旦那様……」

「私は忘れることなんて出来ないし、諦められる訳がない。私が、私である限り……私の自由で今の生き方を選び続ける」

それは決意によって述べられた言葉だ。

彼が何年も前に決意し、色褪《いろあ》せ、傷つきながら、しかし折れることのなかった意志。

その意味を誰よりも知るペルセポネは、少しだけ目に涙を溜めて……それを手で拭った。

「……そうか。ならば、妾のすべきこともやはり一つ。旦那様の願いを担《にな》う者として、力を尽《つ》くそう」

「……ありがとう」

そう言ってペルセポネは、自らの肩に乗ったベネトナシュの手を握《にぎ》った。

「今すべきはあの【デ・ウェルミス】を討《う》ち果たすことだな」

そう言ってベネトナシュの手を離《はな》し、ペルセポネは【デ・ウェルミス】を見据《みす》えて立つ。

「やるぞ。旦那様、必殺スキルだ。【冥導霊后《めいどうれいごう》　ペルセポネ】。【冥王】ベネトナシュ……旦那様のため、あの生き地獄《じごく》を消すべく力を尽くすとしよう」

「……頼む。ペルセポネ」

ペルセポネが彼を呼び、ベネトナシュも不器用な微笑《びしょう》で彼女の呼びかけに答える。

ベネトナシュは、アイテムボックスから取り出したアイテム……伝説級の特典武具をペルセポネへと手渡《てわた》す。

特典武具を手にとり確かめながら、ペルセポネは頷《うなず》く。

「これならば足りるだろう。時間はさほど長くはないが……。なに、一撃《いちげき》で事が済むならばこれでいい」

言葉の後、ペルセポネは手にした特典武具を掲《かか》げる。

「さて……旦那様！　門を築くぞ！」

「……ああ、やってくれ！」

そしてペルセポネは、

『――ここに至宝を捧げ、《イードー・ナー・アフィアーローセー・シサプロイ》門を築く《フティアクスト・テイズ・パイルズ》』

――歌い始めた。

『――これなるは冥界の門《アフトー・エーナイ・ター・ケートー・コスモー・テイズ・パイルズ》』

それはペルセポネの声だったが、まるで複数人が輪唱しているような不思議な響きで周囲に木霊《こだま》する。声が重なるにしたがって、ペルセポネの手の中にあった特典武具が光の塵《ちり》となって……リソースを失って消えていく。

『――我が内なる霊安室を開く扉なり《ポーター・アノイゲー・エナー・ネクロートーメーオー・ナー・エーナイ・メテークシー・マウ》』

リソースとして特典武具が消費されると同時に、ペルセポネの眼前には巨大《きょだい》な門が出来上がっていく。

『――ここに魂は凱旋する《プシッチー・ストー・アーク・ディー》』

『――栄光と栄華は去りしもの《ドクサー・カイ・ター・メゲーレーオー・エチャウン・イッディー・ファイゲー》』

それは喩えるならば、紫色の凱旋門。現実のパリにあるものとは異なるが、アーチを描《えが》き地に聳《そび》え立つ様はその喩えが最も適切であった。

『――されど今、この時は《オストーソー・オタン・アフトー・トーラー》』

『――全盛のままに力を振るわん《チエーリステアイト・テイン・アクミー・ティズ・ディナミズ》』

歌が進むと共に、ペルセポネが築いた門の内側に……光の膜《まく》が生じる。

千変万化《せんぺんばんか》に色合いを変える光の膜が、門に張られている。

「……整ったぞ、旦那様」

「ああ……」

憔悴《しょうすい》した様子のペルセポネの肩を、ベネトナシュは両手で支える。

「……一四分三〇秒」

ベネトナシュが呟《つぶや》いたのは、ユーゴー達にタイムリミットを告げてから経過した時間。

あと三〇秒。少なくともベネトナシュから見える範囲《はんい》には、【デ・ウェルミス】の内側を除いて人間の魂はない。

そして、時は至り……ベネトナシュは【グレイテスト・ボトム】の召喚を解除した。

召喚を解除された【グレイテスト・ボトム】が、【デ・ウェルミス】の眼前で光の塵になって消えていく。

『…………?』

【デ・ウェルミス】は寸前まで相対していた強敵の消失を訝《いぶか》しむが、深くは考えなかった。

【デ・ウェルミス】にとって重要なのは、自分の分体を増やすこと。既に効果範囲内《はんいない》には生物がおらず、分体へと置換《ちかん》する生物を捜《さが》さなければならなかったからだ。

だが……。

『……あれは?』

いつの間にか、自らのスキルの射程からさらに倍近く離れた位置に奇妙《きみょう》な紫色の門が建てられていた。【グレイテスト・ボトム】と戦っているときには気づかなかったが、それ以前には確実に無かったものだ。

しかし、その門の内側に張られた光の膜を見たとき、

『────』

その瞬間《しゅんかん》に、【デ・ウェルミス】は何かを恐《おそ》れた。

それは本来持っていない感覚。

まるで深淵《しんえん》を……自らの望む永遠の生とは真逆にある巨大な虚《きょ》を覗《のぞ》き込むような感覚。

あの門を壊《こわ》さなければならないという強い直感と共に、【デ・ウェルミス】は動き出した。

しかし、それはもう遅い。既に準備は整っている。

「《冥導回帰門《ペルセポネ》》────」

聞こえるはずもない距離《きょり》から、【デ・ウェルミス】はその言葉を……ベネトナシュによる必殺スキルの宣言を幻聴《げんちょう》する。

直後に門は発光を強め、この世のものとも思えぬ輝《かがや》きを放つ。

【冥王】ベネトナシュ、【冥導霊后　ペルセポネ】。

彼と彼女の力を知る者は、〝不滅《ふめつ》〟あるいは〝逢魔ヶ時〟と彼らを呼ぶ。

不滅、それは滅《ほろ》びぬもの。肉体が朽《く》ちても消えぬもの。

逢魔ヶ時、それは『ありえないものに出会う時間』。

彼らの必殺スキルが発動したとき、人は在りえぬ者に出逢《であ》う。

肉体の終焉《しゅうえん》と、遥《はる》かなる時間さえも越えて。

輝く凱旋門の内側から――。

「――【琥珀之深淵《アンバー・アビス・スコードロン》】隊!!」

――琥珀色《こはくいろ》の機械竜が飛翔した。

◇◆◇

□■ペルセポネについて

ペルセポネとは、ギリシャ神話における冥界の王ハデスの妻である。

ペルセポネに由来する逸話で最も有名なものは四季の始まりを語ったハデスとの婚姻《こんいん》だが、その次に有名な逸話はオルフェウスという吟遊《ぎんゆう》詩人との逸話である。

亡《な》くした妻を蘇らせるために冥界へと降りたオルフェウスは、言葉に出来ぬほど美しい竪琴《たてごと》の演奏で、数多《あまた》の冥界の住人を魅了《みりょう》し、ついにはハデスとペルセポネの元にまで辿《たど》りついた。

彼の演奏にペルセポネは涙《なみだ》し、ハデスにオルフェウスの望みを叶《かな》えることを願った。

そうして、オルフェウスは「地上に戻るまで決して後ろについて歩く妻を振り返ってはならない。振り返れば妻は冥界に戻らなければならなくなる」という条件を課された上で、妻を連れて冥界を後にする。

この逸話において、結局オルフェウスは地上間際《まぎわ》で振り返ってしまい、彼の妻は冥界へと戻される。

死者が一時だけ蘇り、そして冥界へと帰って物語は終わる。

そのようなモチーフを有するためか、ペルセポネの必殺スキルはその逸話に近いものだ。

TYPE：メイデンwithキャッスル・ルール【冥導霊后　ペルセポネ】。

彼女の必殺スキル、《冥導回帰門《ペルセポネ》》は――一時的な死者蘇生である。

リソースを捧《ささ》げて死者の通り道である門を築き、ペルセポネの内側に眠《ねむ》る死者の魂を全盛期の姿でこの世に呼び戻す。

この世界でも【天竜王《てんりゅう》　ドラグヘイヴン】にしかできないはずの、魂からの蘇生をペルセポネは可能としている。

ペルセポネが呼び戻すのは、全盛期の死者。

装備を含《ふく》め、最も優《すぐ》れていた時代の死者の姿。

それは古代に名を馳《は》せた英雄《えいゆう》かもしれない。

あるいは数人一組のパーティだったかもしれない。

そうでなければ、巨大な怪物であるのかもしれない。

総力の多寡《たか》によって必要なリソースや蘇生時間は変わるが、何者であろうと復活する。


ただし、それは死者を自由に使役《しえき》できる力ではない。

蘇った死者達は縛《しば》られない。各々《おのおの》の心のままに、仮初《かりそめ》の体で自由に動き出す。

ベネトナシュと異なる志で動き、あるいはベネトナシュに牙《きば》を向けることもあるだろう。

ゆえに、ベネトナシュは絆《きずな》を結ぶ。

己《おのれ》と志を同じくする死者でなければ、彼の力にはなってくれないのだから。

今ここで呼び出す死者達も同じだ。

かつて、ベネトナシュは魂となった彼らの願いを叶えた。

彼らはペルセポネの中で眠り、いつか志を同じくする時に協力することを誓《ちか》った。

そして、今このときに呼びかける。

彼も、彼らも、眼前の怪物……【デ・ウェルミス】によって人々が地獄に取り込まれることを望んではいない。

ゆえに彼らは――二、〇、〇、〇年の時を越えて現代の空を駆《か》ける。

◇◆◇

□■商業都市コルタナ

紫の凱旋門は輝き、その内側から一体の巨影《きょえい》が飛翔する。

それは、琥珀色の装甲に覆《おお》われた機械仕《じ》掛《か》けの竜。

竜は兵器であり、内部では四人の人間が竜を動かす。

その名は煌玉竜《こうぎょくりゅう》、【琥珀之深淵《アンバー・アビス》】。

二〇〇〇年前の戦争で〝武装の化身《けしん》〟と交戦し、消滅した先々期文明の超兵器《ちょうへいき》。

それを駆る軍人達と共に、ペルセポネの力で今ここに黄泉返る。

「機長。門よりの出撃《しゅつげき》、無事に完了。周辺環境《かんきょう》をチェックします」

「レーダーを確認すると共に、上空へと飛翔。《深淵砲《しんえんほう》》の発射シークエンスに入る。状況《じょうきょう》は把握しているな？　間違《まちが》っても避難完了《ひなんかんりょう》エリアの外に影響《えいきょう》を出すなよ！」

「分かってますよ！　二〇〇〇年経《た》っても動かし方は忘れてませんから！」

「フッ、少尉《しょうい》。お前は変わらんな」

【琥珀之深淵】のコクピットで、蘇った死者達が言葉を交《か》わす。ペルセポネの中に魂のまま安置されていた彼らは、ペルセポネを通じて既《すで》に状況を把握している。

「機長。少尉も張り切ってるんですよ。私達が死んだ後に彼の妻子が無事だったことと、子孫について調べてくれたベネトナシュ氏に恩を返せるんですから」

「そ、それもありますけど。……また人のために戦えますからね。それが嬉《うれ》しいんです」

「そうだな……」

機長は眼下の街とその中に這《は》う醜悪《しゅうあく》な【デ・ウェルミス】を見下ろしながら、確認するように言葉を述べる。

「我々が【冥王】ベネトナシュと交わした契約《けいやく》は、『人命を脅《おど》かすモンスターと戦う状況、並びに〝化身〟及《およ》び〝異大陸船〟と戦う状況で力を貸す』、だ。この状況はそれに相違《そうい》しないと判断する。異議はあるか？」

機長の問いかけに反対の言を述べる者はいなかった。

彼ら全員の志は、一つだった。

「ならば我々【琥珀之深淵】隊は、これより任務を開始する！」

「了解《りょうかい》！」

そうして、上昇《じょうしょう》を続けた【琥珀之深淵】は空中の一点で停止した。

機械の首を動かし、眼下のコルタナ……市長邸跡地《ていあとち》へとその頭部を向ける。

「煌玉竜一号機【琥珀之深淵】、砲撃《ほうげき》ポイントに固定」

「《深淵砲》、発射用意。攻撃範囲《こうげきはんい》はピンポイントに絞《しぼ》る。エネルギー充填は二〇％」

「了解！《深淵砲》、発射体勢に入ります!!」

煌玉竜【琥珀之深淵】は、地上に向けて口腔《こうこう》を開く。

その口中の砲門《ほうもん》に、莫大《ばくだい》なエネルギーが注がれ始める。

威力《いりょく》を絞っていたがゆえに、その時は間もなく訪《おとず》れた。

「エネルギー充填……二〇％、チャージ完了！」

「《深淵砲》……発射！」

口腔に納められた圧縮魔導式重粒子加速砲《じゅうりゅうしかそくほう》が、二〇〇〇年振りに発射される。

◇◆

【デ・ウェルミス】には築かれた門が何であるか、そこから現れた琥珀色の竜が何であるか、欠片《かけら》も理解できなかった。

けれど漠然《ばくぜん》とした恐怖《きょうふ》はあり、必死に逃げようと地上を這った。

しかしその逃走《とうそう》は数十メテルと動かないうちに、終わりを告げる。


熱を感じて頭上を仰《あお》げば、——そこに在ったのは巨大な火球。

【琥珀之深淵】の口腔から放たれた火球は、大熱量で空間を歪《ゆが》ませながら……【デ・ウェルミス】を巻き込んで地上へと着弾《ちゃくだん》した。


『————⁉』


大気がプラズマ化し、地面が蒸発するほどの熱量に【デ・ウェルミス】は声なき悲鳴を上げる。全身の蛆が口から悲鳴を上げるが、伝播《でんぱ》する大気が既に存在せず、音はどこにも伝わらない。

《賦活転生《ふかつ》》を有するはずの【デ・ウェルミス】であるが、置換を繰《く》り返しても体積の回復が追いつかない。

体中の蛆が、炭化を通り越して跡形もなく蒸発していく。

体積を急速に減らしながら、それでもギリギリで持ち堪《こた》えんとする【デ・ウェルミス】。

【デ・ウェルミス】自身にも負担の掛《か》かる《賦活転生》の限界使用。市長が足を切断された際に使用した細胞《さいぼう》一つの蛆一匹《ぴき》への転生……質量保存則無視の限界連続転生で凌《しの》ぐ。

スキルを行使する全身に反動で痛苦が走るが、それに構う暇はない。むしろ、全身を焼き熔《と》かす大熱量にスキル反動の痛みなどあってないようなもの。

（総体の……損耗《そんもう》と、回復を……計算、……れならば……耐《た》えられ……）

体をすり減らしながら、それでも【デ・ウェルミス】は生存を諦めてはいない。

しかし次の瞬間――《深淵砲》はその真の威力を発揮する。

火球内部で圧縮された魔力核《まりょくかく》が熱量の爆裂《ばくれつ》と共に解放。

解放された魔力《まりょく》の半分を用いて重力魔《ま》法《ほう》が遠隔《えんかく》起動。

残る魔力は更《さら》なる熱量となり、新たに生じた超重力《ちょうじゅうりょく》と共に地中に沈降《ちんこう》する。

形成されるのは、熱量を逃がさない縦穴と獲物《えもの》を逃がさぬ重力力場。

捉《とら》えた対象を逃《のが》さず完全に焼却《しょうきゃく》する。

それこそが先々期文明の誇《ほこ》る最強兵器が一つ、《深淵砲》の本領である。

『――――!?』

そして始まる深淵へのメルトダウン。

【デ・ウェルミス】は縦穴の内部で灼《や》き溶《と》かされながら、地中深くへと沈《しず》み続ける。

火球が直撃《ちょくげき》しなかった蛆さえも、地中に数百メテル沈降した時点で、【デ・ウェルミス】へと戻ってきてしまう。

そして熱量は更に高まり、それは限界以上の転生を行使していた【デ・ウェルミス】の回復速度すらも容易に上回っていた。

体を形成する蛆の悉《ことごと》くを灼き熔かされながら、【デ・ウェルミス】は自分が消えていく恐怖を味わう。

（わ、私……ダグラス……私達、エイエン、永遠の生命を……セイメイイヲオォオオ!?）

やがて、火球は仕込まれた最後の魔法を起動し――最大火力で爆裂する。

数秒後、縦穴から地上から火柱が立ち上り……【デ・ウェルミス】の最後の一匹もその中で消滅する。

炎《ほのお》の墓標の下、【デ・ウェルミス】の永遠の生は跡形もなく燃《も》え尽きた。

プロローグ Another Starting Point.

□■二〇四四年三月　ベネトナシュ

私の目の前には少女の死体が横たわっていた。

違《ちが》いは、どこか穏《おだ》やかな顔になっていることだけ。


少女は生き返った。死んだことを覚えていないようで、死ぬ寸前のリフレインのように私へと手を伸《の》ばしていた。

そんな彼女に、私は……今度こそお菓子《かし》をあげた。

彼女は、美味《おい》しそうにお菓子を食べた。

ペルセポネは「最後に未練だったことをしているのだろう」と言っていた。

彼女は、泣きながらお菓子を頬張《ほおば》って……三分の後に死体に戻った。

「………」

私は自分がしたことが正しいか分からなかった。彼女の遺《のこ》した未練を、彼女に残した私の未練と恐怖を拭《ぬぐ》うためだけに彼女を生き返らせて……再び死なせた。

最期《さいご》の言葉は、「こんなにおいしいものがたべられて、うまれてきてよかった」だった。

まるで、今お菓子をたべるために生まれてきたかのような言葉を。

これ以上に嬉しいことが、一度もなかったのだという証言を。

彼女は遺して、また死んだのだ。

「そんな人生が、あっていいわけないだろう……！」

涙に濡《ぬ》れる少女の嬉しそうな顔。

けれど……それが本当に救いだったのだろうか。

「……どちらだとしても」

どちらだとしても、私は今日の出来事を忘れない。

そしてきっと……二度と〈Infinite Dendrogram〉にはログインしないだろう。

「………あ」

ログアウト処理しようとする私に、ペルセポネが何かを言いかけた。

彼女を振り返るが、彼女は所在なげに手を伸ばしかけたまま、それ以上は何も言わない。

その心中は分からない。

私は、彼女のことをほとんど知らない。私の〈エンブリオ〉であることと、三分だけ少女を生き返らせてくれたことしか分からない。

ただ、彼女のお陰《かげ》で……一つの未練は果たせたのかもしれない。

それは……感謝すべきなのだろう。

私はそう思いながらもログアウトしようとして、

「……？」

ふと……聞き知っていた情報を思いだす。

〈エンブリオ〉とは、進化するモノだと。

今のペルセポネは……生まれたばかりの彼女は三分間しか蘇生できない。

けれど、もしも……。

「マイマスター？」

「……ペルセポネ、一つ……聞きたいのだけれど」

私はペルセポネの漆黒《しっこく》の瞳《ひとみ》を見ながら、問う。

「君が進化すれば、蘇生の制限は消えるのか？」

「…………！」

〈エンブリオ〉は、進化する。

ならばペルセポネが進化していけば……彼女の制限もなくなるのではないかと。

「……可能性は……ある」

「そうか……」

その言葉を聞いたとき、私の顔を見ていたペルセポネがなぜか表情を歪めた。

私はどんな顔をしたのだろう。

笑っているのか、泣いているのか、聞いたことを悔《く》やんでいたのか。

だが、どれでも、同じだ。

可能性は……示されたのだから。

「きっと、この世界には……あんな風に死んでいく子供が沢山《たくさん》いる……」

私の口は自然に、〈Infinite Dendrogram〉を世界と呼んでいた。

「この街だけでも、あの子と同じ末路になった子供は過去にも、きっと未来にも大勢いる
……。不幸なまま、救われるということすら知らないまま……死んでしまった子供達が。

お菓子を食べるささやかな幸福すら知らないままに生きて……死ぬだけの子供が……」

それは私の知らなかった世界だ。

こんなにも、不幸な世界があると私は知らなかった。

この世界の不条理さに、私は納得《なっとく》できなかった。

「けれど、あの子は……嬉しそうだった。きっと最後に救われた……私はそう思いたい」

「うむ。だから、其方《そなた》は胸を張って元の世界に……」


「――不幸な子供の中で、あの子だけは」

――今は、あの子だけが救われた。

――それでは、足りない。

――覆《くつがえ》したいと、思った。


「……其方、何が言いたい？」

「今は三分間だけだ」

怯《おび》えるような表情のペルセポネの肩を掴《つか》んで、私は……私達の可能性を話す。

「けれど、君が進化して強くなれば、その力の先に届けば……あんな風に死んでしまった子供達を全《すべ》て救って、時間制限のない第二の生を与《あた》えることもできるかもしれない」

「其方……！」

全ての不幸な死を迎えた子供を救う。現実的に考えて、そんなことは不可能だ。

けれど、不可能であるはずのことを、彼女は既に一度行っていた。

あるいは全ての子供達《たち》を、救えたのなら……この心に刻まれた、頭を砕《くだ》きたくなるような感覚も、消えてくれるのだろうか……？

いや、――消えてくれるはずだ。

「そんなものは、人の手には遠すぎる奇跡でしかない……！　あまりにも、途方《とほう》もない……！　妾《わらわ》が、〈超級《ちょうきゅう》エンブリオ〉に……その先に到達《とうたつ》しても叶うかも分からない！」

「分からないなら……叶うかもしれない」

「目指すこと自体が、其方には苦難でしかない！　こちらを捨てて、あちらに戻《もど》るべきだ！」

「それは、できない……」

もう知ってしまったから。

決して許容できない不幸が、世界があると知ってしまったから。

私自身が納得できるまで、死した子供の魂《たましい》を救う。

そうでなければ……私の心の傷が癒《い》えることはない。

だから、私は……この道を選ぶ。

「強くなろう。私が強く、君も強く。それを繰り返して、いずれは辿りつく。この世界は、そういうもの……なんだろう……？」

「………」

ペルセポネは、何かを悩《なや》んでいるようだった。

けれど、少しの間……瞑目《めいもく》して……。

「……わかった」

彼女は、頷いた。

そのことが、嬉しかった。これで……諦《あきら》めずに済む。

「……続けよう。いつか、私達の願いを叶えるために……」

「……ああ。いつか、其方と妾の願いが叶うように祈《いの》りながら」

そうして、私達は誓い合う。

「不幸な死を迎えた子供達を全て生き返らせて……幸せな人生を送らせるために」

これ以上ない願いを、ベネトナシュ《私》とペルセポネ《彼女》で……叶えるために。

この瞬間が、私達のスタート地点だ。

エピローグ　二つの世界、二つの自分

□商業都市コルタナ

【〈UBM〉【妖蛆転生《ようしゅてんせい》　デ・ウェルミス】が討伐《とうばつ》されました】

【MVPを選出します】

【【ベネトナシュ】がMVPに選出されました】

【【ベネトナシュ】にMVP特典【健生蛆靴《けんしょうしゅか》　デ・ウェルミス】を贈与《ぞうよ》します】


アナウンスと共に、白いブーツがベネトナシュの眼前にドロップした。

そのブーツに目を留《と》めることもなく、ベネトナシュは【デ・ウェルミス】が消えた灼熱《しゃくねつ》の穴を遠目で見ている。

その熱は空気を伝ってベネトナシュにまで届くが、地中での燃焼《ねんしょう》による地上への影響は小さなものだ。《深淵砲》はピンポイントで火力を圧縮できる兵器であり、指定した半径六〇〇メテルの外側では人命を損《そこ》なうような被害《ひがい》は出ていない。

それでも……六〇〇メテル圏内《けんない》ではいくつもの建物が倒壊《とうかい》し、灼熱の穴の傍《そば》にあった建築物は炎上《えんじょう》している。

灼熱の穴を中心としたその光景は、一つの破滅《はめつ》そのものだ。

かつて一度、この世界のどこかで作り出された破滅のカタチ。

《冥導回帰門《ペルセポネ》》は、この地で生きたあらゆるティアンや怪物《かいぶつ》を全盛期の姿で蘇《よみがえ》らせることができる。それは即《すなわ》ち、〈マスター〉の手によらないあらゆる破滅をこの世に蘇らせることができるということ。

ゆえに畏《おそ》れられもするが……彼《かれ》自身はどう思われようが気にはしない。

彼には自身の願いとそのために辿る道しか、見えてはいないのだから。

「ふむ。特典武具の装備スキルはオリジナルのマイナーチェンジだな」

ベネトナシュの代わりにペルセポネがブーツを拾い、その性能を確かめる。

「装着者が傷を負ったときに蛆《うじ》に変え、それは一定時間の後に元の皮膚《ひふ》や肉、臓器となるようだ。あとは装備補正でＳＰ消費低減や自動回復も付いているな。悪くはないが……」

「………………」

「旦那様《だんなさま》の趣味《しゅみ》ではないし、必殺スキルのコストと考えておこう」

必殺スキルで作られた紫《むらさき》の門は、既にその形を光の塵へと崩《くず》し始めている。

【琥珀之深淵《アンバー・アビス》】隊も既に魂となってペルセポネの内側に帰り、休息の時を迎《むか》えている。

「それでこれからどうする？　ユーゴーらと合流するか？」

「……いいや、少しログアウトするよ。一時間ほどで戻ってくるから、そうしたら姿を隠《かく》してメルカバに移動する。ヴィナとトリムを待たせているからね」

「ああ。『この街は見せたくない』と言って置いてきたからな」

彼が口にした名は、かつて彼が助けた子供達の名前だ。

もっとも、助けたとは言い切れないかもしれない。ベネトナシュは二人が命を落とした悲劇の後……意思持つアンデッドとして蘇らせただけなのだから。

可能性を拾い直す行為《こうい》、とも言えるだろう。

しかし今の彼では、余程《よほど》に条件が整ってもそこまでしかできない。

だからこそ、……その先を望むのだ。

「うん。早く迎えに行ってあげないと」

「しかし、情報を受け取るという約定はどうする？」

「……〈セフィロト《あちら》〉がその気ならどこからでも私に連絡《れんらく》はつけられるだろうから、連絡《れんらく》先《さき》を交換《こうかん》する必要はないよ」

「それもそうだな」

それからベネトナシュはメニューを操作して、ログアウトした。

◇

「…………」

リアルに戻ったベネトナシュ……のプレイヤーの目に入ったのは、電気のついていない自室の天井《てんじょう》だ。

外は雨が降っているせいか暗く、カーテンを閉め切った部屋は昼夜すらも定かではない。

それから彼は――細い枯《か》れ木《き》のような手で――枕元《まくらもと》の携帯端末《けいたいたんまつ》を手に取る。

それには実家に住む母からの着信と留守番電話の記録があり、その内容を聞いた後はメールで『大丈夫《だいじょうぶ》だよ。心配要《い》らない』と打ち慣れた文章を打ち込む。

次いで『春季休みには実家に帰れなくてごめん』とも付け足して、送信する。

実際には春季休みなど有ってないようなもの。

この一年……彼は入学した大学にほとんど通っていなかったのだから。

そうしてメールを送ってから彼は起き上がるが、彼の足は傍から見れば彼の体を支えられるか不安になるほど細い。

彼は排泄《はいせつ》と軽いシャワーを済ませた後、冷蔵庫からチューブ入りの栄養食とミネラルウォーターを取り出し、それらを作業的に腹に収める。

それからベッドへと戻り、〈Infinite Dendrogram〉のハードを装着してログインした。

そして彼は、【冥王《キング・オブ・タルタロス》】ベネトナシュとして再び〈Infinite Dendrogram〉の世界に舞《ま》い戻る。

リアルを……本来の自分を置き去りにしたまま。

◆◆◆

■商業都市コルタナ南西・大流砂《だいりゅうさ》

商業都市コルタナから少し離《はな》れた場所には、一〇〇年以上前から巨大な流砂がある。

直径三〇〇メテルの、内部に落ちたものを永遠に逃《に》がさない巨大流砂《きょだいりゅうさ》。

まるで蟻地獄《ありじごく》のようなそれは、実際に蟻地獄であった。

昆虫《こんちゅう》のアリジゴクにも似た純竜《じゅんりゅう》級モンスター、流砂を作るスキルを有する【サンドホール・ワーム】の群生地である。

環境担当管理AIが設定したセーブポイントの副次効果により、【サンドホール・ワーム】を含めた野生のモンスターは本能的にコルタナには一定以上近づけない。

それゆえセーブポイントのモンスター除《よ》け有効範囲の外縁《がいえん》、街に近い場所にたむろして出来たのがこの巨大流砂だ。

熟練の〈マスター〉であっても、この砂漠《さばく》に住まう【ドラグワーム】であっても、巨大流砂に引きずり込まれれば生還《せいかん》と勝利は困難となるだろう。

カルディナのスタート地点に程近《ほどちか》い場所にあるこの巨大流砂は、王国の王都近郊《きんこう》にある〈旧レーヴ果樹園〉と同種の初心者殺しで、それよりも遥かに危険なものだ。

しかし、その巨大流砂は今……。

『GYUBAAAAA…………!?』

流砂の彼方此方《あちこち》から聞こえる【サンドホール・ワーム】の断末魔《だんまつま》の叫《さけ》びと共に、消え去ろうとしていた。

時折、流砂の中からアリジゴクに似た【サンドホール・ワーム】が顔を出すが、その甲殻《こうかく》を内側にベコベコと凹《へこ》ませ……まるで干涸《ひか》びるように小さくなって砂の中に沈んでいく。

そんな光景が数時間と続いた後、断末魔の声は聞こえなくなった。

同時に【サンドホール・ワーム】がスキルで形成していた巨大流砂も、その流れを止め、ただの砂漠へと変わる。

そうして、ただの窪《くぼ》みとなった砂の中から小さな少女の手が突《つ》き出された。

その手は斧《おの》を握《にぎ》っており、斧はスキルによる浮力《ふりょく》で少女の全身を引き上げる。

砂中から現れたのは……エミリーだった。

衣服は砂で汚《よご》れているものの、その姿は五体満足。

体に傷はなく、【凍結《とうけつ》】もしていない。

エミリーは《地獄門《La Porte de l'enfer》》で【凍結】し、AR・I・CAによって流砂の中心へと投棄《とうき》された。

しかしその後、巨大流砂の中で【サンドホール・ワーム】によって砕かれ、《適者生存》による蘇生《そせい》が行われた。

自分に食《く》らいついてくる【サンドホール・ワーム】を、一匹ずつ殺してリソースを吸い取っていたため、脱出《だっしゅつ》には時間が掛かった。

しかし結局は、不死身の〈超級《スペリオル》〉であるエミリーは無事に死地からの生還を果たしたのである。

「………」

だが、流砂の中から蘇ったエミリーの表情は……ひどく不機嫌そうなものだった。

自動殺戮《エミリネイト》モードのエミリーに表情はない……はずだった。

しかしまるで、流砂の中に棄《す》てられたことにひどく腹を立てたように、……その目は強い敵意を宿している。

「――アウト」

エミリーは不機嫌な顔のまま、一言……「マイナス」ではない言葉を述べた。

そうして彼女《かのじょ》は両手に斧……ヨナルデパズトリを握ったまま立ち続け、

「………」

不意に、空を見上げた。

空は既に夕暮れを終え、夜になっている。

まるでそのことを確認《かくにん》したかったかのように、エミリーは視線を自分の正面へと戻す。

その視線の彼方《かなた》には、コルタナの市街が見えていた。

彼女はおもむろに、両手に持ったヨナルデパズトリを……交差させる。

それは、〈IF〉のメンバーですら把握《はあく》していないスキルの予備動作。

戦闘《せんとう》を行う自動殺戮モードのエミリーは会話不能。

そして普段《ふだん》のエミリーは自分の能力について誰《だれ》かと話すことはなく、そもそも認識《にんしき》しているかすらも怪《あや》しい。

仲間である〈IF〉ですら誰もエミリーの実力の底を知らない。同じクランのメンバーであっても、切り札は隠しているのだから当然といえば当然だ（ただし、自分の必殺スキルを雄弁《ゆうべん》に自慢《じまん》したガーベラは除く）。

それゆえ〈IF〉のメンバーをして、エミリーが不死身の理由は『常時発動型の必殺スキルである』と認識している。

しかしそれは、《適者生存》という通常のパッシブスキルによるもの。

必殺スキルは……別に存在する。

「《収穫セシハ《ヨナル》——》」

そして今、エミリーはそれを使おうとしていた。

発動すれば都市国家程度は容易《たやす》く全滅《ぜんめつ》させられる力——広域殲滅《せんめつ》型必殺スキルを。

「──夜天《デパズ》ノ──」

未曾有《みぞう》の被害を引き起こす災禍《さいか》の一撃《いちげき》は、今まさにコルタナの市街地に向けて放たれようとして、

「──摂《ト》」

「エミリー！　無事か！」

後方からかけられた……エミリーを心配する張《チャン》の声によって遮《さえぎ》られた。

「…………」

声が聞こえた途端《とたん》、エミリーは斧を持つ両手をだらりと下げた。

その動作のすぐ後に、二本の斧は彼女の左手の紋章《もんしょう》へと戻っていく。

そして、エミリーは背後へと振《ふ》り返り、

「ちゃんおじしゃん？　どうちたの？」

駆け寄ってきた張に舌足らずな声で尋《たず》ね……元のエミリーとしての顔を向けた。

「遅《おく》れてすまない。エミリーを抱《かか》えた〝蒼穹歌姫《そうきゅううたひめ》〟を見失ってな。コルタナの周囲を探し回っていた」

「……？　しょうなんだ？」

エミリーは理解していないように首を傾《かし》げてそう言った。

それからふらふらと頭を揺《ゆ》らし、ポスンと音を立てて張にもたれかかる。

「エミリー?」

「……なんだかちゅかれた。えみぃぃー、おねむなの……」

そう言って、スヤスヤと寝息《ねいき》を立て始めた。

張は少し戸惑《とまど》ったものの、エミリーを抱《だ》きかかえて窪地《くぼち》を後にした。

それから張はラスカルから預かっている小型の砂上船を【ガレージ】から取り出し、AR・I・CAらに見つからないように急いでコルタナを離れた。

エミリーもコルタナからある程度離《はな》れたところで……その日はログアウトした。

◆

エミリーは、目を覚ます。

ログアウトした彼女は、ベッドから降りて裸足《はだし》でペタペタと自分の部屋を歩き回る。

リアルのエミリーは患者衣を身に着けている以外は特に変わった見た目でもない。

ただ、アバターよりも一つか二つ……年齢《ねんれい》が上に見える。

不意に、彼女の部屋の自動ドアが開く音と共に白衣を着た看護師が入室してくる。

「エミリーちゃん、具合はどう?」

「んー、げんき!」

「そう。じゃあもう少ししたらお夕飯を持ってくるからね」

「はーい」

そうして看護師を見送りながら、エミリーは自分の部屋……真っ白な病室を見回す。

それから室内の椅子《いす》を窓の下に運んで、それに乗って外の景色を眺《なが》める。

雲一つない空には綺麗《きれい》な模様を見せる月が見える。

近くにある森は夜の帳《とばり》が落ち、フクロウの鳴き声が彼女の耳に届く。

彼女はそんな夜の情景を、独り眺めていた。


——格子《こうし》の嵌《はま》った、窓越《まどご》しに。


景色に満足したのか、しなかったのか。エミリーは椅子から降りて、ベッドに戻る。

ベッドの上にちょこんと座《すわ》って、彼女にとって慣れ親しんだ精神病院の夕食を待った。

「きょうもたのしかったなー」

今日の思い出……張とコルタナを歩き、カフェでアイスを食べたことやバザールを見て回ったことだけを思い出して、エミリーはそう呟《つぶや》いた。

今日の中で欠けた時間に、意識を向けることはない。

ただ楽しかったことだけが、彼女の中には残っている。

「あしたは、なにをしようかな？」

そうして無邪気《むじゃき》な子供のように、エミリーはまだ見ぬ明日に思いを馳《は》せた。

◇◇◇

□【装甲操縦士《アーマー・ドライバー》】ユーゴー・レセップス

【冥王】ベネトナシュが呼び出した琥珀色《こはくいろ》の竜は、事件の終わりを告げるものだった。

〈UBM〉は竜の炎によって滅《ほろ》び、商業都市コルタナを騒《さわ》がせた一連の出来事は終結。

今はそれから一夜経《た》って、街も落ち着きを取り戻し始めていた。

あの後、師匠《ししょう》の連絡でカルディナの首都から応援《おうえん》の人員が到着《とうちゃく》し、街での事態の収拾《しゅうしゅう》に当たっていた。

この混乱において発生した負傷者や住宅を失った人々への対応。

市長の死亡に伴《ともな》ってコルタナの政治を一時的に議会直下の組織で行うことの決定。

市長及《およ》び彼に関係していた人物の余罪追及《ついきゅう》など、様々な対応が並行して行われていた。

今回の騒動《そうどう》の波紋《はもん》は大きかったけれど、それでもまだ水際《みずぎわ》で食い止められた形であるらしい。

もしもあのまま【デ・ウェルミス】が拡大を続ければ、このコルタナが壊滅《かいめつ》していたかもしれないからだ。

それに、あの琥珀色の竜が作った灼熱の穴が、もしもこの街の中央にあるオアシスと繋《つな》がっていたら……最悪の場合は水蒸気爆発《ばくはつ》で街が消し飛んでいたとも聞いた。

六〇〇メテルの指定を踏《ふ》まえてベネトナシュはきっと計算の上でやったのだろうけれど、作業に当たった〈マスター〉やティアンが必死に灼熱の穴を冷却《れいきゃく》していたのは印象的だった。

私も手伝えればよかったけれど、生憎《あいにく》と地形に対しては《地獄門》も働いてくれないのでお任せするしかなかった。

「………ベネトナシュ、か」

結局あの後、ベネトナシュやペルセポネ、……それにエミリーと再び会うことはなかった。

気づかれないうちに、このコルタナを離れたのかもしれない。師匠に投棄されたエミリーも、不確かだけれど〝監獄《かんごく》〟には入っていないという予感があった。

彼女達《かのじょたち》とは、いずれどこかで再会することになるのかもしれない。

そうして〈超級〉達が去ったこのコルタナで、唯一《ゆいいつ》残った〈超級〉である師匠は忙《せわ》しなく動き回っているようだった。

あれでもカルディナでは議長直下で強い権限を持つ〈セフィロト〉であり、やることも多いそうだ。

師匠はああ見えて仕事はキチンとする人だから、今も頑張《がんば》っているのだろう。……普段の私生活はともかくそういうところは素直《すなお》に尊敬できる。

「なんか、『あれでも』とか『ああ見えて』とか『私生活はともかく』とか、おおいね」

「……師匠だからね」

そして私とキューコはと言えば、元々他国の人間であるのでこうした事態に手伝えることは多くなかった。精々で【ホワイト・ローズ】で瓦礫《がれき》の撤去《てっきょ》等を手伝うくらいのもの。

けれど、それも〈マスター〉が集まったので既《すで》に終わっている。

そうして今は、昨日のようにカフェで師匠を待っている。

「…………」

今回の件について、思うところはある。

前回のヘルマイネでは、ほとんど犠牲《ぎせい》が出ることなく珠《たま》を回収できた。

けれどこのコルタナでは、多くの犠牲が出てしまっている。

それは珠に関係してこの街を訪《おとず》れたと思われるエミリーによる犠牲。

調査の結果判明した……珠の力を使うためにこのコルタナの市長が殺した人々の犠牲。

そして、解放された【デ・ウェルミス】による犠牲。

今回の一件は一つの街が滅びかねないほどの事態だった。

……それでも、まだ珠に関する騒動は終わりじゃない。

師匠が集めた二つの珠。

今回の事件で壊《こわ》れた一つの珠。

それ以外にも四つ、黄河の宝物庫からは珠が奪《うば》われている。

全てがカルディナにあるかは分からないけれど……師匠は恐《おそ》ろしいことを言っていた。

『追加調査で分かったんだけどさ。流出した七つの珠に――神話級よりヤバイ奴《やつ》がいるらしいよ』、と。

神話級を超越《ちょうえつ》した〈UBM〉。

それは即ち、〈SUBM〉に匹敵《ひってき》する怪物が人手に渡《わた》り、いつ解けるとも知れない封印《ふういん》の中で眠《ねむ》っているということだ。古代伝説級の【デ・ウェルミス】で今回のような事態が引き起こされた以上、どうなってしまうかは考えたくもない。

けれど、それを防ぐことを迷ってはいられない。

巻き込まれた珠探しだけど、今回のような出来事を防ぐためなら……ついていくさ。

放置するなんて……寝覚《ねざ》めが悪いからね。

「ユーちゃん、キューちゃん、お待たせー」

そんなことを考えているうちに、師匠が店内へと入ってきた。

「師匠、お疲《つか》れさまで………師匠」

私は多忙《たぼう》な仕事を済ませてきたはずの師匠を労《ねぎら》いかけて……彼女の首元に注目した。

「なーにー?」

「キスマーク、増えてますよ」

「あ」

私はそう言うと、師匠は首元を手で押《お》さえた。

師匠、逆側です。というか逆側にもあります。

「……師匠？」

「あははー。ほら。昨日、アタシの刺客《しかく》として送られたメイドさんのこと話したじゃない」

「そうですね」

朝までおしゃべり《ピロートーク》したとかほざいてましたね。

「あの子ねー、結局あの後もアタシの宿で寝《ね》てたみたいで。例の市長邸《てい》がなくなったときも現場にいなくて無事だったのよ」

「それはまたなんとも……不幸中の幸いですね」

「いやいや、きっと彼女にとっては幸運中の幸いだね。昨日も幸せそうな顔で寝てたし」

「師匠？」

「……うん。それでね、彼女とは事件の後にまた再会したんだけど結構動揺《どうよう》しててさ。そりゃ自分の職場が吹《ふ》っ飛んで、上司も同僚《どうりょう》も全員亡《な》くなったらパニックにもなるよね」

「それで？」

「一晩かけて慰《なぐさ》めてました」

……「師匠は今頃頑張《いまごろがんば》ってるんだろうな」と思って抱いた私の尊敬の念を返して下さい。

「しねばいいのに」

「キューちゃんの発言がなんだかデジャヴ！」

師匠のせいで私が直前まで思《おも》い悩んでいたことまで吹き飛びそうになる。

……この人は私の葛藤《かっとう》を台無しにする天才なのだろうか。

ともあれ、それはそれとして師匠には尋ねなければならないことがある。

昨日から気になっていたことだ。

「師匠」

「なにー？」

「昨日、【デ・ウェルミス】に雷光《らいこう》を纏《まと》った砲弾《ほうだん》を撃《う》ってましたけど、……あれって前回回収したって言う〈ＵＢＭ〉の珠の力じゃありませんか？」

「ギクッ⁉」

……今、口で「ギクッ」って言ったな。

「師匠、あの珠は輸送役に引き渡したって言ってませんでした？」

「あー、うん。ユーちゃんにはそう言ってたんだけどねー……」

「……師匠？」

師匠はゴソゴソと着ているフライトジャケットの内ポケットを探《さぐ》り、……珠を取り出してテーブルに置く。

「実はずっと私が持ってたんだよね……たはは」

「……それならそうと言っておいてください」

「でしをだますとか、さいてー」

「ぐぅ⁉　……あ、アタシが考えたわけじゃないから！　全部グラマスの爺様《じいさま》が考えたことだから！」

グラマスの爺様？

「話すと長いんだけどねー」

そう言って、師匠は何があったかを話し始めた。

◇

ヘルマイネで珠を回収した後、師匠は通信機で首都と連絡を取ったらしい。

「ってわけでとりあえず一つ目の珠をゲットしたんだけど、輸送役回してくれない？」

『不可能だ』

しかし、輸送役の派遣《はけん》は断られたのである。

理由はいくつかあるらしい。

まず、珠はアイテムボックスに入れられないということ。〈マスター〉のログアウトの際は置き去りになるため、運搬役《うんぱんやく》に適さない。

そもそも〈マスター〉が運べたとしても、その〈マスター〉が欲に駆《か》られて特典武具欲《ほ》しさに持ち逃げしないとも限らない。

信用が置ける〈マスター〉は〈セフィロト〉のメンバーくらいのものだけど、運搬《うんぱん》に適して手が空いているのは他《ほか》ならぬ師匠自身だ。

かと言って、ティアンが運ぶにしても元々カルディナには有力なティアンは少ない。

準〈超級〉以上の〈マスター〉に対抗《たいこう》できるティアンなどほとんど存在せず、珠の運搬が知られれば襲撃《しゅうげき》を受けて奪われる公算が大きい。

消去法によって残った最も有力で確実な運び屋は、やはり師匠だった。

しかし、師匠も二四時間フルでログインできるわけではない。

師匠がログアウトしているタイミングを狙《ねら》って珠を奪取《だっしゅ》することは、誰にでも可能だ。

珠を持ち続けていると知られていれば、必ずどこかで狙われる。

だからまず、『珠を持っていない』と唯一の同行者である私から先に騙《だま》す必要があった。

私やキューコが《真偽判定《しんぎ》》を持っていないことは師匠も確認済み。

そんな私達にだけ『珠は輸送役に渡した』と伝えることに意味がある。

今後、師匠のログアウト中に私が襲撃を受けた際、相手から珠の行方《ゆくえ》について聞き出される可能性もある。

その際に『珠は輸送役に渡した』という情報を私が真実だと考えていれば、相手に《真偽判定》を持つ者がいた場合にもそれを真実だと思い込む。

『【撃墜王《エース》】が珠を持っているのか？』と相手に尋ねられた場合も同様だ。

私から情報を引き出した相手は……架空《かくう》の輸送役を捜《さが》すことになる。

《真偽判定》という便利なスキルを逆手に取ったこのトラップは、師匠が言うグラマスの爺様――【戯王《キング・オブ・トイズ》】グランドマスターが即座《そくざ》に考え付き、師匠に実行させていたのだという。

ちなみに師匠がログアウト中に珠をどう保存していたかと言えば、砂漠の移動中は簡易な発信機をつけてログアウト地点の砂漠の砂に、街にいるときも同様に土に埋《う》めていただけらしい。下手に罠《わな》など仕《し》掛《か》けようものなら、《罠感知》のスキルで発見されることもありえるから、というのがその理由。

いずれにしろ私は師匠の言葉を信じていたので、この輸送に関しては良いデコイだったのだろう。

「……けれど今、こうして私達も知ってしまいましたけど」

「ああ、うん。でももう問題ないよ」

◇

「と言うと？」

私が尋ねると、師匠は卓上《たくじょう》にウィンドウのマップを見せた。

それを拡大表示して私に見せ、その一点を指差す。

「ドラグノマドは今、このコルタナに近い場所まで来てるからね。【ブルー・オペラ】なら今日中にも到着して、議長に今持ってる二つの珠を渡せるんだよね」

なるほど。輸送自体がもうすぐ終わるから情報を解禁してもいいのか。

「そんな訳でアタシはこれからひとっ飛び行って来るから。色々とあっちでやることもあるだろうし、ユーちゃんはしばらくコルタナで待っててね」

「そうですね。私も学校があるので、丁度《ちょうど》いいと言えば丁度いいです」

こちらの時間で六時間程度は余裕《よゆう》があるけれど、やることがないならもうログアウトしても変わらない。

「あ、それもそうだね。いやー、アタシが無職だからついつい忘れそうになるよ」

……コメントに困る。

「ところで師匠」

「なーにー？」

「もう隠し事《ごと》はありませんよね？」

ヘルマイネでの最初の珠騒動《たまそうどう》に、今回の秘密裏《ひみつり》の輸送。師匠と出会ってからずっと隠し事をされている気がする。

だから、『他にも何か不都合なことを隠しているのでは？』と、師匠の目をジッと見ながら問いかけた。

そんな私に対して師匠は、

「あるよ」

……あっさりとそんなことを言ってのけた。

「あるんですね……」

「うん。でもそれは珠とは関係ないから。ホントホント」

「……じゃあ何と関係あるんですか？」

私が呆《あき》れ半分に重ねて尋ねると、

「アタシとユーちゃんと……フーちゃんに、かな」

予想外に……姉の名を含《ふく》めた答えが返ってきた。

「それって」

「あ、ダメダメ。今は教えないよ。……そうだなー」

師匠は腕《うで》を組みながら少し考えているポーズをとって……。

「ユーちゃんが超級職《スペリオル・ジョブ》に就《つ》くか、キューちゃんが〈超級エンブリオ〉になるか。そのどっちかを果たしたら教えてあげる」

「…………何ですかその条件」

前者は各ジョブ先着一名の狭《せま》き門。

後者は今現在でも一〇〇人に届かない更《さら》に狭き門だ。

「条件としてはあまりにも重すぎますよ」

「そうかな？　アタシはユーちゃんとキューちゃんならいずれ届くと思うけどね♪」

師匠は面白《おもしろ》そうに笑って、

「だから頑張ってね。――待ってるからさ」

色の違《ちが》う両目の――真剣《しんけん》な眼差《まなざ》しでそう告げた。

◇

それから、師匠と別れてわたしはログアウトした。

装着していたハードを外すと、外からは夜明けを告げる小鳥の声が聞こえる。

時間を見ると、今は朝の五時過ぎ。

寮《りょう》の朝食までは二時間、始業までは三時間の余裕がある。

少し眠いから一時間ほど仮眠《かみん》してもいいのだけれど、中途半端《ちゅうとはんぱ》に眠るよりシャワーでも浴びて目を覚ました方がいいかもしれない。

衣服を脱《ぬ》いで、部屋に備え付けられた浴室へと向かう。

壁《かべ》に設置されたパネルを操作して、シャワーからお湯を出し、頭から浴びる。

ロレーヌ女学院《うちのがっこう》の寮が個室で良かった。ルームメイトがいたらシャワーの音で起こしてしまうから。

「うん、さっぱりした」

シャワーを浴び終えたわたしは、髪《かみ》と体を乾《かわ》かしてから学校の制服に着替《きが》えた。

そうしている間に朝食まであと一時間を切っていたので、簡単に今日の授業で使うテキストの確認をする。

それでも時間が余ったので、最近チェックしていなかった動画サイトなどを見ると、『【魔将軍《ヘル・ジェネラル》】ローガン・ゴッドハルト惨敗《ざんぱい》！』という動画が、ゲームカテゴリーのランキングに入っていた。

「……あ」

投稿《とうこう》は数日前で、内容はドライフ皇国の決闘《けっとう》一位である【魔将軍】が王国のルーキー……彼《かれ》と戦って敗れた顛末《てんまつ》を撮《と》った動画だった。

「……相変わらずだね」

動画の中で【魔将軍】と相対する彼を見て、【ゴゥズメイズ】……そして姉さんに立ち向かった時の姿を思い出す。

前はそのことを思い出すと、彼への憧《あこが》れと負い目があった。

けれど今は、少しだけ誇《ほこ》らしく……真《ま》っ直《す》ぐに見ることができる。

それは、昨日のわたし《ユーゴー》が、彼のように困難に立ち向かう選択《せんたく》ができたからかもしれない。

「いつか、お互《たが》いの近況《きんきょう》を話せたらいいな」

あの日、彼と敵対する直前に喫茶店《きっさてん》で会ったとき、わたしは彼とこんな話をした。

『そっか。じゃあここで一旦《いったん》お別れだな。あ、フレンドの登録しとくか？』

『……今は止《よ》しておこう。次に……次の次に会ったときにしよう』

次に会う時は敵だと分かっていたから、友人になれるとしてもその次だと思っていた。

結局、敵として相対した後はまだ一度も会っていない。

今の彼がわたしを敵だと思っているのか、また友人になれると思ってくれているのか、

……わたしには分からない。

けれど、もう一度会えたときは彼にあの日のことを詫《わ》びて、……叶《かな》うならまた友人になりたい。

「それも、姉さんと彼の関係次第《しだい》かもしれないけど……あ」

そんなことを呟いて、気づいた。

件の彼と【魔将軍】の動画、投稿者《とうこうしゃ》の名前が表示されている。

もしかしなくてもこの動画の投稿者は……。

「……向こうは、まだ拗《こじ》れそう」

どうやら姉さんはまだ彼に執着《しゅうちゃく》して、ストーキング紛《まが》いの情報収集をしているらしい。

この動画もきっとその過程で得られたもの。姉さんの執念《しゅうねん》の深さが見える。

姉さんと彼の関係を思い、少しだけ呆れながらわたしは溜《た》め息《いき》をついた。

「ユーリー。そろそろ食堂開くからご飯食べに行こー」

と、ちょうど部屋の外から級友のソーニャからの朝食の誘《さそ》いがあった。

「はーい」

彼女の声に応《こた》えて、わたしは動画サイトを閉じる。

「…………」

珠のこと、【冥王】のこと、エミリーのこと、師匠のこと、そして姉さんと彼のこと。

〈Infinite Dendrogram〉では様々な問題が山積しているけれど、わたしはひとまずそれを棚《たな》に上げた。

氷と薔薇《ばら》の機士、ユーゴー・レセップスは少しお休み。今日の放課後までは、ロレーヌ女学院の中等部三年生ユーリ・ゴーティエとしての生活を送ろう。

ユーゴーもわたしだけど、ユーリも私。

どちらかを疎《おろそ》かにしたら、わたし《私》はないはずだから。

「ユーリー?」

「今行くからー」

わたしは友人の誘いに応じて部屋を出て……ユーリとしての日常の一歩を踏み出した。

To be Next Episode

あとがき

読者の皆様、作者の海道左近です。

十六巻をお読みいただき、ありがとうございます。この十六巻は主人公であるレイから離れ、カルディナの地を旅するユーゴーの物語でした。

この物語で重要なのは、彼が出会った〈超級〉、【冥王】ベネトナシュです。

タイキさんによって描かれたカバーイラストを、一巻のイラストと比べていただけると分かるように、彼はレイの合わせ鏡です。

立ち方もそうですが、一巻のレイ達の背景には『これから生きる王国の風景』が映っているのに、彼らの背景には『過去に死んだ者達が戻る凱旋門』しかありません。

何より、その在り方が対照的です。

『悲劇の前に立ち、希望を護る』レイ。

『悲劇の後を歩き、希望を拾い直す』ベネトナシュ。

『過去の痛みで今を切り拓く』ネメシス。

『過去の全盛を今に黄泉返らせる』ペルセポネ。

似て非なる二組の〈マスター〉と〈エンブリオ〉。

この〈Infinite Dendrogram〉で彼ら彼女らが交錯するときは、まだ彼方。

いつの日か、読者の皆様に見届けていただける日が来ることを願います。


さて、十六巻の話はここまで。次の十七巻の話をいたしましょう。

これまで十六巻と長きに渡り、〈Infinite Dendrogram〉にお付き合いいただきました。

そんな本作ですが、次の十七巻でついに……。


——完全新規で一冊書き下ろします。


はい。終わりません。ちゃんと出ます。続きます。

これまで書籍派の方だけでなく、WEBから読み続けてくれている人達にも楽しんでいただけるよう様々な修正・加筆も行ってまいりました。

また、アニメ版の特典として、五〇〇ページ以上書き下ろしたこともありました。

しかしついに、刊行書籍としては初めてのオール書き下ろしです。

ＷＥＢを下敷きにしていない初のケースです。

常にはなかった緊張感で現在執筆中ですが、次巻を楽しみにお待ちください。

締め切りまでにベストの原稿が書けるよう頑張ります。


それと先月、本作のスピンオフであるクロウ・レコードの最終第四巻が発売されました。

今回も第三巻に引き続き、書き下ろしＳＳが掲載されておりますのでよろしければお手に取ってみてください。

クロウ・レコードは作者もとても良い経験をさせていただきました。

特にクロレコからの新キャラであるマックスと死音が、Ｌａ－ｎａ先生のお陰でとても表情豊かに可愛く描かれていて嬉しかったです。

クロレコは完結いたしましたが、よろしければこの機会に読みください。

これからも、インフィニット・デンドログラムをよろしくお願いいたします。

海道左近

羽『ん？　ああ。あとがきの続き、羽こと迅羽ダ』

狐「狐こと扶桑月夜やー」

羽『……ア？　今回コイツと二人？』

狐「せやで。あと一ページしかあらへんし二人が限度や」

羽『……まぁ、いいカ』

狐「それよりも何か引っかかってたみたいだけど、どないしたん？」

羽『ああ。この機会、ってなんだヨ？　作者もわざわざ傍点までつけてヨ』

狐「ああ。そのことなー。じゃあ告知と一緒に教えたるわ」

狐「最新十七巻は十一月発売予定」

狐「メイン登場人物はレイやんとクロレコメンバーやー！」

羽『……そういうことカ！　またダイレクトマーケティングかヨ！』

狐「まだお読みになってない人らは、予習も兼ねて買うてみてなー♪」

羽『今回、あとがきがお前だった理由がなんとなくわかったヨ……』

外竜王を撃破したジュリエットたち。
次なる戦いの場は……
水着着用必須イベント!?
発売中!

MFコミックス
アライブシリーズ
漫画 La-na
原作・脚本 海道左近
キャラクター原案 タイキ
発売元：KADOKAWA
Crow Infinite Dendrogram Aot
インフィニット・デンドログラム
クロウ・レコード
Record
最新4巻好評

発売予定!!

HJ
HJ文庫
ジュリエットたちとゲーム内の特別なイベントに参加することになったレイ。
それは孤島で行われるサバイバルだった!
しかし、そのイベントには世界中から猛者が集ってきており――。
完全書き下ろしで繰り広げられる、新たなレイたちの戦いに刮目せよ!
Infinite Dendrogram
インフィニット・デンドログラム
17.白猫クレイドル
2021年11月

HJ文庫
939
http://www.hobbyjapan.co.jp/hjbunko/

〈Infinite Dendrogram〉-インフィニット・デンドログラム-
16.黄泉返る可能性

2021年6月1日　初版発行

著者――海道左近

発行者―松下大介
発行所―株式会社ホビージャパン

〒151-0053
東京都渋谷区代々木2-15-8
電話　03(5304)7604（編集）
　　　03(5304)9112（営業）

印刷所――大日本印刷株式会社／カバー印刷　株式会社廣済堂

装丁――BEE-PEE／株式会社エストール

Printed in Japan

ISBN978-4-7986-2505-8　C0193